GAEA

太歲

卷三

TAI SUEI

星子teensy —— 著

葉明軒 —— 插畫

太歲 卷三

目錄

26 金城大樓

除夕夜，大部分的人都聚在家裡吃年夜飯，鬧區裡反而比尋常假日還來得冷清些，儘管如此，商店街的年節應景音樂仍然播得震天價響。

一條曲折彎拐的防火巷裡，兩邊老舊建築牆上爬滿苔蘚，還有許多雜亂管線，有些管線破口不停滴著水。

防火巷子外頭連接著一條小街，正對著金城大樓背面。

翩翩、若雨和黃江快速通過那防火小巷，來到小巷口，身後還跟著三名天將，是隨黃江、長河一同前來助陣的兵力。

黃江抬頭瞇著眼睛，一手捻著山羊鬍子，仔細打量對街那籠罩著層層天障而顯得妖氣騰騰的金城大樓。

幾隻貓跳過，老土豆自地下探頭現身，壓低聲音說：「黃江大人，全都準備好了。」

黃江點點頭，嘿嘿笑著說：「魔界妖孽、千壽邪神，讓你瞧瞧咱們正神的結界。」黃江此時已不是先前那身時尚打扮，而是穿著一襲褐色寬大道袍。他邊笑邊從寬大袖口中掏出一本厚書，翻了翻書，從書中挑出一張符咒。

老土豆見黃江即將動手，連忙打出符令通報其他神仙。

金城大樓正門左前方三條街外的一個小公園裡，林珊也捻著一張符，唸起咒語。而右前方一條舊貨街中，長河高舉著手中符籙，肅穆唸咒。

「封——」黃江突然高喝一聲，將手中符籙拋上天空，那張符霎時化成一道金光射向天際。同時，金城大樓正面的公園和舊貨街，也同樣射起兩道光束。

三道光束在金城大樓樓頂上方匯集，撞出一面閃耀的大光網，光網籠罩下來，包覆住整棟大樓。

十秒不到，整棟金城大樓外已覆上一圈金黃色的牆。

人潮依舊，誰也沒發現這三面黃金牆。

金城大樓方圓千百公尺內的守衛塔大都是些無人空屋，裡頭的妖卒鬼物們紛紛發現己方主堡出現了異樣，騷動起來，開始往金城大樓聚集。

神仙們則兵分三路，唸咒進入黃金牆裡。

林珊一手托著白石寶塔，一手捏著符籙，對著金城大樓正面拉下的鐵捲門比劃一番，用黃江教她的符法破解了第一層天障，進入一樓大廳，裡頭漆黑一片。城隍則領著家將跟在後頭，阿關和阿泰也從白石寶塔裡跳了出來。

在攻樓計畫裡，林珊這路兵馬是攻樓主力軍，從第一層往上攻打，每攻下一層，便施法展開結界封鎖該層樓，逐樓封鎖妖魔們行動。

黃江、翩翩、若雨率領三名天將為突擊一軍，從頂樓攻入，逐層往下攻打；長河、飛蜓、青蜂兒、福生率領三名天將為突擊二軍，從金城大樓十五樓攻入，往下接應林珊。

三十二樓高的空中，以黃江爲首的突擊一軍在金城大樓頂樓空中旋繞，飛掠過一扇扇窗。

「好極了，天障裡的妖魔已經發現咱們了，守備果然嚴密。」黃江嘿嘿笑著。金城大樓牆面、窗戶無不瀰漫妖氣。黃江左手一揚，從袖口召出那本厚書；右手輕揮，召出一柄木劍。他隨手揮動木劍翻書，從其中一頁挑出一張符來，指向窗戶畫了個符印。

「開！」黃江一喝，木劍上頭那張符咒炸出火光，附近幾扇窗子轟的一聲往裡頭爆開。

黃江低頭往下看，停在十五樓空中的長河那第二路突擊軍也已破了窗，殺進金城大樓。

「走吧，我們可別落後！」黃江一聲呼喝，帶頭攻入窗戶，翩翩、若雨與三名天將隨即跟上。

只見這頂樓辦公室內靜悄悄的，什麼也沒有。

「好傢伙，唱空城計？」黃江哼了哼，領著翩翩一行往前走去。

這頂樓辦公室內的桌椅擺設和一般辦公大樓並無差別，卻瀰漫著一股奇異氣氛。

黃江神態輕鬆，嘴裡哼著小調，木劍隨意搖動，走在最前頭領路。

「一隻妖魔也沒有？這層樓還眞大！」若雨咕噥說著，他們一連經過好幾條辦公室內隔間通道，路過一間又一間個人辦公室隔間，或是較寬敞的多人部門，卻一直找不到往下的樓梯。

「傻丫頭，我們一開始便是在天障上開個洞闖進來的，現在我們已經在天障裡頭啦，當然沒那麼容易讓妳闖出去啦。」黃江毫不在意地說著，繼續領頭向前。

翩翩注意到此時經過的幾間辦公室看來有些不同，從窗子和門縫內泛出詭異的靛藍光芒。

「是水！」若雨哎呀一聲，身旁那間辦公室窗戶全緊閉著，從牆上窗戶往裡頭看去，裡頭全是水，泛著靛藍光芒的水。

水的藍色異光映在走道上閃動，看來竟顯得神祕而美麗。

「咦？」翩翩則注意到窗子那頭的水中還有魚，極大的魚，三、四公尺長的魚。魚鱗極其深艷，怪異莫名。

大魚從窗邊游過，轉了個身子，另一邊的魚身上沒有鱗，卻是一張張人臉。那些人臉有些在笑，有些正痛苦掙扎。

「哈哈——這些妖魔挺有意思，在天障裡還喜歡搞些花樣逗大家開心。」黃江哈哈笑著，領著翩翩等人繼續往前走。

又經過了幾間滿是水的辦公室，若雨發現這幾間辦公室裡不但有魚，還有好幾條大鰻。

眼前通道還挺長，黃江卻在一處牆前停下，舉起木劍指著牆說：「就是這兒，妳們見到沒有？」

翩翩和若雨相視一眼，絲毫感覺不出黃江指著的那牆有何特殊氣息，或者說是這天障內瀰漫著異樣氣息，這牆和天障內其他地方一樣，沒有不同。

「學著點，小娃兒們。」黃江嘿嘿笑著，唸唸咒語，揮動木劍在牆上畫了個符印，那牆竟漸漸化開，像融雪一般坍下去，四周景色開始扭曲。黃江吆喝幾聲，領著大夥兒進入牆上破口。

若雨看看四周，大夥兒已經來到通往三十一樓的樓梯口，不禁有些佩服地說：「咦？黃江大叔，你已經破了天障？現在這是天障外頭？」

「呸呸！什麼大叔？」黃江噘嘴埋怨：「叫我大哥。方才那天障的確讓我破了，不過這些妖魔手段可沒那麼簡單，走吧，我們往下走去瞧瞧便知道了。」

大夥兒繼續隨著黃江前進，只見到這樓梯下泛著異樣紅光。

到了三十一樓，若雨更是詫異，說：「這……我們沒出天障？還是又跌進來了？」

原來三十一樓又是一間間充滿水的辦公室，有大有小。與方才不同的是，每間辦公室中的水顏色迥異，水波光芒有紅、有綠、有藍、有紫，映得通道內花花綠綠一片。

黃江呵呵笑著問：「蝶兒仙、小瓢蟲仙，妳們說這天障像不像洞天那般美麗啊？」

「一點也不像！」翩翩和若雨齊聲搖頭。洞天也有許多閃爍著五色彩光的地方，卻都是令人暢心舒服的美麗景致，沒有這天障裡的詭異壓迫感。

「洞天裡也沒有這麼醜陋的魚！」若雨指向一扇映出青光的窗口玻璃說著。裡頭游動著許多奇異小魚，都有三顆頭，六隻眼睛向外突出。

「嗯？」若雨的手指才輕觸到玻璃，突然啪吱一聲，玻璃上迸出了一條裂痕。

「紅雪，小心！」翩翩飛身過去，將若雨撲開。在那瞬間，那扇窗戶已經轟隆炸了開來。水像洩洪一般爆出，翩翩抱著若雨飛到黃江身後。黃江二話不說，木劍指天指地，畫了個符印，跟著向前一指，「避水！」

只見木劍劍尖旋起一個紅圈圈，紅圈變大，籠罩住己方人馬。

湧來的水一碰上紅圈，便分成兩股支流，從左右流過。那些大魚、大鰻都游了出來，一條大鰻游到紅圈附近，張開血盆大口。翩翩召出雙月，看看黃江。黃江斜著頭，比了個「請」的手勢。翩翩會意，幾道光圈打去，光圈射透了水，打在大鰻身上，將那大鰻打死。

水漸漸流光，黃江褪去紅圈法咒，大夥兒殺出圈外。那些怪魚大鰻沒了水，卻還能在空中游動，此時全往黃江一行殺來。

翩翩揮動雙月，光圈一道道射去，打落一隻隻醜陋怪魚。

黃江在前頭帶路，又聽見幾聲玻璃破碎聲，接著巨大的水流轟隆隆逼近。

「小心！」黃江大喝一聲，便見到前頭走道湧來的那股大水和一隻巨大怪魚。

黃江以木劍在空中畫了個圓，將一間辦公室房門打開，喊著：「走道太擠，進裡頭打，小心鬼面魚！」

翩翩、若雨和三名天將全跟著黃江進入那間辦公室。才進去，後頭那叫作「鬼面魚」的魔界大怪魚，也跟著擠進來，身邊還跟著大大小小的鰻魚、怪魚等等。

「接下來就看妳們了，要比拚打鬥，還是妳們這些年輕小仙厲害些。」黃江望著翩翩和若雨，朝迎面殺來的魚群們指了指。

翩翩和若雨互看一眼，同時動身竄起，兩道飛影竄進魚群中，來回衝突，大殺一陣；黃江則領著天將在後頭壓陣。

那巨大鬼面魚十分難纏，攻擊凶猛異常，身子一側全是厚重鱗片，刀槍不入；另一側卻是一張張人臉，全都會咬人。

一名天將一不留神，讓那大魚身上的人臉啃了一口，血流不止。

若雨鐮刀打在那鬼面魚右側鱗上，像打在鋼板上一樣，一點效果也沒有。

「鬼面魚的鱗打不透！打牠的左半邊身子，打牠身上的臉！」黃江在後頭邊喊著，同時以木劍翻書，挑出許多張符咒，抛上空中，大聲唸了咒語。符咒化成飛鶴，打向一些體型較大的怪魚。

那些閃耀著白光的飛鶴，像是水雷一般，打在幾隻怪魚身上，打穿了牠們的肚子。怪魚掙扎著，一一落下。

翩翩也與另一隻鬼面魚對上，一閃身竄到鬼面魚側邊，旋身揚手，放出幾十道光圈，全轟在鬼面魚左側人臉堆上，只聽見鬼面魚身上的臉都哭嚎了起來。

「紅雪，黃江大叔說得沒錯，打牠身上那堆臉！」翩翩大喊，雙月晃成一雙光芒大刀，一刀刀斬向鬼面魚那滿是人臉的身子上，將那鬼面魚斬成了兩截。

「好！」若雨依言躍上大魚背鰭，長鐮刀向下掠砍，砍進大魚側身上一張鬼臉裡，那大魚發了狂，身子用力擺動。

若雨讓那大魚甩脫騰空，趕緊振翅飛起，緊抓著大鐮長柄，唸動咒語，鐮刀化成一道紅焰，雄猛火焰在大魚身子裡爆發，霎時只見大魚側邊身上那些鬼臉的口裡、眼裡、鼻子裡全都噴出了火。

大魚發狂似地猛一扭身，終於將若雨甩開，但那柄火鐮刀還刺在牠身子上。

若雨旋身飛騰，踩在牆上，掌上托起兩顆壘球大的艷紅火球砸向大魚，炸得那大魚全身猛烈燃燒，卻仍不倒下，朝若雨猛衝而來。

若雨料想不到這大魚竟如此難纏，急忙閃開，小腹讓大魚牙齒劃出一道血痕。那鬼面魚落在地上，掙扎兩下，終於不動了。若雨恨恨上前，拔出插在鬼面魚身上的長鐮刀，還踩了那大魚屍身幾腳。

另一邊的翩翩已打死幾條大鰻，殺到辦公室盡頭，那裡還有一扇門，門突然轟隆炸開。

「你們還有點本事，竟這麼快找著『水城』的出路。」白衣男妖走了出來，嘴上嘻嘻笑著，肩上還坐著牛孩兒。

原來這天障還有個名堂，叫作「水城」，是由一間間滿是水的房間組成迷宮般的奇異空間。

後頭黃江大笑回應：「這『水城』幾十年前我就在底下見識過了，當時我遇上的『水城』更厲害十倍不只，你這小子把這『水城』用得這麼差勁，我閉上眼睛，用鼻子也嗅得著出口！」

「笑話……」白衣男妖還要回口，翩翩已經二話不說，打了幾道光圈過去。白衣男妖舉起銀白軍刀擋下光圈，哼了幾聲：「又是妳這嗆辣丫頭！老是裹著臉，怎麼，見不得人嗎？」

他還沒說完，便見到漫天光圈四面射來。他哇哈一聲，躲進房間。翩翩速度飛快，馬上追竄上去。

背後傳來黃江的叫聲：「傻丫頭，別去！」

翩翩追著那白衣男妖進了房間，見到四周景色和外頭的「水城」天障截然不同，想必又是新的天障。這天障裡是黑夜，乍看之下似乎無邊無際，抬頭隱約見到天上烏黑濃雲亂捲，不時閃動著奇異電光。

遍地都是骸骨，一堆堆的骸骨都有兩、三公尺那麼高，一眼望去就見到百來個骸骨堆。白衣男妖站在遠處一堆骸骨上，嘴上保持微笑。

翩翩回頭，入口已經不見，她知道自己和黃江、若雨等已經分處不同的天障。

近處骸骨堆動了起來，一隻隻骷髏人機械般地站起，有些手裡拿著刀，有些拿著弓。

「上！」白衣男妖一聲令下，拿著弓的骷髏人紛紛射出箭來，一下子百來支箭射向翩翩。

翩翩一躍極高，避開這批飛箭，她落下地立時回敬了漫天光圈，斬碎一票骷髏人。

白衣男妖揮舞長刀，帶領大批骷髏人浩蕩殺來。翩翩也晃出光刀應戰，和白衣男妖對了十來刀，將白衣男妖殺退，又將擁上來的骷髏人也殺得人仰馬翻。七彩光圈閃耀，斷骨殘骸飛了滿天。

白衣男妖大喊了幾聲，兩隻魔將從天而降，一隻拿著雙叉，一隻拿著大刀。

「少爺，我們來助陣！」兩隻魔將大叫。

「快幫我抓下這蝴蝶精！」白衣男妖喊著，率領兩隻魔將包夾圍攻翩翩，卻還是打不贏。

翩翩動作靈巧輕盈，光刀威力卻又十分強悍，或躲或接下三個魔將的攻擊，還不時抽空反擊。

坐在白衣男妖肩上的牛孩兒讓一記光圈劃過胳臂，滿手淌血，怪叫摔落下地。滾了幾圈，哭叫著坐起，握緊拳頭搥打自己腦袋，他越打越怒，突然身子暴長，變成一個四手大漢，也加入戰局。

牛孩兒力大無窮，沒頭沒腦地亂打。翩翩被四隻魔將前後左右包夾圍攻，這才漸漸感到吃力。她身子一旋，無數光圈猛爆四射，將四魔將逼開，她趕緊一跳飛遠。

忽然背後一團火噴來，翩翩急忙閃開。火焰劃過她的胳臂，紗布燃燒起火，破裂四散，露出滿布醜陋墨綠紋路的胳臂。

此時噴火偷襲的是文新醫院一戰中與若雨比拚火術的燚，她也進了這天障，一同圍攻翩翩。燚朝翩翩吹出一片火海，火海又猛又急，像大浪一樣。

翩翩召出歲月燭，揚起千年不滅。霎時一片五色冰火竄起，擋下那迎面而來的火海，兩片火撞在一起，高下立判，燚的火海瞬間被千年不滅撲滅。

燚驚怒交加，她自認火術高強，卻接連碰上若雨和翩翩，都吃了癟。

這頭滿地骸骨的一角，突然出現一道光痕，光越來越亮，一群人影從光裡進來。正是黃江、若雨和三天將。

「翩翩姊，咱們來幫妳啦！」若雨大喊，舉著火鐮刀殺來。

黃江看著四周模樣，嘿嘿地說：「骷髏頭天障？這我倒沒見過，不過似乎也不怎麼厲害！」

白衣男妖見黃江一副胸有成竹，似乎一點也不將這天障放在眼裡，一時不知該撤還是繼續打下去。

這頭正神們已經開始反攻，若雨一手舉著大鐮刀、一手托著一堆火球，狂追著叕打。叕可不甘示弱，接連躲過若雨擲來的火球，不時回射幾道火柱。

若雨將大鐮刀轉動起來，彎長刀刃化出陣陣火光，激烈旋轉，如同一個大火輪；穿著紅衣的叕則是揮動起衣袖，一雙紅袖也燃燒成火，甩曳出一道道紅光火影。一仙一魔同時出招，霎時將這骸骨天障的一角映得紅亮亮一片。

另一頭，黃江躍上牛孩兒的背，左手托著那藍皮厚書，從容朗讀、誦唸咒語。牛孩兒起初伸手向後掏擊，抓了一會兒也抓不著黃江，怒火沖天，四隻粗壯胳臂胡亂揮動。直到最後，他四隻手按著頭，跪在地上直嚷頭疼。

黃江一柄木劍按著牛孩兒頭頂天靈蓋，他不是專司戰鬥的神仙，但伏魔異術卻懂得不少。

翩翩一邊和白衣男妖對刀，還不時發出光圈轟向四周骷髏人。

三名天將和另外兩個魔將捉對廝殺，在翩翩不時放來的光圈掩護下，倒也將那兩個魔將逼得不住後退。

「啊呀！」陣陣火光焰影中，傳來若雨的一聲尖叫。

翩翩聽了若雨的尖叫，連忙回頭，只見若雨正向後退著，用右手撲打著左手，卻打不熄左手上的火。那火色艷紅，像是惡龍般啃噬著若雨的手臂。

翩翩飛竄過去，人還沒到，一道千年不滅已經流竄而去，捲住若雨左臂，這才將若雨手上的火給滅了。

「地獄炎……」若雨不可思議地看著叕，叕卻轉頭往後看。

燹後頭站著的是那晚醫院一戰的焦人。焦人全身焦黑，咧嘴笑著，他也進來這天障助戰。若雨看看手臂，她本是使火高手，翩翩又救得快，因此手上雖有灼傷傷痕，卻不甚嚴重。

「好傢伙，換你嘗嘗我的火了！」若雨鼓著嘴，生起氣來，將火鐮刀舞得眼花撩亂。那焦人兩手一攤，托起兩團地獄炎；燹則擺動衣袖，衣袖幻出紅火。

翩翩守在若雨身後，左手托著歲月燭，歲月燭上那五色冰火柔順轉動著；右手同時抓著雙月，青月向上、靛月向下，如同握著一柄雙頭刀。

焦人怪叫一聲，身子扭曲，托起兩團艷紅地獄炎。他動作張狂、雙臂狂甩，將手上兩團地獄炎朝著若雨奮力擲來。

若雨揮動火鐮，揮出一道火鞭，巧妙地捲住了一團地獄炎，去撞擊另一團地獄炎，霎時炸得火光四濺。若雨知道地獄炎的厲害，小心閃避飛濺而來的點點火星。

燹則繞到若雨身後，揮出一道火牆，襲往若雨後背。翩翩晃了晃歲月燭，五色冰火如同水蛇般纏捲上去，又將三方火全滅了。

燹見識過千年不滅的厲害，一臉莫可奈何。焦人卻是驚訝得合不攏嘴，沙啞喊著：

「這……是……什麼？」

「知道厲害了吧。」若雨嘻嘻笑著，揮舞火鐮發動攻勢，一道道火鞭左右亂打。

焦人和燹一邊閃避、一邊還擊，但還擊出去的火柱和地獄炎，卻全讓翩翩手上歲月燭發出的千年不滅給攔下打熄了。

突然，焦人沙啞怪叫一聲，發現自己左手不見了。這才驚覺翩翩放出的千年不滅中，還夾雜著雙月光圈，一道光圈不偏不倚地斬斷了他一隻焦手。

翩翩左手以歲月燭施放千年不滅，右手揮動雙月亂射七彩光圈，將焦人和燹逼得進退不得。

「翩翩姊，這兩傢伙交給妳了！」若雨心想翩翩能使千年不滅，正好是兩名火妖的剋星，索性轉身去對付飛來支援的白衣男妖。

焦人本來在眾魔將中算得上是十分強悍了，地獄炎異常厲害，但此時碰上千年不滅，像是老鼠碰上貓，什麼把戲都變不出了。

焦人摀著斷臂，被逼到角落，一聲怒吼，全身狂烈燃燒起來。翩翩幾道千年不滅打來，焦人無路可退，張口一吐，吐出一片火海。

幾道千年不滅像滑溜的水蛇，射穿了這片地獄炎海，一道道冰火捲上焦人身軀。只聽見焦人起先不停狂吼，接著吼聲漸微，慢慢沒了。

火光淡去，焦人成了冰人，身子僵直，好不容易動了動手，身上一些碎冰落下。他伸手抹去臉上碎冰，正想說這千年不滅也沒什麼，只能滅火，卻傷不了他的身子。但下一刻，翩翩已經竄到他面前，他急忙舉起單手想要發動地獄炎，但翩翩反手一刀，斬去他那手，再一刀將他攔腰斬成兩截。

只見焦人斷臂和腰際斷處都噴發出地獄炎，而翩翩早已飛竄到半空，一旋身，又打下幾記千年不滅，當中還夾雜著無數繽紛光圈，將這焦人打得支離破碎。

一旁的燹見了焦人這般慘狀，不禁怯戰，轉身逃出天障。

白衣男妖見到燹竟然臨陣脫逃，火冒三丈，銀白軍刀耍得凶狠激烈，和若雨戰得天昏地暗，卻也無法佔得上風。

翩翩打死了焦人、打跑了燹，收去歲月燭，轉身殺向其他魔將。便見到牛孩兒一邊搗著頭，一邊追打黃江。

黃江嘻皮笑臉，嘴裡嚷嚷著：「打不著，打不著！」

原來牛孩兒中了黃江的術法，頭痛欲裂，脾氣更加火爆。

翩翩發出幾道光圈，斬在牛孩兒後背，痛得牛孩兒嘎嘎怪叫。才回頭，翩翩已在牛孩兒上方半空，雙月光刀當頭劈下，將牛孩兒腦袋斬下了大半邊。

「少爺救我！」牛孩兒抱著頭碰然倒下，望著白衣男妖哭叫求救了兩句，便斷氣死了。

骷髏人們見牛孩兒也戰死，大大騷動起來，紛紛往後退；另兩名魔將也開始敗退。

白衣男妖制止不住，左右叫喊，喊得喉嚨都要炸了：「殺、殺，你們這些膽小鬼，還不給我殺！」

還沒喊完，若雨一鐮刀劈下，刀上帶火。白衣男妖擋得狼狽，讓火燒上身子，白衣盡碎。

白衣男妖這才轉身想逃，黃江已經趕來，木劍一指，一張光網罩去，是捆仙咒。但光網打在白衣男妖身上，沒什麼作用。

黃江咦了一聲，醒悟說：「都忘了你是魔，捆仙咒起不了作用，哈哈！」

翩翩也加入戰局，三個神仙圍攻白衣男妖，打得白衣男妖哇哇怪叫。

黃江又發出一張紅網打去，這才將白衣男妖給捆了起來，銀白軍刀脫手落地，被紅網緊緊捆縛，動彈不得。

黃江大步走上前拎起了白衣男妖，嘻嘻笑著說：「剛剛聽那大傢伙叫你少爺，你這小子，想必是弒天的寶貝兒子──『食天』了。」

「這是弒天的兒子？那我們可抓了個大好人質啦！」翩翩驚奇地與若雨互看一眼。

「沒錯沒錯！」黃江哈哈大笑，將食天高高舉起。

食天在紅網裡死命掙扎，卻掙脫不出，氣得大罵：「你們這些神仙，只會欺負凡人和鬼怪，我叫食天，有一天會吃了你們！」食天邊罵，邊對著若雨和翩翩張口，像是要咬人一樣。

「這小子還想咬人呀。」若雨哈哈笑著，踹了紅網裡的食天幾腳。

黃江一手拎著食天，一手揮動木劍畫咒，破開這骸骨天障，一行人往樓下走去。

□

金城大樓十一樓，裡頭鬼怪嚎叫逃竄，飛蜓揮舞長槍在後頭追著，幾批上來接戰的鬼怪妖兵，全給飛蜓殺倒。

大夥兒再下一樓，往十樓前進，十樓樓梯前，只有一條好長的白色通道，看不見盡頭。

長河吸了口氣，本來黑色的眼珠陡然放出湛藍色光芒，沉沉地說：「這天障十分差勁，我已經看見出口了。」

長河摸著兩邊白牆，湛藍眼睛仔細打量四周，領著大夥兒向前走了一段，突然停下，拍拍旁邊的牆。那牆外表看起來沒有什麼異樣。

「是這兒嗎？嗯，的確有一點古怪……」飛蜓仔細瞧著那牆，卻又瞧不出什麼異樣。長河伸手召出一柄長刀，朝那白牆直直劃下一刀，一陣陣藍光從切口中閃現。這條漫長白色通道陡然消失，原來大夥兒仍站在十樓樓梯口前。

千壽公本來的如意算盤是在金城大樓中布下層層天障，讓正神久困其中費心找路，己方便能以逸待勞或是偶爾施以奇襲，甚至守在出口外進行伏擊。

然而，黃江、長河兩名鎮星部將卻正好專剋天障，這下千壽公的如意算盤可要大打折扣。長河一行攻下九樓，又踏入另一層天障。這天障也是辦公室模樣，四周卻長滿了枯藤，枯藤上帶著尖刺。飛蜓揮動長槍開路，將一條條蠕動的枯藤斬斷。

長河睜開湛藍眼，帶著大夥兒來到一處較寬闊的大室裡，裡頭仍是密密麻麻的枯藤。大室正中，倒掛著一個魔將，是鬼子。

鬼子沒料到正神們這麼快就找著了出口，神情有些驚訝，但很快又恢復鎮定，呵呵怪笑起來：「等了好久，終於來了，上次白色病房裡沒分出勝負，這次非要你們死在這兒。」

福生一見鬼子，咬牙切齒，高高舉起大鎚。

仔細一看，福生左手似乎比右手短了一些，原來那晚醫院一戰，他中了鬼子的邪咒，手和身子分了家。在醫官的救治下，雖然將斷手接了回去，但看上去總是不太對勁。

鬼子呵呵怪笑，突然怪喝一聲，四周枯藤扭動得更為激烈，數百條的枯藤糾纏在一起，成了一條條粗壯的大藤，像蟒蛇一樣。

鬼子落下地，揮動雙掌拍打著地上，召出一隻隻鬼怪，全往飛蜓一夥殺來。

「鬼裡鬼氣，哪來這麼多妖魔鬼怪！」福生怒喝，猛地重鎚轟地，像是擂起開戰大鼓。

飛蜓橫指長槍，哼哼地說：「無妨，老子我本來就是來大開殺戒的。」

飛蜓還沒說完，福生已經搶著發難。他揮動重鎚衝進妖魔堆裡，轟隆隆地將那些妖魔全轟上了天花板。他讓鬼子傷了手臂，此時可逮到了機會想要報仇。

長河召出黑色大刀，左劈右砍，也是悍將一名。

鬼子知道這批神仙是來尋仇的，殺氣騰騰，不敢硬拚，只能在後頭使召鬼術，用手掌拍出一隻隻鬼怪。

「風來！」飛蜓長嘯一聲，左手一揮，三道旋風劇烈吹去，打碎了幾條襲來的粗壯枯藤，其中一道風則打向鬼子。

鬼子躲得狼狽，自知有長河壓陣，自己的天障毫無用處，只好率著鬼怪撤退。

飛蜓一行士氣高亢，豈會輕易放過鬼子，緊追在後。

在長河的湛藍眼下，鬼子施出的天障一一被破解。鬼子黔驢技窮，不斷召出鬼怪，卻仍擋不住後頭神兵追擊。

鬼子嘴上仍然嘎嘎怪笑，但心裡卻漸漸害怕，本來用來克制正神的天障，在長河湛藍眼睛下竟一點用處也無。

「狗屁魔將、狗屁魔界，一點用也沒有，全都是殘兵敗將！」飛蜓哈哈大笑，一揚手，又殺死一片妖魔。

話沒說完，這天障忽然一震，一股深紫色的光籠罩下來，覆住整個天障。跟著唰的一聲，天障整個瓦解，回復成本來金城大樓九樓的模樣。

飛蜓等人一驚，鬼子也一臉驚訝。

只見到九樓辦公室內部窗邊站著幾個身穿甲冑的傢伙，也愣愣地看著這裡。

「咦？是歲星人馬！」開口說話的青年一身綠甲，手執長劍，腰間還繫了一面古鏡，是辰星手下大將鉞鎔。他身邊還跟了四名夥伴，也都是辰星部將。

「是你們……」飛蜓等驚愕不已，沒料到這時會撞見辰星人馬。飛蜓挺起長槍，指著鉞鎔怒喝：「你們竟然和千壽邪神是一路的！」

福生也嚷嚷著：「鉞鎔，你們究竟是敵是友？」

「總之不是朋友！」鉞鎔哈哈一笑。話還沒說完，一陣旋風就迎面打來。

「無妨，你們自投羅網，也替咱們省下不少工夫！」飛蜓挺槍直取鉞鎔。

「混帳！」鉞鎔避開這旋風，頓時火冒三丈，拔出長劍迎戰飛蜓。

鉞鎔身後那叫作文回的黑漢子本來還不動聲色，此時見飛蜓先動手，福生、青蜂兒都跟在後頭，只好也舉起長刀，吆喝一聲，帶著另外三名夥伴殺上去接戰。

飛蜓與鉞鎔捉對廝殺，紅色長槍或刺或劈，打碎一張張桌、刺穿一面面牆；鉞鎔面對飛蜓強悍攻勢，也毫無怯意，長劍狂舞，剽悍還擊。

兩將所到之處，打得一片狼籍，幾乎要將這九樓辦公室掀翻了。飛蜓讓鉞鎔的快劍刺得全身傷痕累累，鉞鎔也讓飛蜓的長槍劃過五、六道，砸了七、八下。

「風來！」飛蜓格開鉞鎔一劍，找著了空隙左手一揚，一股旋風便將鉞鎔拔地捲起，撞上後方一面隔間牆。這輕質材料隔間讓鉞鎔一撞，當場整個碎裂，鉞鎔在殘骸堆裡掙扎爬起。

飛蜓見機衝去，一槍刺下。

忽然一道金光照在飛蜓臉上，他大叫一聲，摀著眼睛往後跳開。

飛蜓還沒落地，鉞鎔已縱身跳起追擊，一劍刺進飛蜓腰間。飛蜓中了一劍，長槍一揮，槍上旋著猛烈暴風，打在鉞鎔身上，又將鉞鎔打飛老遠。

飛蜓落下地，摀著眼睛，只覺得眼前金星亂舞，好不容易才恢復視力。

那頭鉞鎔搖晃站起，一手拿著長劍，一手拿著古鏡。古鏡本來暗沉沉的，此時卻螢亮一片，原來飛蜓就是讓這古鏡照了眼睛，才一時失去視力。

飛蜓看著鉞鎔讓他那暴風捲得戰甲盡碎，渾身割傷，不由得哈哈大笑起來：「咱們以前摔角不知道摔了幾千次，你這傢伙沒有一次贏過我，現在看來情況沒變。」

「你少逞強，你傷得比我重。」鉞鎔啐了口唾液，唾液裡更多是血，恨恨瞪著飛蜓，只見飛蜓按著腰腹，傷處不時淌出鮮血。

這頭，文回和三名夥伴大戰福生和青蜂兒；長河黑色長刀威猛有力，與一名辰星部將放單對峙。

那名看來年輕的辰星部將和長河過了幾刀，便大聲斥著：「你不是太歲手下！」

「你這毛頭，我乃鎮星大人帳下將領長河，你報上名來！」長河大罵。

「我叫五部！你好好記得……好……好好記……好……五……部……」那年輕辰星部

將使的是雙劍，本來臉色蒼白，卻突然變得十分激動，口齒不清，像是正在邪化中。

長河見慣了這場面，他話不多，此時也有些感嘆。眼前年輕神仙武藝不差、資質過人，但一雙眼睛卻忽濁忽清、怪異顫抖地亂打一通。長河好幾次逮著了空檔，卻都砍殺不下手。

另一邊，文回和青蜂兒對上，打得難分難解。

文回哈哈笑著說：「好小子，你們這批煉於洞天的年輕小仙，個個身手不凡，煉神官真有本事！」

「文大哥，你也不差！」青蜂兒慘然一笑說：「鉞鎔、五部，也是洞天煉出的神仙，抵抗惡念的本領本高過一般神祇許多，沒想到也邪化了！」

文回一刀往青蜂兒頭上砍下，氣勢雷霆萬鈞。青蜂兒卻感到文回這一刀並無意傷他，力道雖猛，卻容易閃避。

青蜂兒呆了呆，也回了幾刀做做樣子。文回哈哈又笑，繼續舞動大刀左右劈砍，卻大都是虛招，只將四周地板桌子砍得連連爆裂。

這頭，鬼子窘迫萬分，天障讓辰星部將給破了，這時夾在二路人馬當中，進退不得，身邊妖兵鬼卒死得差不多了，只得拚命召喚鬼怪，一邊想找機會逃跑。

福生見幾名辰星的部將無心戀戰，索性跳出戰圈，轉而去對付鬼子。他見鬼子正往八樓逃去，也跟了上去，回頭吼著：「魔將要逃了，大夥兒快追！」

青蜂兒一聽，也樂得轉身跟在福生後頭，一邊喊著：「飛蜓大哥！咱們這路少了你可不行啊！」

福生也喊：「天將，隨我來！飛蜓，我們主攻魔將，可別讓辰星那夥搗亂了行動！」

那頭鉞鎔又要衝向飛蜓去拚命，也讓文回攔下，說：「鉞鎔！啓垣爺吩咐咱們進來，是要殺千壽那鼠輩，你可別搞錯了對象……壞了啓垣爺大事！」

文回搬出辰星啓垣，鉞鎔這才停下，一邊喘著氣，一邊怒瞪飛蜓。

飛蜓本想再戰，但福生、青蜂兒都退在樓梯口，不但沒有上來幫忙的意思，還不斷喊他過去。他知道孤身隻力絕對打不贏辰星五將，只得恨恨地跟上福生，還回頭看了看文回等往日同僚，不忘嗆聲：「要不是象子、青蜂兒念著舊情，早把你們押回主營候審，下次再見，絕不留情！鉞鎔，你連候審的機會都沒有，我下次必取你性命。」

鉞鎔啐出口中的血，怒罵：「你這蜻蜓別搶我的話，下次見面，老子非宰了你不可！」

「別氣，下次見了，討回來就行，別忘了咱們的任務。」文回拍拍鉞鎔肩頭，一邊安撫渾身顫抖的五部。五部臉色漸漸發紅，眼睛也紅了，張開了嘴，連牙也漸漸紅了。

文回望著五部，苦嘆一聲說：「咱們趕緊去和啓垣爺會合吧。」

五部聽到「啓垣爺」三個字，才略微回神，似乎還記著這主子。

福生一行下了八樓，飛蜓已經跟上。他摀著肚子，肚子上讓鉞鎔刺了一劍，傷得不輕。青蜂兒只會簡單的治傷咒語，好不容易才替飛蜓止了血。

長河睁開湛藍眼，凝神看著四周，四周十分黑暗，遠處泛著暗紅或淡紫的光，回頭一看，後頭已經不是剛才下來的樓梯了。

這表示他們又進了一個新的天障。剛逃下來的鬼子，早已不見蹤影。

「本來佔了絕對優勢，讓啓垣邪神那些混蛋攪和一下，又要重頭開始！」福生尋不著鬼子，不禁有些冒火，從衣服裡摸出一顆飯糰，大口吃了起來。

飛蜓哼了一聲：「要不是你們怯戰，留我一個人在那，早把他們都宰了！」

青蜂兒說：「我看辰星那方人馬，似乎也是來對付千壽邪神的，若我們和辰星兩路自相殘殺，只會讓千壽邪神漁翁得利……」

飛蜓看看福生，福生狼吞虎嚥吞下了飯糰，點點頭，表示贊成青蜂兒的話。

飛蜓又看看長河，長河說：「我雖然不是洞天煉出的神仙，和辰星手下也沒什麼交情，不過這時候卻也贊成先對付那千壽。」

飛蜓恨恨罵著：「那就別讓我再見到他們，否則我見一次打一次。」

還沒說完，青蜂兒怪叫一聲，身子突然向上竄起。

大夥兒還沒會過意來，前方已經一片黑海襲來。黑海撲到面前時，飛蜓才看清楚，那是漫天黑髮。

「苦楚！」飛蜓大喝一聲，長槍橫掃，將那迎面襲來的黑髮全都斬斷。

福生哇哇大叫，手腳都讓黑髮纏住。他使勁扯著，扯斷幾撮頭髮，又有更多頭髮纏來。

青蜂兒讓一束頭髮勒住頸子，給吊上了天。他揮刀將頭髮砍斷，在空中打了個轉，避開幾十束竄來的頭髮。

三名天將背貼著背，劈打著四方襲來的頭髮。

長河閃過幾束黑髮，湛藍眼睛閃動光芒，看著前方漆黑一片的空間，指著其中一個方向：「躲在那！」

青蜂兒和飛蜓同時朝那地方放出千支光針和三道旋風，一點聲響反應也沒有。

「跑到那去了。」長河又往另一邊一指。

飛蜓火冒三丈，飛竄追去，果然見到一個黑影閃來閃去。飛蜓追著那黑影，黑影極快，飛蜓發出一道道旋風，都打不著黑影。

「上次卻沒見妳動作那麼快……」飛蜓恨恨地罵，突然感到腳下一緊，讓一束頭髮纏上了他的腳。飛蜓一驚，正要放出風術，雙手卻又讓頭髮纏住。原來這是陷阱，四周漆黑昏暗，飛蜓只顧著注意遠處可能襲來的頭髮，卻沒注意到地上也有頭髮、一團團黑霧中也藏有頭髮。

瞬間，苦楚從霧中現身，落在飛蜓背後，正要一爪抓擊飛蜓後背，空中趕來的青蜂兒及時射來光針，逼退苦楚。

飛蜓趕緊使出風術割斷全身黑髮，聚精凝神環顧四周。青蜂兒則在空中往下瞧，看看苦楚躲在哪。

「當心地下！」這邊長河大叫著，他的腳讓一隻從地底鑽出的妖魔給咬了。那妖魔只有野狗大小，長河手起刀落，砍死這妖魔。

同時，成千上百的妖魔全從地板鑽出，一下子眾神仙面前全站滿了妖魔。

「喝啊！」福生大鎚猛揮，擊碎眼前一隻隻妖魔。突然唰的一聲，一個如同小山般壯大的大魔破地竄起，揮動一柄一扇門般大的巨大斧頭，雄猛劈向福生。

福生橫舉大鎚，擋下這大得誇張的斧頭，只覺得一雙胳臂、手腕都給震得又痲又疼，不敢繼續硬接，趕緊向後退開。

他退開幾步，仔細一看，那大魔身型將近三公尺高，異常壯碩，頭頂上長著四支牛角，穿著一身華麗服飾。

那大魔又一斧頭側砍而來，福生閃避不及，只好咬著牙舉鎚硬扛。大斧劈在鎚上，轟出好大一片火花，將福生那柄大鎚打得脫手飛遠。

「這大妖魔力氣好大啊！」福生怪叫，掄著拳頭打倒身邊妖魔，轉身往後跑，大黑魔則緊追在後頭。

長河一面揮刀砍倒身邊一隻隻撲上來的妖魔，一面用湛藍眼環顧四周。這天障比之前幾個天障更加高明，他只能隱約看到遠方似乎有處出口。

他正想開口提醒飛蜓等人那出口方位，突然感到背後戾氣陡升。

「你這藍色眼睛可真厲害……」一個奇異聲音自長河背後響起。

長河連忙回頭，見到一個中年婦人模樣的女魔站在他身後不到一公尺，一身黑服，極其華麗絕倫。

「魔王弑天！」長河駭然大吼。

27 十八王公

三樓辦公室中一片凌亂，鬼卒撤逃時將桌椅亂扔，四處亂鑽。城隍領著家將驅趕妖兵鬼卒，林珊則指揮精怪、虎爺們在後頭緩緩推進，大夥兒勢如破竹殺上四樓。

四樓空間極大、一片漆黑，遠處聳立著一座巨大古廟。

大夥兒來到四樓，環顧四周景色，知道又進入了一處天障。林珊舉著手中長劍，指揮精怪、虎爺們往古廟推進。

「哼喲——看不出妳這小仙年紀輕輕，領兵打仗倒是有模有樣！」古廟正門圍牆上站了個將軍模樣的邪神。這邪神虎背熊腰，身穿五色彩甲，有六隻手，一隻手拿一支旗，共是六面旗子，每面旗子顏色迥異，黑、白、紅、黃、綠、紫。

林珊也不答話，緩緩領兵推進，城隍和家將作爲前鋒，林珊、阿關、阿泰居中領著三分之二的精怪和虎爺們，其餘三分之一的精怪則待在寶塔裡休息待命，隨時出來輪替受傷夥伴。

「好丫頭！妳可知我是誰？」那六手邪神輕搖著六色旗，在廟門上頭高聲講著：「我乃千壽公手下第一大將『福將軍』是也，哇哈哈哈哈！」

林珊還是不答話，阿泰卻已忍俊不住，哈哈笑了起來，轉頭和身後癩蝦蟆等精怪交頭接耳地討論起來：「他幹嘛站在屋頂上自言自語？」「是啊，他自己介紹自己，介紹完了還笑呢。」「那邪神模樣好像一隻螃蟹。」「螃蟹是八隻手，哪有六隻手的螃蟹？」

福將軍聽見精怪們取笑他，勃然大怒，六隻手全指向林珊一行，怒喝：「混帳東西，見到我福將軍還不投降？找死是嗎？」

精怪們見了福將軍生氣模樣，笑得更大聲了。「你拿那麼多旗幹嘛？」「指揮交通嗎？」「哇哈哈哈哈，你們看他的臉，也是六種顏色！」

林珊領著大軍推得更近了，大夥兒這才看了清楚福將軍臉上也分成六色區塊。

林珊仔細端倪那古廟，只見古廟鬼氣森森，四扇門前左右都擺著兩座石獅，大石獅身旁還立著一批野狗大小的石獅子像。

福將軍更加氣憤，紅旗一揚，高聲喊：「我軍出陣迎敵！」

福將軍喊完，四張廟門大開，擁出一隻隻鬼卒，井然有序結成陣勢。接著是一陣騷動，一頭披著華麗戰甲的黑牛擠出廟門，福將軍一躍而下，坐上黑牛後背。

只見那黑牛眼睛紅光閃閃，口鼻都噴著黑氣，殺氣騰騰。

福將軍正要舉手下令衝鋒，突然又停了下來，似乎在自言自語地說：「你們別長他人志氣，滅自己威風！看著好了，看我將這些小傢伙一舉成擒！」

「大家小心，這批敵人不好對付。」林珊也舉起劍對城隍下令：「城隍，你領家將對付福將軍，鬼卒們交給精怪們。」

「大家準備——」阿關回頭吆喝著，虎爺紛紛往前，在最前頭排成一列，精怪們則在虎爺身後排成一列，手裡還拿著不知什麼東西。

「殺！」福將軍黃旗一招，腳下那黑牛怪嚎起來，嘶聲尖銳無比，鬼卒們開始衝鋒，往林珊陣中殺來。

「先別急，等他們靠近些。」林珊高舉長劍，精怪、虎爺們都蓄勢待發。

鬼卒大陣越逼越近，福將軍騎著大牛狂吼：「哈哈哈——他們讓咱們嚇得不敢動了！」眼見鬼卒大軍離己方長陣越來越近，林珊長劍陡然落下：「就是現在！」

幾十隻精怪們紛紛擲出手中東西，全是阿泰這些日子以來研發的怪異法寶，有些是寫了符咒的棒球、有些是奇形怪狀的投擲物，大多是符鏢。

衝在前頭的鬼卒們給這批實驗武器一陣亂炸，騷動狂嚎，更加憤怒。

阿關也唸起白焰咒語，發出一道道白焰，不停轟擊著擁來的鬼卒陣。

「一群怪傢伙亂扔符術就想破我大軍？」福將軍在後頭見了，哈哈大笑，繼續驅使鬼卒衝鋒。

「鳥精出來！」林珊高舉白石寶塔。

十幾隻鳥精竄出寶塔，一雙爪子都拎著一大包袋子，快速飛到鬼卒陣上方，放開袋子便轉身飛回。袋子在空中散開，裡頭落下了一張張阿泰寫壞的符，和更多的符鏢、古怪道具等。

福將軍這才嚇著，只見空中落下來的符籙道具，比精怪擲出來的更多了幾十倍，紅光白光在鬼卒陣中炸開。鬼卒們見到上頭落下大批符咒道具，都你推我擠、不想給炸著，本來前衝的陣勢立時亂了。

「換我們衝鋒了！」林珊長劍一指，衝在前頭的虎爺發出震天怒吼。阿火帶頭衝鋒，大邪、二邪隨在左右，虎爺們聲勢雄猛，衝進鬼卒陣中大開殺戒。

城隍領著家將團，與精怪們緊跟在後，衝進鬼卒陣中，殺得鬼卒們陣腳大亂，紛紛散開。

「哇哇！」福將軍怪叫著，讓四面竄來的家將團圍住猛攻，六面旗子胡亂揮舞，撒出怪異煙霧。家將中的夏神讓黑霧沾著了手臂，立時發出焦臭。

「城隍當心，福將軍旗子有厲害法術！」林珊邊喊，一邊高舉寶塔，叫道：「受了傷的進來！」

一隻隻受了傷的虎爺和精怪跳回寶塔裡。

只見寶塔一層庭園地上擺了瓶瓶罐罐的傷藥，醫官領著一批精怪，專門負責治傷。六婆也在寶塔裡幫忙，替虎爺們敷藥，一旁還擺了兩百多張紙人，都是早已準備好了的。

那給黑霧沾到的家將夏神也進了寶塔，醫官連忙上前檢視，立時拿了兩瓶傷藥，灑上夏神手臂，一邊說著：「小小毒咒，不礙事！」

阿關和阿泰也跟著精怪們殺進鬼卒陣裡。阿泰一邊揮著雙截棍怪叫，一邊熟練地扔出符籙筷子。

阿關鬼哭劍亂砍、白焰符亂放，也殺倒不少鬼怪。

負傷的精怪虎爺紛紛跳進寶塔接受醫治，寶塔裡頭待命的精怪則出來接戰。林珊一軍慢慢往古廟逼近，福將軍給城隍一腳踢下黑牛，在地上滾了一圈，狼狽站起，往大廟逃去。

巨牛凶猛異常，一角頂進一隻虎爺肚子，將那虎爺刺死，接著又頂飛幾隻虎爺。

一聲虎吼，大邪一頭撞在黑牛身上。黑牛才要翻身去頂大邪，大邪已經一口咬上了黑牛頸子，兩頭扭成一團、激烈打鬥起來。

大邪一聲大吼，將那黑牛頸子咬下一大塊肉，大牛嚎叫一聲，倒在地上起不來了。

福將軍慌忙逃著，逃到了廟門前，回頭一見林珊領著大軍追了上來，立時逃入廟裡，還將大門轟然關上，大喊著：「交給你們了！」

殘存的鬼卒們在廟外騷動起來，有些扒著廟門，也想躲進去。

林珊領著大夥兒殺到了廟前，只見到四面廟門其中兩面門上貼著兩張畫像。畫像裡的將軍橫眉怒目，一個眼眨了眨，一個眉毛動了動。

「秦叔寶、尉遲敬德——」城隍憤怒大吼：「你倆的位階不比千壽低，現在竟甘願當他的走狗！」

原來廟門上貼著的畫像正是門神。

秦叔寶名瓊，字叔寶；尉遲敬德名恭，字敬德。本來是守護百姓房舍的兩尊門神，早已升格成玉帝護衛。太歲鼎崩壞後，隨著正神退守，他們在一場大戰中失聯，許久沒有消息，現在竟在千壽公的金城大樓裡出現。

秦叔寶和尉遲敬德互看一眼，跳出畫來。秦叔寶一身紅甲，手持一對金瓜鎚；尉遲敬德一身黑甲，拿一對大斧。

兩門神一聲令下，廟門前幾座石獅子動了起來，大石獅腳下的小石獅也動了起來，擋在秦叔寶和尉遲敬德身前。

「上！」林珊長劍一指，精怪、虎爺全殺了上去。

雙方在廟前展開猛烈攻防，一邊是精怪大戰鬼怪，一邊是虎爺大戰石獅。

白石寶塔裡負傷的三隻虎爺，聽到外頭獅吼聲音，也紛紛跳出寶塔。一隻虎爺傷勢較重，讓醫官又拉了回去，不許他出戰。

十九隻虎爺和三十六隻石獅撲鬥成一團。石獅皮堅肉厚，除了用口咬，還用頭撞。阿火撲在一隻水牛大小的石獅背上，一口咬在他頸子上，咬下一口碎石。

大邪、二邪也凶猛異常，同時對上好幾隻石獅，卻也沒落下風。尤其是那大邪，體型比阿火還大，正和另一隻水牛大小的石獅互咬惡鬥。

小牙仔正追著另一隻小石獅跑，小石獅身子只比小牙仔大一點點，速度也快，小牙仔好不容易追上他，小虎小獅在地上扭打成一團。

阿關拿著鬼哭劍跟在他們後頭，看著地上一獅一虎像兩隻泥鰍扭得眼花撩亂，不知該怎麼幫忙。

一隻虎爺飛過阿關眼前，嚇了他一跳，原來是被石獅撞飛的。那虎爺叫二藍，腿折斷了，身子還凹了一塊，是讓石獅踩的。

二藍掙扎站起，還想衝回去打，卻讓林珊唸咒召了回去。林珊一邊指揮大軍，一邊也得留心四周戰情，隨時唸咒將受傷的精怪、虎爺召回寶塔裡。

這時，兩隻石獅一左一右朝阿關衝來，阿關射出一道白焰，打在左邊石獅腿上，將他打得滾了個圈。

右邊石獅撲了上來，阿關一劍揮去，劃在石獅肚子上，傷口冒出陣陣黑煙。他摔在地上，正掙扎著，左邊那打了個滾的石獅也要衝來。

阿關連忙掏出捆仙符，射出兩張光網，包住那兩隻石獅，光網越縮越緊，將石獅捆得動彈不得。阿關衝了上去，拿著鬼哭劍就要往網裡刺，突然想到什麼，深吸一口氣，手按在一隻石獅背上，用力一拉，拉出一堆惡念，來不及給鬼哭劍吃，乾脆往遠處一扔。

「別急著吸惡念！」林珊拿著寶塔趕來，將兩隻被捆仙術捆了的石獅拎起，在額頭上下了咒印，扔進寶塔。接著她急急叮囑：「阿關，現在可是戰時，別浪費體力吸惡念。」

阿關點點頭，又朝不同的地方射出捆仙網，有些沒打中，打在地上。

小牙仔讓那小石獅撞得七葷八素，卻還緊咬著小石獅耳朵不放。林珊趕去抓了小牙仔和小石獅，全扔進寶塔。

寶塔裡負責後勤的精怪一見石獅被扔進來，一擁而上，拿著繩索鐵鍊將石獅捆了，綁在一旁。

虎爺們漸漸佔了上風，咬死不少石獅，也有幾隻虎爺給石獅咬死或撞死。林珊又召了幾隻虎爺回塔，這時廟前只剩下阿火和大邪、二邪、二黑、二黃、大綠還在作戰。

城隍則指揮著家將圍攻兩門神。兩門神威武無敵，一雙大鎚、一對大斧都十分厲害，以少敵多，卻也沒落了下風。

突然廟門大開，福將軍又領著大批鬼怪殺了出來。

這下子林珊一軍反而讓鬼卒們衝得措手不及，被衝得陣腳鬆動，不停往後退。

「別怕！」林珊掏出一張黃金符咒，唸起咒語往空中一拋，霎時金光耀眼，一道道光束射向四方。

鬼卒們讓四處亂竄的金光映得睜不開眼，摀著臉亂竄，兩門神和福將軍也給這金光照得難受。

福將軍大聲吼著：「這是什麼玩意？」

「這是咱們正神結界法術，你以爲只有你們能施結界？」林珊這才回話。

原來這黃金符是黃江交給林珊的法寶，共有九張，每張都附著強大驅邪力量，在戰場上施法張開，能大大降低妖邪鬼怪的戰力。

「以牙還牙囉！」阿關大喊，他趁金光掩護，揮動鬼哭劍亂斬，虎爺精怪們也趁勢掩殺，又將劣勢扳了回來。鬼怪們死的死、逃的逃，福將軍又敗一次，連滾帶爬地逃回廟裡，回頭一看秦叔寶和尉遲敬德也逃了進來，也不顧門外的鬼怪石獅了，大門一關便再不出來。

林珊在廟前集結了兵力，將負傷精怪全召回寶塔，大夥兒喘了口氣，準備攻廟。

林珊望著那瀰漫邪氣的大廟正門，皺著眉說：「這漆黑天障的出口應該在廟裡，但這廟本身可能也是一個結界，可能是天障中的天障。」

大廟門關得緊實，任憑家將怎麼敲打也打不開。

城隍領著家將，在廟四周繞著。這廟確實極大，從兩邊飛去，廟牆緊密紮實，除了正面大門，兩側及背面沒有一扇門、一扇窗。

而往上飛去，卻見廟的圍牆似乎會跟著往上延展，怎麼飛也飛不到牆上，但落下地來看，卻見大廟圍牆也不怎麼高。無論家將試了幾次，就是無法翻過圍牆飛入廟裡。

「搞不懂，什麼叫天障中的天障？」阿泰見著城隍和家將手忙腳亂，不耐問著。

「我們現在在天障裡，要找到出口才出得去，但是邪神在出口又布下第二層天障來保護出口，也就是這間大廟。所以我們必須先解決這個大廟天障，才能破解我們現在所在的黑夜天障……」

「靠，眞是麻煩，一堆死妖魔怪招眞多！」阿泰搖頭罵著。

爲了尋找這大廟天障的入口，林珊放出一批狐精。綠眼狐狸領著七、八隻狐精在廟四周嗅著。終於，在大廟右側一處牆角，找著了這大廟天障的施法處。

林珊召集大夥兒，共同在這牆角施法。她長劍一指，一道黃光射去，在那牆角開了個洞。一聲令下，城隍率著家將殺了進去。林珊拿著寶塔，帶領大夥兒也殺了進去。

廟裡暗沉沉的，漫著昏暗紅光。

阿關才剛仔細看，一旁的阿泰就嚷了起來：「好大的廟！」

這間廟裡的確相當大，林珊一行所在的位置只是廟的前殿，就有兩百來坪大，前殿空蕩蕩的，只擺了些銅鼎、大鼓等裝飾，一尊神像都沒有。

前殿盡頭有三扇門，都大開著，通往中庭。

「大家小心，邪神詭計多端！」城隍提醒大家，領著家將團在前頭開路。林珊帶著阿關、阿泰在後頭。

出了前殿，來到中庭，中庭也極大，抬頭可以看到天上黑雲亂捲。前方是正殿，兩側是長廊，長廊盡頭有兩間護室，分立正殿左右。

突然後頭幾聲響，前殿通往中庭的三扇廟門碰然關上。

兩側長廊盡頭聳立著兩座圓形高樓，是正殿的東西護室，有兩、三層樓高。護室傳出幾聲鼓響，許多鬼怪從護室窗口探出頭來，怪叫挑釁著。

「進來！」「進來！」「進來！」「進來！」

正殿五扇大門齊開，大門前也有石獅。一門兩石獅，共有十隻石獅，隻隻如牛一般大小，卻都是黑色的。

福將軍就站在正殿內，左右是秦叔寶和尉遲敬德，身後還跟著幾隻邪神。

福將軍哈哈笑著，揮著手上旗幟對林珊說：「小仙用兵要是真那麼厲害，便進來與我一決生死。」

「躲躲打打，裝模作樣，無聊！」城隍勃然大怒，舉起大刀左右揮砍：「有種出來殺個痛快！」

林珊拉了阿關，在他耳邊說著：「那福將軍知道我們黃金結界的厲害，不敢出來迎戰，卻想引我們進去正殿，然後四面包圍。你看到左右兩邊護室了嗎？若我們進入正殿，便會被鬼怪和邪神前後夾擊，進退不得，此時不如集中兵力，先打下兩座護室。」

「那就打右邊吧！」阿關點點頭，指著正殿右邊的一座護室。

林珊點點頭，一聲令下，大夥兒開始往右邊移動，城隍領著家將便殺上位於正殿右側的東護室。

護室前三三兩兩的鬼怪本來正大叫挑釁著，此時見家將殺來，都嚇得往樓裡頭退。而這護室當中下樓接戰的鬼怪們，卻讓林珊集中兵力擋在護室大門裡一陣痛殺。護室樓上的鬼怪出不了門，只能零星地往窗口跳下，也都給殺死了。

福將軍不禁傻眼，他本來布好陣勢，在正殿前想來個以逸待勞，林珊卻不直接攻打正殿，反而將兵力集中打護室。福將軍氣得七竅生煙，六隻手輪流扠腰。

正殿前面站著的黑色石獅本來威風凜凜，但此時沒有福將軍號令卻不敢亂動，紛紛轉頭看向東護室前頭的大戰。

西護室的鬼怪則不時探頭出樓看那東護室，也不知該不該去救。

正殿裡的幾隻邪神探出頭來，見東護室前戰況激烈，卻仍不出來打，還是死守。

一輪猛攻，殺散了東護室前的鬼怪。林珊取出符令，唸了咒，竟是封印結界，將東護室的門和窗都給封了。

林珊這封印結界符並不特別強，但護室中都是小妖、小鬼，沒有大將，一整樓鬼怪只能搖窗怪叫，一時之間難以突破結界外出作戰。

「好了，打另一邊。」林珊領著精怪虎爺繞過中庭，準備攻打西護室。

精怪們經過正殿時，看到裡頭的邪神，不禁哈哈大笑：「你們再等一會兒，我們先去打另一邊。」「哈哈——」「少了兩隻腳的笨螃蟹，看你這衰樣！」

「可恨，出去大戰罷了！」福將軍終於按捺不住，六手齊揮，領著裡頭的邪神鬼怪全都衝殺出來，門外十隻石獅也吼聲大作，撲了上來。

西護室的鬼怪們聽了福將軍號令，也紛紛殺下樓來，夾擊林珊一行。

「來得好！」林珊抛出一張黃金結界符，黃符放出金光，邪神們要退已經來不及，讓這金光籠罩住的則都跑不出去。頓時中庭裡的鬼怪全讓結界封住，四周金光大閃，鬼怪嘎嘎怪叫，睜不開眼。

衝進中庭的六隻邪神被困在結界裡，進退不得；福將軍和兩門神出來得晚，此時卻被擋在結界外頭幫不上忙，氣得跳腳。

本來福將軍這兒殺入中庭的六隻邪神加上十隻石獅，還有大批鬼怪，也算得上是一支強大兵力，但己方陣式不管用，士氣已經減三分；又讓結界封住，金光耀眼燙人，士氣再減三分；見到主將在結界外揮手搖頭，卻無法插手幫忙，士氣更減三分。

這邊林珊兵馬卻氣勢高昂，精怪、虎爺們受了傷還可以逃回寶塔休息，大夥兒將士用命，個個奮勇向前。

城隍帶頭痛殺一陣，將六隻邪神全殺了，鬼怪們也全軍覆沒，十隻黑石獅戰死六隻，被活捉四隻。

黃金結界的效力消散，林珊一行出了結界攻入正殿，福將軍早已領著剩餘的鬼怪逃之夭夭，正殿裡空空蕩蕩。

林珊收回精怪虎爺，由城隍帶頭，繼續深入追擊福將軍。經過了正殿，通往後殿的後庭有處天井，紫霧由天井落下，四周紅光縈繞，好不嚇人。

林珊怕那霧有古怪，要大家小心翼翼地繞過那霧，通往後殿。

後殿裡頭一片暗紅，空間也挺寬闊，十來尊神像挺立前方左右三面，福將軍站在遠遠一角，由左右門神攙扶著。福將軍還氣喘吁吁，嘴上的那奇異笑容已經歪斜。

十幾尊神像其中一尊動了起來，用奇異的聲音說：「福將軍，早要你和咱們共同行動，你就是要自個兒來……」

另一尊神像也說：「損失了大批兵力，你要如何面對千壽公？」

「你們可得當心，那小仙結界符術好厲害……」福將軍哼了幾聲，不敢頂撞這些邪神。

林珊等人追入後殿，見到了狼狽的福將軍，也見到福將軍身旁的十來尊邪神像。

阿關感到這些邪神像有股奇異力量，比先前正殿外大戰的那批還要強悍。

林珊皺了皺眉，沒料想到千壽公在這大廟後殿還有大批兵力，現在才打到四樓，誅殺了不知多少邪神鬼怪，千壽公的總兵力比她估計的還要來得多。

阿泰看著那大桌上頭那些邪神像，從第一尊看到最後一尊，足足有十八尊。奇怪的是，第十八尊像卻是尊狗像，阿泰忍不住大叫：「是十八王公！」

相傳十八王公是十七位出海人，在海上遇難，那條忠心義犬也跳海殉身。後人將那忠心義犬和十七位主人合稱爲「十八王公」。十八王公也因此在某些地區成爲有求必應的地方神祇。

「原來是你們？」林珊苦笑：「早料到這些失聯的地方神仙都會入邪，卻沒想到全成了千壽邪神的爪牙。」

「老七、老八！十二、十三！」城隍盯著幾位王公怪叫：「嘿！好個義神吶！哈哈！」

原來城隍和這十八王公交情匪淺，此時見了昔日好友成了敵人，悲怒交雜，憤慨莫名。

十八王公見了城隍，也有些吃驚，其中一尊神像開口說：「老黑，是你喲，前些日子聽說你也邪化了不是？」

寶塔裡頭也是一陣騷動，土地公們全跳了出來。

北部土地公和十八王公也算是交情深厚，此時全都怪叫怪嚷地跳出，老土豆指著那狗像吱吱喳喳叫著：「你、你、你！你這小十八，你忘了俺每次都帶著好東西給你吃！」

綠豆、紅豆也齊聲嚷嚷：「唉呀！小十八本來挺好看的，現在竟成這模樣！」

那尊狗像動了動，雙眼淌血，身上黑毛飄動起來，狗像現出真身，落了下地，是條黑色巨犬。十八朝著老土豆巨吼一聲，一陣腥臭味猛然撲鼻而來，將土地神全都嚇回寶塔。老土豆邊逃邊罵：「臭狗、臭狗！」

遠處的福將軍冷笑一聲：「嘿，咱千壽公與你們結盟，不是請你們來和敵人敘舊的。」

後殿正中那位居中央的王公哼了哼，也化出真身，落在地上。其餘王公一一落下，正中那王公排行第七，卻像是王公裡的頭頭。

老七望了城隍許久才開口：「老黑啊，現在不比從前了，天神割據四方，早沒了正義公理，有力量才有正義公理，沒力量就沒正義公理。」

「放屁、放屁！」城隍呸地痛罵。

林珊暗自盤算，心想這仗可不好打，必須再使結界符才行。她喊了一聲，寶塔裡也早準備萬全了。

跳出寶塔的虎爺只有七隻，代表其他虎爺都已負傷，無法出戰；跳出寶塔的精怪也只剩二十來隻，道行較高的綠眼狐狸、老樹精、小猴兒等，都還在陣中。

突然寶塔裡又是一聲騷動吶喊，一堆東西被扔了出來。

「阿嬤！」阿泰見那扔出的漫天白紙，知道是六婆扔出來的紙人。那些紙人足足超過兩百隻，在林珊前頭列成了隊，蓄勢待發。

寶塔裡又傳來醫官的聲音：「仙子妳儘管用兵，不少下壇將軍讓我醫治一番還能出戰。」

「阿關大人，我歇一歇還能打呱。」癩蝦蟆探出頭來，吐了吐泡泡又縮回頭去。

阿關知道這十八尊邪神不好對付，但看見己方將士用命，也不禁熱血沸騰，舉起手裡的鬼哭劍，高聲說：「好啊，邪神跟野狗一樣多，還滿口歪理，我們才不怕，大家來玩車輪戰，玩死他們！」

阿泰也怪叫幫腔：「幹！有種上來！」

十八王公默然不語，臉上全無表情，個個身穿白衣、赤手空拳。突然狂風大作、鬼哭神號，福將軍六手旗幟亂擺，手一招，秦叔寶、尉遲敬德分別掄著大斧大鎚首先殺了上來。

十八王公個個目露凶光，也跟著兩門神一齊殺來；那黑犬身上漫著黑風，吼聲震天。

這頭阿關不顧林珊號令，一馬當先殺上。先前數番大戰，林珊和眾精怪們總攔在他前頭護衛，他知道夥伴打了好幾場硬仗，已經很累了，此時身上的白焰符也用得差不多了，索性拿著鬼哭劍帶頭往前衝。

十二王公和十三王公殺到阿關眼前，聽到福將軍在後頭大喊：「小心他手上的劍，那是太歲爺親傳的神兵！」

十二、十三連忙後退，十二手臂上被鬼哭劃了一劍，冒出絲絲黑煙。

「什麼玩意？」十二驚聲叫著，還沒叫完，眼前一件物事飛竄而來，還沒看清楚，那物事炸出一個大黑影，砸在十二臉上，將他的臉都打歪了。

旁邊的十三看得清楚，那是一只破布袋，還掛著一隻極其粗壯的黑色手臂。

十三正驚訝，阿關鬼哭劍又已刺來。十三閃得狼狽，也讓鬼哭劍劃了一下胸膛皮肉。秦叔寶掄著一對金瓜鎚殺向阿關，被范謝將軍攔下，兩位家將力戰秦叔寶。打了一會兒，范將軍挨了一鎚，向後倒下，讓後頭的精怪拉回寶塔。

伏靈布袋裡的狼頭串竄向尉遲敬德，卻讓尉遲敬德一斧劈斷，幾顆狼頭都掉了下來。百面鬼手一把抓去，也讓尉遲敬德齊手肘斬落，百面鬼手落在地上，一陣顫抖，化成了飛灰。

「天吶，門神好厲害！」阿關駭然退後，前頭十二、十三又殺了過來。城隍領著家將，死戰兩門神，虎爺和精怪們則在紙人掩護下，奮力大戰其餘王公。

林珊讓為首的七王公纏住，七王公一雙白手還帶著尖刺，左右開弓抓擊林珊。林珊揮舞長劍抵敵，騰不出空施結界。

「別讓臭丫頭扔符！那結界好厲害！」福將軍在遠處大叫。

兩位門神本來便十分厲害，此時和十八王公合力，家將團漸漸不敵。殺了一陣後，兩百來隻紙人幾乎全滅，王公們卻還個個精神抖擻。

這頭阿關讓十二、十三圍住猛攻，鬼哭劍雖厲害，但由於劍短，難以造成致命傷。十二飛撲過來，撲倒了阿關，將鬼哭劍撞離了手。

十二哈哈一笑，對著阿關脖子就要咬下去。突然十二怪叫一聲，彈了起來，本來讓他撞飛的鬼哭劍，竟插在他後背上。這回輪到阿關哈哈笑，眼睛一瞪，鬼哭劍又竄回到他手上。十二背後多了個大窟窿，黑煙炸出，無力地倒下。十三吼叫著撲向阿關，阿關用鬼哭劍護身，逼得他近不了身。

那頭，大邪對上十八，論體型，大邪比十八大上不少，一虎一狗互咬了起來。十八吐出一陣黑氣，嗆得大邪咳嗽連連，接著二邪撲了上去，兩虎合力大戰十八。

由於林珊正和老七激戰，老七一爪打落了白石寶塔。寶塔滾到一邊，裡頭一震，四隻虎爺出來接戰，外頭四隻虎爺則退回寶塔休息。

癩蝦蟆和小猴兒也領了十來隻精怪出來接力，招呼著另一批精怪退回寶塔。阿泰本來躲在後頭偷扔符鏢，讓王公踹了一腳，飛了老遠，吐出一大灘血，被精怪救了扔回寶塔裡。

寶塔還傳來六婆的叫聲，似乎也要出來參戰，卻讓老土豆拉住，嚷嚷著：「老太婆！外頭腥風血雨，俺是神仙都不能打了，妳這凡人逞什麼強……」

另一邊，家將裡的春神也讓尉遲敬德砍得傷痕累累，退回了寶塔。

福將軍見戰況漸漸對己方有利，不禁哈哈大笑，六旗揮舞，終於也要親自下來參戰了。

林珊用盡全力，好不容易逼開老七，終於抛出結界符令、施法唸咒，陣陣金光射向四周，鬼怪們怪叫連連，摀著眼睛亂竄。王公們左顧右盼，似乎十分驚訝；秦叔寶和尉遲敬德吃過這黃金結界的虧，此時也有些膽寒。

福將軍眼見林珊又使出了這結界法術，趕緊往後退到牆角邊，沒讓金光結界罩住，只得落在外頭聲援助威。

「這什麼光？」十三讓金光射了眼睛，一時分神。阿關趁機扔出鬼哭劍，鬼哭劍速度飛快，穿過了十三的身子插在十四臉上。

「哇哇！」十三、十四怪叫著，傷口噴出黑煙，倒了下去。

王公們大驚失色，早先只聽得備位太歲沒什麼本事，此時卻接連在他的鬼哭劍下死了三位同伴。

阿關不輕易使鬼哭劍飛竄，爲的就是讓邪神料想不著鬼哭劍還會飛，此時突然使出，果然殺得對方措手不及。

城隍中了尉遲敬德三斧，本來應當回塔裡休息，但見到手下家將陷入苦戰，只好奮力抗敵，勉力舉著大刀抵擋尉遲敬德的凶暴斧頭。

那邊一聲虎吼，大邪撲倒了十八，二邪跟上，一口咬在十八頸上。十八怪嚎著，利爪猛扒，在大邪身上扒出一道道血痕，又一腳踹開了二邪。

雖然有金光結界助陣，但王公們終究強過先前鬼卒太多，加上門神助陣，林珊指揮著殘兵奮力圍攻王公，卻還是漸漸落下風。虎爺們大都退回寶塔裡，只剩阿火和大邪、二邪還在外頭，精怪也剩寥寥數隻還在死戰，林珊和阿關背貼著背力戰王公們。

王公這邊也陸續有夥伴戰死，有些是讓家將斬死，有些則是讓阿火咬殘。見到福將軍一點傷也沒有，在外頭搖旗吶喊，可把裡頭的王公給氣壞了。

戰鬥持續著，家將中的甘將軍也中了一鎚，讓城隍扔回寶塔。眼見塔外戰力越來越少，寶塔一震，土地神們只得硬著頭皮殺了出來。

老土豆纏著王公老七，哀求嚷嚷：「老七啊，去年中秋，俺帶了香肉素果去探望你，你怎麼翻臉不認人吶？」

綠豆喊著：「以前你不是總說要庇祐鄉民，做個好神嗎？」

紅豆也喊：「回頭是岸吶！」

黃豆大叫：「老七，你變了！」

「吵死了，老傢伙，通通給我閉嘴——」老七大吼一聲，一把抓著黃豆的頸子，還沒使上力氣，鬼哭劍便飛竄過來，逼得他扔下黃豆，跳個老遠。

大邪嚎了幾聲，讓王公老六一腳踢在腦袋上，滾了老遠。

老六最心疼那愛犬十八，見十八讓大邪、二邪咬得傷痕累累，不禁勃然大怒，嘶吼著追殺兩隻黑虎爺。

另一頭阿火也讓老三打傷，嘴裡雖然還冒著淡淡火焰，但動作已緩慢許多。

眼見金光結界仍然無法擋下王公們，林珊撿起了給王公打落的白石寶塔，向己方喊著：

「聽我號令，通通退回寶塔！」這是最後一招，若大家真打不過，乾脆全躲進寶塔不出來。

福將軍笑得合不攏嘴，在結界外頭拍手叫好：「好啊、好啊，若是他們躲回寶塔，就用捆仙繩綁了寶塔，獻去給千壽公！」

「我拿了這大功勞！不知千壽公如何賞我？哈哈哈哈！」福將軍這笑聲竟和千壽公有些相似，連「哈哈哈哈」都十分雷同。

這時，他背後一聲輕喊：「那你想要什麼賞賜？」

福將軍一愣，轉頭一看，魂都飛了。

那是一個披著黑袍的老者，盯著他看——是太歲。

「啊！」福將軍驚駭得說不出話，六手齊揮，揮出六色毒霧。太歲吹了口氣，便將那毒霧吹回福將軍臉上，嗆得他劇咳不已。

福將軍連滾帶爬，正要逃跑，太歲已竄到他身前，一把抓住了他後頸，接著對那黃金結界指了指，結界霎時退去。

王公們見結界退去，本以為是福將軍破了結界來助陣，回頭卻見是太歲駕到，全嚇壞了。

「太歲爺！」阿關見太歲來了，興奮使著鬼哭劍飛竄不已，又刺進九王公背上。林珊手一揮，塔裡還能戰的精怪虎爺又跳了出來，展開反攻。

太歲一手掐著福將軍脖子，一手揮動大戟將衝上來的門神雙雙打倒。王公中的老大、老二衝上來拚命，太歲大戟使得如黑龍一般，先是一戟刺穿老大身子，又一戟斬去老二腦袋。

阿關對著倒落在地的秦叔寶和尉遲敬德放出捆仙咒，家將一擁而上，擒下了門神，將他們押進寶塔。

王公們見老大、老二讓太歲殺死，全嚎叫起來，往太歲撲去，太歲一戟一個，刺倒一個個王公。

「還執迷不悟！」太歲大喝一聲，聲如暴雷，將衝到面前的老七一聲喝住，大夥兒全停下了動作。王公老七回過神來，只見到王公們屍橫遍野，除了老六斷了條腿倒在一邊、抱著喘息不已的十八外，其餘全給太歲殺了。

老七身子顫著，整張臉變得赤紅一片，牙也突了出來。

「在我面前邪化！」太歲大喝一聲，收去大戟，一掌抓上老七腦袋，只聽見老七怪嚎了起來，讓太歲抓得騰了空。

林珊一行彼此相視，還沒搞清楚太歲在做什麼，阿關卻已看出，老七的眼耳口鼻已冒出了陣陣黑霧——是惡念。

太歲持續使力，老七五官中冒出來的惡念更多了，在空中結成了顆大球。

「太歲爺在替王公驅除惡念！」阿關嚷著，要大夥兒離惡念遠些，免得沾到。

太歲放開了手，老七軟倒在地，動也不動了。

太歲看了老六一眼，老六嚇得退了幾步。

太歲抬起腳，一腳將老七踢向老六，斥著：「你們只是地方小神，沒有正式受封神職，不受天界統御，擒下也沒用，老夫現在也沒空替你們一一驅除惡念，滾吧，別再為惡了！」

老六口齒顫著，與老七彼此攙扶，招呼著十八，狼狽走了。

不一會兒，大夥兒破了老廟天障，又破了第一層天障，回到了金城四樓。

林珊仍驚訝不已，說著：「太歲爺，我都不知道你會來！」

太歲一手仍抓著福將軍，說：「老夫爲了啓垣北上，昨夜好不容易找著了啓垣，跟蹤他來到這兒。啓垣早已領著部將殺進大樓了，卻不知是爲何。老夫跟在後頭，從三樓進來，上了四樓便撞進這鬼結界，一層裡頭還有一層，令人心煩！」

「其他人呢？」太歲問。

「分成兩路，讓鎮星大將領著，兩路突擊。」林珊答。

「這戰術倒挺凶險……」太歲皺了皺眉。

「凶險是一定，千壽公的兵力超出我的想像。但儘管如此，剛剛一戰，應該也傷了他五分之二的兵力了。」林珊苦笑地答。

「小阿福，你主子躲在哪層？」太歲點點頭，拎起了福將軍看了看，又聞了聞，說：「你這傢伙，可邪化得深了，一時半刻可救不回來……」

「太、太、太歲爺……」福將軍嗯嗯啊啊地說：「剛剛那十八王公不是正式神職，我卻有正式神職，我叫、叫、叫……」

「我知道啊，你叫小阿福啊，你主子千壽呢？」

福將軍支吾半晌，就是不說。

太歲抓著他一隻手使力扯了下來，說：「老夫年紀大了，耳朵有些不行，你講不清楚，我怎麼聽啊？」

福將軍哇哇怪叫，他只剩下五隻手。

「你也算倒楣，好端端地生這麼多手幹嘛？」太歲又扯下他一隻手。

「千壽公在上頭，不知是哪層！」福將軍痛徹心脾，終於招了。

「不知是哪層？」太歲輕輕捏住福將軍一隻手。

福將軍哭喊怪叫：「哇！秋草仙子領軍打上來，千壽公令我抵敵，他自己往上退，現在他在哪一層，實在說不準！」

太歲點點頭說：「我帶你上去找他，若是找不著，老夫把你手腳全拔了，讓你像毛蟲一樣在地上爬。」

福將軍連連點頭，斗大汗珠滴落，方才的得意一下子全沒了。

林珊讓城隍和家將也進了寶塔。寶塔裡騷動連連，有了太歲助陣，大夥兒士氣高昂，醫官忙得快岔了氣，替一隻隻虎爺、精怪療傷，四個土地神和六婆也手忙腳亂地幫忙醫治傷兵。

清點了一下，虎爺裡只剩下阿火、大邪、二黑、二黃和小牙仔還能繼續作戰，其他都傷得挺重。

精怪義勇軍裡也只剩下三十來隻能繼續作戰，包括綠眼狐狸、小猴兒、癩蝦蟆等。老樹精已受了重傷，不能打了。

家將裡頭也只剩下甘柳將軍、秋冬兩神能戰。

城隍身中數斧，此時讓醫官包紮，還喃喃罵著王公。罵著罵著，卻低下了頭，十分感傷，本來的好友竟戰得如此激烈，王公們幾乎全軍覆沒，城隍嘆了口氣，不再出聲。

太歲一手拎著福將軍，一手提著大戟，走在前頭，阿關和林珊跟在後頭，往五樓前進。

28 魔王弒天

「魔王弒天！」

長河轉身見到那衣著華麗、婦人模樣的女魔，認出她就是千壽公結盟的魔王——弒天。長河駭然大驚，再不多話，急急一刀劈去。

弒天速度極快，她身子向後一退，避過這刀，再急速向前，向長河扒來一爪。

長河揮刀擋下弒天數記扒抓，只覺得對方攻勢異常凶猛，他想後退，但腳下竄出一隻妖魔，張口咬住了他的腳。

便這麼一頓，弒天已經竄來。長河刀還未出，弒天兩指已經插進長河雙眼，掐抓著他的眼眶，將他提了起來。

「！」長河齜牙咧嘴，兩手緊扣著弒天手腕，卻沒吭上一聲。

「倒是條硬漢……哈哈哈哈！」弒天表情蒼白恐怖，放聲怪笑，掐著長河眼眶，提著他往天上飛昇起來。

長河單刀落在地上，雙手使命扳著弒天的手，卻扳不開。

一名天將飛竄來攔，朝弒天一斧砍去，沒砍中，反倒讓弒天一爪抓在臉上，頓時臉上血肉模糊，大斧落地，妖魔全擁了上來，撲在天將身上，一口口咬死了這天將。

「長河兄！」另一頭的飛蜓見了這頭慘況，立時回身飛竄搶來救援，朝著弒天一槍刺去，弒天側身避開這槍，還順手一把抓住了槍柄。

「風來！」飛蜓見機使出風術，三股旋風順著槍身往弒天胳臂旋去。

弒天怪笑兩聲，手上黑霧騰生，也凝聚成狂烈黑風，擋下了自長槍旋上她胳臂的風。

「出口……在東南方向……百來公尺處……」長河指著那出口處，大聲暴喝：「快走……這傢伙不簡單！」

「放手——」飛蜓怒喝，使勁扯動長槍，卻搶不回長槍。

弒天一手抓著長河，一手握著長槍，還以長河做肉盾，逼得飛蜓不能隨心使出風術。

青蜂兒飛到弒天身後，正要助戰，卻見一團黑影落下，是苦楚。

苦楚甩動黑髮，揮動大爪大戰青蜂兒。

「哈哈！」鬼子也在青蜂兒身後現出，兩隻魔將前後夾擊青蜂兒，鬼子大喊著：「弒天王，那長髮神仙十分囂張，好好整整他！」

「你別太狂妄！」飛蜓聽了鬼子這麼喊，怒得不可自抑，雙手上又旋起兩道風。

「耍來耍去，就只是這招。」弒天嘿嘿怪笑，抓著長槍那手炸開一片黑霧，將飛蜓給震得脫手，摔落老遠。

這邊青蜂兒放出光針逼開鬼子和苦楚，這才退到飛蜓身邊，扶起了他。飛蜓摀著腹部，露出痛苦的表情，先前已讓鉞鎔刺了一劍，此時更著實傷得不輕。

那邊空著手的福生揮拳打開一條血路，也退到飛蜓身邊。飛蜓掙扎站起，看看四周，三名天將寡不敵眾，紛紛戰死。

長河不斷嘶吼：「你們……快退……再慢就走不了……了……」

弒天哈哈一笑，看看那拿著大斧、十分強悍的大妖魔：「乖兒子，去，殺了他們。」那頭頂四支牛角的大妖魔聽弒天這麼說，怪嘯一聲，揮動大斧。

「上啊，咱們跟著二少爺吞天衝！」鬼子和苦楚從兩邊殺向飛蜓等，四周妖魔也全擁了上來——原來那四角大魔叫「吞天」，是魔王弒天的二兒子。

飛蜓、福生、青蜂兒讓大批妖魔圍著，卻只有青蜂兒手上有武器。他一邊放出光針對付鬼子，一邊舞著長刀抵抗苦楚。

吞天殺到了眼前，福生臉色猙獰，大吼一聲，雙手化成兩張大盾，像獨角仙的硬殼一般，背上則是隆起那支大犄角。

吞天一斧砍下，福生用大盾硬擋，犄角一甩，打在吞天腳上，將吞天打得翻了個筋斗。福生正要趁勢追擊，卻又讓擁上來的妖兵們團團圍住。

飛蜓放出幾股風術，吹散了圍住福生的妖兵。

弒天還抓著長河，嘻嘻嘿嘿笑著，模樣竟像個瘋婆。弒天慢慢往前飄著，緩緩逼近飛蜓等，身後跟著大批妖兵，個個張牙舞爪。

「還不走！」長河怪叫，弒天的雙指還插在長河眼中，這時長河的眼眶突然綻放藍光，藍光越來越亮。弒天吃了一驚，想要扔下他，但長河即時扣住了弒天手腕緊抓不放，藍色光芒在他手上圍繞成流，跟著是一陣陣霹靂，炸在弒天身上、手上。

「歲……星……大將……們啊，去找……黃……江——」長河用盡最後的力氣揚聲嘶吼：

「走！快走——」

長河用全身力氣放出湛藍光，那天障出口讓湛藍光芒映得清晰許多，果然在這黑暗空間的東南方向某個角落。

福生掄動大犄角開路，飛蜓、青蜂兒以光針和風術斷後，一路殺到了那天障出口。出口是一個圓形洞口，在湛藍光的照映下忽隱忽現，竟有些瑰麗。

青蜂兒唸了咒，對那出口施法，白光在天障出口閃起，閃出一個白洞。青蜂兒和福生先後自那出口鑽了出去。

四周的湛藍光漸漸黯淡，飛蜓看著遠處軟下身子的長河，讓弒天一把摘下了腦袋，往天上一扔。

「追——」弒天用尖銳恐怖的聲音吼著，飛蜓看著那讓魔王扔上天的長河腦袋，在空中打了個轉，跟著落下。

飛蜓驀地回神，發現妖兵魔將已擁到眼前，才剛想到要回頭，已讓外頭的福生和青蜂兒分別伸進兩手給抓了出去。

「往上往下？」退到了八樓樓梯口，福生問著。

「這兒是八樓，翩翩姊那路從三十二樓往下打，現在不知打到幾樓？備位太歲大人主攻軍從一樓往上打，現在應該就在下頭不遠！」青蜂兒答。

「咱們往下可能很快就能和秋草會合，但上頭那路下來時，卻又要撞上弒天這瘋婆娘；

且長河將軍已死，只有黃江將軍能治這天障。」飛蜓說。

青蜂兒點點頭說：「翩翩姊那路兵力較弱，我們往上去，和翩翩姊會合，也將長河將軍犧牲的事，告訴黃江將軍，再一齊殺下來！」

飛蜓和福生都不反對青蜂兒的提議，突然身後殺聲大作，原來是妖兵魔將紛紛跑出天障，追趕而來。

青蜂兒在前頭探路，福生斷後，三人轉往樓上去了。

□

太歲領著林珊、阿關一同來到六樓。

六樓一片狼籍，鬼怪們的斷肢殘骸撒遍滿地，顯然是辰星一行幹的。

經過六樓，來到七樓，七樓幾乎全毀，辦公桌椅全都爛了。

辰星手執寶劍，威風凜凜地站在正中，身後站著四位部將。千壽公則帶著祿將軍死守一角，恨恨瞪著辰星。

「石火輪！」阿關發現殘骸一角裡，石火輪就倒在那兒。原來這七樓本來也有著天障，但讓辰星給破了，便沒人理會倒在殘骸堆中的石火輪。

阿關用心召喚，石火輪動了起來，飛快竄回阿關身旁。

辰星轉頭看了太歲一眼，嘴角微揚，冷笑地說：「澄瀾兄，你終於來了，等你好久了。」

太歲點了點頭，卻沒回話，而是將福將軍扔在地上，淡淡地對福將軍說：「很好，你沒騙我，老夫放你一馬，在一旁乖乖待著，等老夫和啓垣敘敘舊，便來替你清除惡念。」

福將軍掙扎站起，見到千壽公身邊鬼卒幾乎全滅，只剩一個祿將軍死命守著，不禁呆在一角，不知該如何是好。

千壽公見太歲也來了，知道自己必敗無疑，嘆了口氣說：「原來你們串通好了來對付我……」

辰星嘿嘿笑著說：「你別怨天尤人，我可沒和太歲串通，我就是看你不順眼，我看順德也不順眼，要不是先前讓鎭星、太白星逼得太緊，搞得元氣大傷，我早把順德給宰了。」

千壽公先是啞然失笑幾聲，跟著神情轉爲懊惱，說：「啓垣爺……你也怪異莫名了……您原貴爲五星，若是……咱們聯手……以您的武勇，加上小弟我的智謀，那咱們勢力可不輸給南部的西王母……」

辰星哈哈一笑，往前走去。祿將軍雙眼冒著異光，怪叫吼著，向辰星撲來。辰星寶劍一揮，祿將軍立時成了兩截。

千壽公神情有些呆滯，突然又滔滔不絕起來：「南部西王母根本不算什麼，我的鬼卒眾多，啓垣爺您手下悍將如雲，要是……要是我們合作……天下就是我們的了……我願追隨您……」千壽公還沒說完，只見辰星手一揚，劍光一閃，千壽公的腦袋已經落了下來，嘴巴還猶自動著，眼神滿是怨懟，跟著化成了灰煙，隱隱散去。

辰星轉身將寶劍入鞘，默默看著太歲，嘴角還掛著一絲狡獪微笑。

阿關和林珊都驚訝不已，北部三大邪神之一的千壽公竟死在三大邪神辰星啓垣手下。

「如何？南部西王母悍得很吧，聽說你吃了她不少虧。」辰星找了個話題開口。

「先不提別的，老夫是專程來找你敘舊的。」太歲單刀直入地說。

辰星點點頭，對著身後部將揮了揮手說：「上頭還有一個魔王，戰況可能十分吃緊，你們去幫兄弟們。」

四名辰星部將點了點頭，往樓上去了。

太歲靜默一會兒，也對林珊說：「草兒，妳也上去幫忙，魔王不好對付。」

林珊猶豫了半晌，不敢違背太歲的命令，也跟著上去了。阿關則呆在一旁，太歲沒要他走，他也不敢走。

辰星看看阿關，冷笑幾聲說：「備位太歲還不成氣候。」

太歲點點頭，苦笑答：「老夫提早十年解開封印，能有此番成績，他也盡力了。」

「澄瀾，你特意北上，是來逮我的？」辰星突然這麼問。

「老夫說了，是來和你敘舊的。」太歲搖搖頭。

辰星哈哈大笑說：「是，我也想和你敘舊，但有些話一時半刻也說不清楚，只好委屈你讓我砍兩劍，做我階下囚，再讓我好好和你敘敘舊。」

太歲皺了皺眉，不悅地問：「啓垣，這話什麼意思？」

「就當練練劍、過過招吧。」辰星眼中精光大盛，一邊說，雙手抽出兩把長劍。他身上揹著六把長劍，此時抽出兩把，背上還有四把。

太歲神情顯得有些疑惑，仍然舉起黑色大戟。「老夫不妨坦白說，我認為你並未完全邪化……」

還沒說完，辰星已經竄到太歲面前，凌厲一劍刺來。

太歲橫戟格開辰星刺來的長劍，隨即也回了一記大戟橫劈。

阿關見兩星突然說打就打，心中驚愕。一旁的福將軍見阿關發呆，竟打起鬼主意——他知道阿關是備位太歲，此時心想若是擒了阿關，或許還能以阿關為人質，想辦法脫逃。他邪化已深，此時竟不想隨正神回主營當個小角色。

福將軍突然怪喝一聲，撲向阿關。阿關嚇了一跳，身上的伏靈布袋迅速竄起，蒼白鬼手一把向福將軍抓去。福將軍偏了身子，沒讓鬼手抓到。

阿關回過神來，哇哇大叫、撲倒在地，鬼哭劍隨手一拋。

福將軍見到阿關倒下，鬼哭劍也離了手，不禁大喜，撲衝上來要抓阿關。

他才剛撲到阿關身上，只覺得右邊身子裂了開來，本來讓阿關扔到一旁的鬼哭劍，此時竟刺在他右邊腰間。福將軍又驚又怒，原來阿關又使詐，故意裝傻引福將軍撲來，再隔空操縱鬼哭劍施以奇襲。福將軍身上那裂口太大，他慘嚎了半晌後，便漸漸死去。

「小子，老夫可沒教你這種打法！」一旁的太歲見了，有些哭笑不得。

「沒辦法，劍太短，我砍不到他，只好騙他來讓我刺……」阿關站起，拾起鬼哭劍。

太歲和辰星越打越激烈，太歲臉上神情卻越加疑惑。

阿關舉著鬼哭劍，聚精會神，準備隨時拋出刺擊辰星，但眼前兩位星君動作都快如閃電，找不著空隙。

辰星雙劍舞得密不透風，一道道劍光犀利，刺向太歲全身要害；太歲的大戟則如暴雷，以千鈞之勢左右劈掃辰星。兩星大神在七樓打得天昏地暗。一旁的阿關看得張大了嘴，如癡如醉。

太歲一戟掃去，辰星閃過，甲冑出現裂痕。他喊了聲好，又衝上來打，邊打邊喊：「早聽說歲星澄瀾身手了得，今日大打一場，才知道名不虛傳！」

太歲也不回答，一邊打著，一邊凝神看著辰星身上各處，神情依舊疑惑。

「你不是邪神……」太歲終於說出這句。

辰星哈哈一笑，一劍斬下。太歲急忙閃過，肩頭也給劃出一道口子。

阿關見太歲受傷，連忙扔出鬼哭劍。鬼哭劍竄向辰星，卻讓辰星一劍打落。

辰星吆喝一聲，原本應當上樓助戰的四名部將，竟又從樓梯口躍下，持著兵器趕來助陣。

阿關驚駭莫名，氣得破口大罵：「你這狡猾的傢伙！」

太歲讓辰星四名部將圍了，摀著肩上傷口，滿臉怒容地說：「啓垣，你莫名其妙！」

「失禮了，老友，兵不厭詐，要是不用這方法，我可能打不過你。」辰星哈哈笑著，吆喝一聲，率著四名部將圍殺上去。

一名辰星部將轉向擋在阿關面前。阿關拿著鬼哭劍對付那部將，對方也不急著攻，似乎只想纏住阿關而已。

太歲以一敵四，漸漸落了下風。他越打越怒，吼聲越來越大，戟上黑雷閃電轟隆隆炸出。這邊辰星也使出了全力，大喝一聲，腋下肩頭又生出四隻手，將其餘長劍抽出，六把長劍如同流星雨般地刺擊著太歲。

左邊一名辰星部將放出一片光網，原來是捆仙咒，捆仙網纏住了太歲的腳。

太歲氣極，一邊踢著腳，想掙開捆仙網；一邊舉著大戟左劈右砍，逼得辰星等近不了身。捆仙網一張張打來，太歲打落一張網，又有兩張網接著襲來。

「辰星啓垣！你究竟在打什麼算盤？」太歲吼著，大戟上頭凝聚了一團黑雷，使勁一揮，黑雷如龍一般，朝一名辰星部將轟去。辰星手快，一手將那部將推開，助那部將躲過黑雷。

又一張捆仙網覆住太歲的身子，阻礙了他的動作。

只這麼一慢，辰星逮了個空隙一劍刺來，正中太歲右肩。太歲大戟落地，辰星仍不罷手，六支劍分別刺進太歲雙肩、雙腿，以及左右兩腹。

太歲發出震天吼叫，阿關霎時腦中一片空白，難以置信。他瘋了一樣拿著鬼哭劍亂砍，將眼前辰星部將逼退。

幾名部將發出一張張捆仙網覆向太歲，直到太歲動彈不得，辰星這才一把抓起太歲，六支長劍還插在太歲身上。

阿關大叫一聲，撲向辰星，握著鬼哭劍猛力刺下。

辰星竟然不避不擋，任由鬼哭劍刺進右肩，神情肅穆漠然。

阿關讓辰星部將拉開，被一陣痛打打得站不起來。

伏靈布袋竄起，蒼白鬼手和新娘鬼手才伸出，就讓一名辰星部將兩手抓住，兩隻鬼手傷痕累累，早已沒什麼力氣了。大黑鬼手先前即已重傷，無力出來了；而狼頭串和百面鬼手，則在先前老廟天障被尉遲敬德斬死了。

阿關倒在地上抽搐，辰星伸手摸向後背，將鬼哭劍拔了出來，扔在阿關面前，冷冷看著阿關，對那抓著兩隻鬼手的部將說：「這是澄瀾給小鬼的保命玩意，別把人家的玩具玩壞了，還他吧。」

那部將聽了，將鬼手塞回袋裡，隨手一扔。

辰星轉身對部將吆喝一聲：「走！」

阿關啊啊叫著，想要掙起，但辰星已經拎了太歲，帶著部將飛出窗外。

□

二十七樓靜悄悄的，十分凌亂，顯然有過一場激戰。

黃江拎著食天走在最前頭，翩翩、若雨及天將們則跟在後頭。

「秋草妹子可真會算，安排這工作讓我們去做，她可好了，領著大軍從容打上樓來，我們可要拚死拚活。」若雨噘起了嘴，她並不是討厭林珊，只是天生性子就是有話直說，想到什麼便說什麼。

「我倒覺得分配得挺好，若我們集中兵力一層層打，千壽自然也能集中兵力死守，到頭來佔不到便宜。現在這樣，像拿兩把刀子插進千壽肚子裡攪和，破壞他的布局，和樓下主力裡應外合，看他怎麼守。」翩翩隨口答。

「這麼說也有道理，要是全擠在一塊，翩翩姊妳的雙月光圈、飛蜓的旋風、蜂兒的千針和我的火術，可能都沒法用得盡興。說不定我的火一不小心打在阿關手上，他的手又要包成兩個大饅頭了。」若雨哼了哼。

黃江一行經過了二十六樓、二十五樓、二十四樓，裡頭也是同樣凌亂不堪。

「難道是飛蜓他們？」若雨訝異地說。

一直到了十七樓，黃江才開口：「小心，有個天障！」

黃江帶著大夥兒進了天障，卻發現裡頭正廝殺著。

一名白衣女子領著三名將領，和幾隻魔將對壘作戰。

「月霜！」若雨大驚：「是妳！」

那叫作「月霜」的白衣女子，就是那晚醫院一戰，替阿關滅了火的辰星部將。

月霜看了看若雨和翩翩，臉上閃過一絲驚訝，說：「紅雪、翩翩，妳們也來了？」

「媽呀！辰星也來啦！他在哪邊？」黃江哇哇叫著。

「啓垣爺正領著手下在下頭追殺千壽呢。」月霜答。

「你們……究竟是如何……爲什麼幫咱們？」若雨張大了口。

「紅雪……」月霜毫無表情：「現在我們的立場是敵對關係，不好多說。」

月霜身旁幾個辰星大將，有些臉色猙獰，見了翩翩等，便想殺上來，卻讓月霜攔住，指示：「先殺魔將。」

十七樓的天障不強，魔將也不強，一下子便讓辰星部將殺光了。

三名天將看看翩翩，翩翩便說：「我們此行是來誅殺千壽邪神的，除非辰星挑釁，不然別先動手。」

月霜也煉於洞天，是翩翩和若雨的兒時玩伴。

兩路人馬分別從兩處樓梯，下到了十六樓，十六樓也有殺聲，是文回和鉞鎔。

文回見月霜下樓，連忙趕上前問：「上頭情形如何？」

「魔將殺完了，更上頭的都讓翩翩、紅雪給清了。」月霜答。

鉞鎔一聽翩翩和若雨，神情有些古怪：「那兩個潑辣丫頭也來了？」

還沒說完，翩翩等已從另一條通道下來。翩翩聽到了鉞鎔說的話，也不回答。大夥兒大眼瞪小眼，場面竟有些尷尬。

黃江打圓場，轉身對天將說：「辰星是次要敵人，千壽邪神才是主要敵人。」

文回也連忙對身後同伴喊：「我們的主要敵人也是千壽那鼠輩，先抓了千壽再說！」

鉞鎔看看身邊，加上自己一共是九位大將，他怒瞪著翩翩一行說：「咱們這邊佔優勢，要是打起來，你們輸定了。」

「你又不是不知道翩翩姊一個可以打九個，你以前讓她每天照三餐打，給打傻了？」若雨冷笑說。

鉞鎔漲紅了臉，想要反駁。

月霜臉上默無表情，卻閃過一絲無奈。

「我不明白，你們看起來不像邪神，爲什麼……」翩翩困惑地問。

鉞鎔突然大罵：「邪神、邪神，看妳這模樣才像邪神！」

翩翩愣了愣，不再開口。

一旁的若雨聽了卻火冒三丈：「你狗嘴吐不出象牙！要打是吧，來！」

鉞鎔馬上回答：「來就來！」

文回一手按住鉞鎔肩頭提醒：「別忘了啓垣爺的交代！」

突然，樓梯口一陣聲響，兩方人馬轉頭看去，上來的是飛蜓、青蜂兒和福生，不禁又是一陣驚訝。

青蜂兒等也是驚訝叫著：「哇！全都到齊啦！」

鉞鎔見了飛蜓全身是傷，比自己還狼狽，不禁哈哈大笑：「看你這傢伙，嘿？你的長槍呢？不會連兵器都丟了吧！」

飛蜓氣得牙癢癢，但受傷頗重，狼狽走到了黃江身旁，就要倒下。三天將扶住了他，若雨連忙對他施了治傷咒。

這邊文回手一招，準備往樓下殺去。

「等等！」福生和青蜂兒一齊大喊：「樓下的瘋婆娘很厲害，她就是魔王弑天！」「魔王就要上來了！」

原來弑天追著飛蜓一夥，一路追到了十六樓。

黃江想起了什麼，問：「長河呢？」

飛蜓默然不語，福生支支吾吾地回答：「長河將軍讓那弒天魔王給殺了……」

青蜂兒接著話，將長河犧牲的過程大略描述一番。黃江捏緊拳頭，神情肅然。青蜂兒還沒說完，樓梯口已經漫起了黑霧，迅速罩住了整層樓。

「小心……這天障厲害！」黃江哼了一聲，提醒大家。

兩路人馬往後退了退，擺好了架勢，等著弒天。

福生早已收回了大盾和犄角，此時是赤手空拳。大盾和犄角雖然厲害，卻十分耗力，非到緊急時候，不輕易使出。

福生見到一名天將使的是雙鎚，上前跟他要了一鎚，呵呵笑說：「真對不起，分我一支來用用！」天將便將一支大鎚讓給了福生，福生拿在手上秤了秤：「太輕……太輕，勉強用用吧……」

飛蜓見福生有了武器，自己還是空手，又看到遠處鉞鎔還對自己做出嘲笑鬼臉，不禁氣惱。

這天障不停向四方擴張，天上黑雲狂流，地下翻出一片片石板平整鋪起，一支支巨大石柱從地面竄出。

「這魔王裝神弄鬼，要出場還先裝潢舞台哩！」若雨嘿嘿冷笑，一面聚精會神環顧四周。

此時的十六樓天障當中，早已成了一片寬闊石板廣場，也分不清東南西北，不知弒天會從哪兒出來。

「那邊！」一名辰星部將指著廣場某個方向，那邊泛起陣陣白霧。

白霧裡走出一隊一隊的妖兵，妖兵大軍全副武裝，有些手執大盾巨劍、有些拿著長槍大戟、有的配刀、有的拿弓。

後頭一頂紅色大轎極其艷麗，由三十六隻妖兵抬著，緩緩壓陣前進。轎上坐著的正是魔王弒天。前頭帶頭開路的則是弒天二兒子「呑天」，呑天扛著那如門一般大的恐怖斧頭，神情高傲、不可一世。鬼子、苦楚和幾名魔將則跟在大轎兩旁，妖兵中還夾雜著奇異魔獸，有長著三頭的狼，還有噴火的牛。

這批上千妖兵大軍之後，還跟著大批等級較低的雜牌妖魔，張牙舞爪地隨著妖兵大隊前進。

這支妖魔大軍在距離神將們數十公尺時停了下來。

弒天自大轎上站起，瞪大眼睛，似乎發現了黃江腳邊的食天。

黃江踢了食天一腳，指著弒天斥喊：「妳這魔王殺我兄弟，我只好殺妳兒子來替兄弟報仇了！」

弒天半晌不語，神情時而猙獰、時而呆滯，突然大喊：「食天兒啊，娘早已交代過你，千萬別讓神仙抓了，他們殘忍得很！你忍忍，娘就來救你了！」

被捆著的食天不吭一聲，咧開嘴巴，露出森白利齒，怒瞪著黃江。

弒天接著望向黃江說：「你說我殺你兄弟，試問，你們神仙殺了我這麼多手下，就是理所當然、天經地義的嗎？」

黃江哈哈大笑，朗聲說著：「臭婆娘顛倒黑白，我下魔界超過百次，從沒濫傷無辜，若是碰著魔界小妖被大妖欺負，我還會出手相救！你們違反約定私上人間，和邪神結盟，興風作浪，咱們不來攻妳，難不成還要倒茶給妳喝？」

弑天指著文回一路，嘻嘻笑了起來，說：「若我沒認錯，他們也是邪神……怎麼不打他們？虛僞的傢伙們！」

黃江笑著反駁：「咱們要打誰還用得著妳過問？現在就是要聯手打妳，妳不服氣？妳害怕了？」

弑天尖聲怪笑起來，笑得極其尖銳可怕。

「你娘果然是瘋婆子！」若雨見那弑天也不答話只是尖笑，看得生氣，便踢了被捆在地上的食天幾腳。

黃江隨即重重一腳踏在食天臉上，高聲斥喝：「惡婆娘！妳要是不退兵，我就一劍刺死妳兒子！」

「戰場上生生死死也是莫可奈何……如果你殺了我的寶貝兒，那也是沒辦法的……嘻嘻嘻嘻……我可以把你們全都殺了，替我的寶貝兒報仇……嘻嘻嘻嘻……」弑天一邊尖笑，一邊張開雙手，她胳臂極瘦，指甲十分銳利，閃著青藍色的光。弑天的神情變得更加猙獰，尖笑大喊：「殺——」

「殺——」妖魔大軍齊聲尖嚎，挺起各式武器，浩浩蕩蕩地朝神將這方殺來。

「上。」這邊文回也一聲令下，一干辰星大將上前接戰。

黃江倒是傻眼，本來他逮著食天想要做人質，哪裡料到魔王弑天瘋得厲害，說打就打，連兒子也不顧了。

黃江莫可奈何，恨恨地踹了食天幾腳，提起木劍領著歲星諸將也殺了上去。

石板廣場霎時風雷大作，妖兵和神仙們在廣場正中殺得天昏地暗。

這批千餘上下的妖兵比起先前雜牌軍，似乎更強悍些，不僅訓練有素，且武裝齊全。

神仙們則三、兩個成一小組，互相掩護殺敵。兩星部將本都是舊識，齊力迎戰弒天大軍時，便也不再多分彼此，不時互相支援。

翩翩一躍，飛竄極高，在空中旋身揮出一道道光圈劈進妖兵堆裡，劈死一隻隻妖魔。緊接著她又揮動雙月，晃出兩柄光刀，像落雷般俯衝而下，飛竄進妖兵陣裡，她飛到哪，哪兒的妖兵就像骨牌般倒下。

神仙部將們數量雖遠少於妖兵，卻個個菁英，仗著翩翩這股氣勢，全都卯足了勁廝殺。

吞天領著妖兵，全力攻打辰星部將中帶頭的文回。文回被吞天的恐怖大斧逼得連連後退，鉞鎔和五部則搶上兩側游擊助戰。

戰況激烈，福生手上的天將大鎚使不順手，便左手化出大盾，或劈或砍打飛一批批妖兵。

飛蜓則搶下妖兵手上的長槍、大戟，勉強湊合著用，打沒兩下便斷了，只好再搶、再打。

黃江居中指揮，只見他一柄木劍不斷翻著手上厚書，挑出一張張各式符令，放出各種古怪異術，襲擊著妖兵們。

弒天見翩翩驍勇，也給激得殺性大起，怪吼一聲從轎子上竄起，凶猛地直衝翩翩。翩翩將飛勢催得更快，屢次避開弒天撲擊，並放出光圈反擊。弒天猙獰尖笑，揮動利爪撥開那些光圈。

福生則打到了文回那兒，共同夾擊呑天。他讓呑天恐怖大斧逼得氣惱，一聲暴喝，又現出背上犄角，全力和呑天拚了。

福生身型本來算得上是十分壯碩，但此時站在呑天面前，倒像是一頭小牛奮力抵抗著一頭大象。

呑天大斧一記記砸下，福生咬牙用大盾硬接，再使犄角奮力還擊。

突然石板廣場另一邊開出了個洞，進來的是燹和另兩位魔將。他們剛才臨陣脫逃，此時才又繞回來幫忙。

食天被捆在地上哇哇大叫，但亂軍之下，也沒有妖兵來救，有些妖兵還在他身邊踩來踩去，卻沒一個騰出手將他救出——這批妖兵都是弟弟呑天的手下。

燹舞著火殺向神將，想要將功折罪，好死不死卻遇上月霜。燹一面火牆打去，月霜舞動長劍，吹雪襲來，又滅去燹的火。燹又驚又氣，接連遇上剋星，讓這本來高傲的魔界妖女信心全無。

燹正驚訝著，月霜又吹來一片雪，打在她身上，凍住了她的手腳。她正要使火來解凍，月霜已經一劍刺進她的眉心，刺死了這火妖。

妖兵步步進逼，兩星部將們體力漸漸不支，邊打邊退。翩翩在空中被弒天一路追擊，能拖延至此已是極限，更無力下來幫忙其他同伴。

三名天將較弱些，都讓妖兵殺了，辰星這裡也有兩將不敵倒下。

文回、鉞鎔正和福生共同死戰呑天，不時看看歲星部將這頭戰況；青蜂兒、飛蜓也偶爾望望辰星部將那邊的戰況。

突然，廣場一角又開了個洞。

進來的是孤身一人的林珊。

林珊見了這石板廣場的慘烈戰況，連忙急急飛來，一把將剩下來的結界符咒全都拋上天、唸動咒語，霎時空中爆裂出萬道金光，四處亂射。

「哇！浪費我的符啊——」黃江回頭，氣罵著：「這結界符咒寫來不易，百日才能寫出一張，妳一次扔一張就行了，怎麼一次全扔上天啦——」

「救兵來啦！」青蜂兒本來被一小隊妖兵圍住猛攻，奮力死戰，此時只見身後射來萬丈金光，照得那些妖兵個個摀著眼睛吼叫。青蜂兒便趁勢殺倒一片妖兵，回頭一看是林珊，驚喜大叫：「反攻、反攻！」

妖兵們騷動起來，耀眼金光四面八方亂射，射得妖兵們陣腳大亂。辰星這兒幾個邪化較深的部將，也讓金光照得難受，吼叫起來。

鬼子讓一道金光迎面照在臉上，霎時彎腰抱頭嘎嘎叫著，什麼也看不見。青蜂兒逮到機會，一刀砍落了鬼子的頭。

另一邊若雨也趁著苦楚讓金光刺得睜不開眼睛之際，一鐮刀揮舞過去。鐮刀甩出了火鞭，火鞭蛇似地繞上苦楚全身，火焰霎時籠住苦楚身子，將她燒成了黑灰，再也無法復元。

林珊舉起寶塔，裡頭還能出戰的神怪虎爺全殺了出來，爲數雖然不多，但在金光掩護下，也齊心合力殺開一條血路。兩星部將士氣大振，紛紛鼓起最後的力氣奮勇殺敵。

弒天在天上愕然驚嚇，她還不知發生了什麼事，只曉得不知哪兒爆出的一片金光，照得她眼睛難受。她抹了抹眼睛，翩翩已經竄到她眼前。

翩翩身子一旋，打出漫天光圈射向弒天。弒天揮動利爪，伸手去抓光圈，將襲來的光圈一個個抓碎，來一個接一個、來兩個接兩個、來四個便接下四個——

來八個卻接不了八個了。

弒天胳臂讓幾道光圈劃過，一身華服終於出現破口。她正要發怒，突然一道火鞭打來，捲住了弒天左手，火焰順著她的手往上燒，原來是若雨追來助戰。另一邊青蜂兒也斜斜飛來，揚手射來千萬光針。

弒天鼓著嘴巴向左手吹出黑氣滅火，又揮起一道紫光擋下襲來的光針。

突地一個飛影掠過頭頂，弒天抬頭一看，是飛蜓。飛蜓左手抱著數十支長槍、大矛、長戟等兵器，都是他從妖兵手上奪下的武器；右手也抓著一支長槍，迅雷般地朝弒天擲來。

弒天反手打落那長槍，接著又閃過翩翩三道光圈和若雨兩團火，突然聽得頭頂風聲倏倏，抬頭一看，竟是飛蜓將那數十支長兵器全拋上空中，再以風術操使，數十支槍、矛、戟在空中串成一條大龍，伴著烈風，飛蜓踩在那大風龍上朝著弒天衝殺而來。

弒天一縱身想要飛竄避開，但那大風龍倏地散開，數十支槍、矛、戟開花似地炸開，其中一支矛刺中弒天肩頭，另一支戟則劃過弒天腰間。

飛蜓趁勢殺下，挺起雙手上握著的一柄槍和一柄戟，照著弒天腦袋攢下。

弒天高舉雙手抵擋，她的手掌硬如精鋼，將飛蜓刺來的槍和戟給硬生生撞碎成數截。

此時一道火鞭纏上了弒天腰間，一片光針射中了弒天後背——弒天再強悍，也無法同時抵敵歲星四將。她全力擋下飛蜓攻勢，便沒能即時反應兩旁夾擊而來的若雨和青蜂兒了。

弒天大驚，鼓起嘴巴吹出黑風滅身上的火，才低頭又是一驚，只見翩翩已竄到她下方，手上雙月現出兩把大光刀，刀身周圍還伴著許多光圈。

翩翩大喊一聲，拖著光刀向上旋竄，奮力一斬，勢如昇龍。

「呀！」弒天也鼓動全力，右手托起黑霧向下硬擋。

光刀和魔手相交，炸出炫目彩光和爆裂黑氣。翩翩的雙月紛紛脫手，給震飛老遠；弒天則被轟得往上飄飛，右臂手肘以下給斬得皮開肉綻。

若雨飛竄跟上，揮動一道火鞭打在弒天胸口；後頭追來的青蜂兒一刀劈在弒天間後肩上。飛蜓則急急竄來，飛踢一腳伴著烈風，將弒天砸蹬墜地。

弒天重重摔砸在厚重石板上，砸出好大一片碎石塵埃。

弒天嗥叫掙起，抬頭卻只見天上花花亮亮，眼花撩亂，像是墜下了五色雨——是青蜂兒發出的光針、若雨砸下的火球、翩翩射下的光圈，和飛蜓的狂風。

「轟轟隆隆！」「暴雨」炸落在弒天身上。

「喝啊啊——」弒天讓這陣「雨」轟得趴在地上，慘嚎不止。好不容易暴雨停止，她暈眩無力地掙扎起身，只見到一旁一團紅色大影閃來。

一頭紅色巨獸，是阿火。

阿火張開虎口，撲上弒天身子，一口咬住了這魔王的腦袋。弒天臉色猙獰，想伸右手還擊阿火，卻發現右手已讓翩翩剛才那記斬得重傷，無力攻擊；接著一道青影落下，她的左手也離開飄飛身子，是讓急墜下地的青蜂兒一刀劈去的。

阿火虎口炸出火焰，「喀嚓」一合，咬碎了弒天腦袋。

弒天的身子緩緩向後仰倒，華服飄揚開來。

阿火仰起脖子朝天重吼，吼聲響徹天際，有如勝利的號角一般。

妖兵們見了弒天讓阿火咬碎腦袋，紛紛咆哮嘶嗥起來，卻不是要替主子報仇，而是驚慌無措地四散逃命。

「哈哈，惡念！」飛蜓自空中摔落在地。他負傷頗重，剛才使出全力攻擊弒天，腰間讓鉞鎔刺的傷處裂開淌血，此時僅能狼狽苦撐著身子。幾隻妖兵見飛蜓虛弱，趁機殺來，都讓他揮拳撂倒，還搶得一柄斷槍護身。

兩星部將一陣掩殺，將妖兵們殺得大敗。

這時一道符令凌空打來，辰星大將們也騷動起來——那是辰星打給他們的號令。

文回高舉長刀大喊：「我們走！」

辰星眾將接了號令，彼此攙扶，一下子全撤走了。翩翩等歲星部將雖有些錯愕，卻也無心追趕。

大魔吞天見母親讓阿火咬死，憤怒地連連怪吼，將一柄恐怖大斧掄得驚天動地。但翩翩、若雨、青蜂兒、福生圍住他一輪猛攻，他又哪敵得住四名歲星部將圍攻，很快不支倒下。

福生吼叫一聲，跳在吞天身上，大犄角轟然砸下，重重砸在吞天臉上，砸死了這小魔王。動彈不得的食天，則早在混亂中讓虎爺咬死；妖兵們則七零八落，全往遠處逃去，往天障外頭鑽。

飛蜓揮著斷槍追打了一陣，終於力盡倒下，讓青蜂兒攔腰接住。「飛蜓哥！」若雨和翩翩也止住追擊，兩人全身發軟、氣喘吁吁，環顧四周，妖兵們全都逃了。林珊在妖兵圍攻之下也負了傷，由兩隻精怪攙扶著，趕來與其他歲星部將會合。

歲星部將在這廣闊天障中擊掌慶祝大勝，隨即破開天障，趕往樓下去接應阿關。

「你們說那阿關大人現在和太歲爺說什麼來著？」若雨扶著林珊，嘻嘻笑著：「我猜太歲爺正在教訓那傢伙，罵他太不知長進了！」

林珊苦笑地答：「其實阿關也很努力了……他只是個凡人，卻能與神仙們並肩作戰……」青蜂兒和福生點了點頭，都說：「沒錯、沒錯，以凡人肉身而言，阿關大人算是盡心盡力了……」

飛蜓卻不認同，哼哼地說：「備位體內有太歲力，也不是一般凡人了，總不能老讓咱們這樣出生入死，他自個兒一人在後頭賣弄飛劍！」

「飛蜓哥，你眞是愛計較！」林珊皺著眉頭說：「阿關再怎麼說，也是給趕鴨子上架，硬推上火線的，又不像咱們鍛鍊了十來年……」

若雨哈哈笑著，看著翩翩，問：「翩翩姊，妳說，阿關大人是認眞還是偷懶，是盡心盡力還是不知長進？」

翩翩笑著說：「他或許沒有偷懶，但現在戰局緊繃，我們可沒那閒工夫等他苦練十幾年，應當每日照三餐賞他巴掌，盡快激發出他的潛能，免得咱們一干部將受累……」

「說得好啊！」飛蜓鼓掌咳血大笑。

「他是備位太歲，我可不敢。」林珊苦笑了笑。

大夥兒嬉笑怒罵著往樓下前進。青蜂兒回頭，見黃江默默跟在後頭，一句話也不說，知道他正悼念著長河，便也不好去打擾。

□

阿關怪叫著，騎著石火輪在大樓裡亂竄。

林珊一行循著聲音找到了他。

阿關一見眾人，急得哇哇大叫：「辰星抓走了太歲，辰星抓走了太歲！」

大夥兒聽了，盡皆駭然。

飛蜓大吼：「你胡說八道什麼？」

福生則問：「阿關，你說太歲爺怎麼了？」

阿關慌亂解釋，好不容易才把話說明白，說到太歲讓辰星六劍插進身體時，幾乎要淌下淚。

大夥兒面面相覷，林珊也將太歲北上的事說了，加上城隍一番補述，大家這才相信，太歲爺眞讓辰星給抓走了。

「我們去找出辰星，宰了他！」若雨大喊，立時就要動身。

黃江雖然愣然，但畢竟不是歲星部將，連忙安撫大夥兒：「你們別慌，咱們傳急令報回主營，請主營定奪。」

「回什麼報？定什麼奪？等主營收到急令，太歲爺早死了！」飛蜓大喝。

「快去救太歲爺！」福生也跟著怪叫。

「走！走！」阿關連連招手。

黃江莫可奈何，領著大夥兒出了金城大樓，施法破去外頭天障，也收去封印結界，這才開口：「好吧，你們帶路，我們去救太歲。」

阿關、福生、飛蜓愣在外頭，此時已是午夜，外頭黑漆漆的還落著雨，雖是除夕夜，但比起往年街上冷清許多。

阿關抬頭看天，落雨打在臉上，一陣風吹來，寒透了心肺。

29 雪山上的主營

大夥兒看向阿關，只有他親眼目擊太歲被抓走。

「他們從窗子飛出去，但我不知道……他們飛去哪了……」阿關支支吾吾地說。

「第一，我們找不到辰星；第二，找到了也打不過辰星。」黃江打斷了阿關的話。「想救太歲爺，就得趕快回報主營，慢了才眞的來不及。」

大夥兒這才冷靜下來，無奈地回到據點一。而黃江則立時動身南下，將太歲私自北上且被抓的消息，報給中、南部主營。

接下來的日子，漫長而難堪，大夥兒在據點一度過了一個苦澀的新年，負傷的精怪、虎爺和神仙們，在醫官的治療下漸漸康復。

幾天下來，城隍領著家將四處掃蕩千壽公餘黨，千壽公的主力都在金城大樓一戰中被一舉殲滅，四周據點大都是他的同盟。千壽公死去的消息傳了開來，同盟們很快便作鳥獸散了，許多小邪神重新隱入山林，許久不敢作亂。

阿關每日替抓來的石獅驅除惡念，數一數，共是九隻石獅。

然則兩門神受惡念侵襲已深，一時之間，阿關也無法驅盡他們體內惡念。林珊用捆仙繩將他們牢牢捆在白石寶塔中，由精怪日夜看守著。

大年初八深夜，阿關和大夥兒全上了樓頂，迎接主營派來的援兵。

只見遠空本來密布的濃雲，破開了一個洞，雲往四周捲開，金光從破洞中耀下，十來位神仙穿透黑雲，聲勢浩大，往據點一飛來。

居中那大神，身披褐色長袍，長袍裡頭是黃金甲冑，身材略胖，且十分高大。

那是鎮星藏睦。

黃江先落下來，兩方神仙寒暄一番，隨即切入正題。

「太歲被抓的消息，在主營可引起了不小風波呢……」黃江苦笑地說：「主營做出決定，派咱們鎮星藏睦爺來接替備位太歲鎮守北部，備位太歲則回歸主營……」

「咦？我去主營？」阿關有些詫異。

原來太歲被抓後，更顯現出阿關這備位的重要性，無論如何可不能連備位都出了岔子。於是主營下令，派鎮星來接替阿關鎮守北部，對付辰星啓垣，一面想辦法救出太歲。而阿關這路人馬，則將被調遣至中部，由主營就近照料。

歲星部將們聽了，卻有些不服。

若雨嚷嚷著：「可是，我想留下來幫忙救援太歲爺。」

「對、對，我們怎麼能走？當然是要去找出那混帳辰星、混帳鉞鎔，好好教訓他們。」飛蜓高聲附議。

「這是玉帝親令，誰敢不從？」鎮星一斥，聲音低沉渾厚，若雨和飛蜓這才不敢吭聲。

鎮星頓了頓，這才緩下怒容，沉沉地說：「你們儘管放心吧，我與澄瀾雖不太熟，但也總算是五星同僚，我這一路當然會盡力救他。」

「是啊，你們歲星部將，還得保護那備位，大家各司其職才對。」黃江苦笑幫腔。

主營旨令清楚交代，要歲星部將們隨阿關一同南下，且這旨令是鎮星親口說出，飛蜓等雖不甘願，也莫可奈何。

隔天，鎮星藏睦接管了北部據點一，四位土地神及城隍、家將團也改聽從鎮星號令行事，四處打探辰星的消息。

□

大年初九正午，由於年節已過，客運車站人潮不多。這日天氣好，太陽很大，將冬天寒意驅散了不少。

阿關、阿泰，以及一干歲星部將等，在通往中部的候車道上閒聊起來，一行年輕神仙們都穿著時下年輕人的流行服裝，看來與凡人無異。

「眞是搞不懂耶，一堆有翅膀的神仙，飛起來要有多快有多快，坐這玩意？」飛蜓咧著嘴，不屑說著，然後推了推臉上墨鏡，他穿了一身黑色皮衣，一頭長髮紮了個馬尾。

「不會啊，偶爾坐坐凡人交通工具，也挺有趣的不是？」青蜂兒這麼說，吃著手中零食。

大夥兒繼續閒聊抬槓，不一會兒，客運來了。車掌小姐驗了票，阿關一行魚貫上了車。

客運在市區開了一陣，接著開上高速公路。阿關坐在靠窗的位置，向窗外看去，都市景觀漸漸變成田野風光，林珊則坐在阿關身旁，陪著阿關看窗外。

翩翩和若雨同坐，也靜靜望著窗外；福生則和青蜂兒同坐，福生正大口吃著各種零食，青蜂兒則翻著漫畫、嘻嘻笑著，不時去搶福生手上零食來吃。

「幹，我想和仙女坐，或者跟阿關坐也行。」阿泰坐在飛蜓身邊，又不靠窗，一旁另外兩個位置是對老夫妻，讓他十分無聊。飛蜓本來看著窗外，聽了阿泰抱怨，轉頭瞪了他一眼。

「幹！在車上還戴墨鏡，你以為你很酷？不過我也有——」阿泰哼了哼，從上衣口袋裡也掏出了一副墨鏡戴上，回瞪飛蜓一眼。

「媽的。」飛蜓哼了一聲，撇過頭去，理也不理阿泰。

阿泰則抖著腿，繼續低語，喃喃抱怨著。

阿關突然想起了什麼，對林珊說了幾句；林珊側頭想想，點了點頭。阿關這才露出笑容，林珊喊了喊另一側的若雨和翩翩，低聲交談起來，阿關也不時插話。

談了一會兒，大夥兒都同意阿關的提議。

阿關向林珊要了白石寶塔，鑽了進去。

庭院挺空曠，幾隻精怪正嬉鬧著，見了阿關進來，便大聲向他打招呼。阿關往上走著，先到第五層探視媽媽，和那瞎了眼睛的狐精打過招呼。

六、七層有些虎爺正嬉鬧著，虎爺堆裡還夾雜著幾隻石獅。

這些石獅都是金城大樓一戰中抓來的戰俘，讓阿關驅盡惡念後，成了精怪部隊的成員。

「六婆？」阿關見到六婆正坐在樓梯階上，拿了本小記事本，似乎在想什麼。一旁的小牙仔正與那體型和他差不多的小石獅嬉鬧著；小石獅模樣較呆，搖頭晃腦地看著身旁竄來竄去的牙仔。

六婆拍了拍腦袋，對阿關說：「阿關吶，你來替我想想，石獅子要取什麼名字好呢？」

原來六婆正傷腦筋該替這些石獅取什麼名字。虎爺是照體型、毛色來區分，但石獅們不是灰白色就是黑色，彼此體型差異也小，可讓六婆想破了頭。

「這眞難取啊……」阿關看著腳旁的小石獅讓牙仔逗得也跑了起來，一顆大頭搖搖晃晃，便提議：「他的模樣好呆喔，叫他呆獅子好了。」

「亂講話……」六婆斥了一聲：「什麼呆獅子，小獅子很可愛咧！」

小牙仔繞著阿關跑，小石獅則追在後頭，追逐一陣，卻不小心撞在阿關腿上。

「哇！」阿關搗著腳，跳了起來：「好硬的頭啊，痛死我了！」

「嗯？」六婆靈光一閃：「鐵頭？好啊、好啊，就叫你小鐵頭好了！」

這小石獅聽了六婆給他取名，停了下來，嘎嘎叫著。

六婆抱起了他，在懷中捧著，笑說：「鐵頭、鐵頭，就叫你鐵頭好了！」

鐵頭腦袋晃著，撒起了嬌。小牙仔在六婆腿邊抗議，打起了滾。六婆這才放下鐵頭，兩隻手拍著牙仔和鐵頭：「好、好……兩隻都很乖！」

「六婆，妳知道老樹精他們在哪嗎？」阿關問。

「在樓頂呢！」六婆指著上頭說：「阿關啊，你再幫我想想其他獅子的名字啊，老太婆見識少，取不出好名字。」

「好、好……但我得先找老樹精談點事情。」阿關連連點頭。

阿關揉著腿來到塔頂，老樹精正在一棵小樹下歇息，和一旁的綠眼狐狸、癩蝦蟆閒聊著；小猴兒則吊在樹上，晃來晃去，和底下的兔兒精玩耍。

阿關走了過去，和老樹精一夥聊了起來，幾隻靠得近的精怪都湊上來聽。越聽，眼睛瞪得越大，嘴巴都張得合不攏了。

不一會兒，老樹精等已經跳了起來，將一隻隻精怪全召集上來塔頂，圍成了一圈。

「告訴各位一個好消息呱！」癩蝦蟆呱呱笑著說：「阿關大人提議，到了中部主營，面見玉帝之後，就帶大家進入洞天度假幾天！」

「嘩——」

精怪們發出一陣歡呼，響徹整個白石寶塔，大夥兒衝向阿關，將他高高舉起，往上一拋，接住了再拋，再接再拋。

大夥兒嬉鬧了一陣，見到阿泰也上了塔頂。

「你也上來了啊？」阿關見阿泰一臉臭兮兮，有些奇怪。

阿泰從口袋拿了菸，點燃抽了起來，搖頭抱怨：「幹！你可好了，有仙女陪伴，我跟那怪胎坐在一起，無聊斃了。」

阿泰正抱怨著，飛蜓也上來了，自顧自走到一邊，召出紅色長槍，舞弄了起來。

「咦?飛蜓,你的槍找回來了?」阿關問。

「是啊,找回來了。」飛蜓答。

金城大戰後,飛蜓的長槍讓弒天打落,掉在妖魔堆裡,也不知上哪去了。大戰結束後,飛蜓嘴上雖說無妨,武器再找就行了,然而隔天晚上,飛蜓還是和福生兩人暗自潛入幾乎成了廢墟的金城大樓,花了一整晚,在幾張稀爛的辦公桌下,找著了紅色長槍;福生也在散落一地的書籍中,找回他的大鎚。

塔上精怪大笑大叫著,聽說能去洞天,都打從心裡高興。阿關見精怪們高興,也替他們高興,又陪著他們嬉鬧一陣,這才出了寶塔。

車掌小姐正經過,見到阿關從林珊懷中鑽出,嚇了好大一跳。

「抱……抱歉……沒事……我們在玩遊戲……」阿關胡亂解釋著。林珊則是苦笑,不知該說什麼。

車掌小姐支吾幾聲,匆忙走開,來到飛蜓座位,見少了兩人,有些奇怪。

於是若雨探出頭來,指著廁所說:「他們兩個去上廁所了。」

「一起去廁所?」車掌小姐呆了半晌,也不知該說些什麼。

若雨見那車掌小姐的神情,笑得樂不可支。翩翩則靜靜看著窗外,一句話也不說。

□

正神在人間有兩處重要據點。

一是南部新太歲鼎的藏身處，除了藏著正在趕工打造的太歲鼎外，也是南部另外四大據點的總部，算是南部主營；二是統合中部大小據點的總部——中部主營，坐落在中部一處大雪山上。

本來南部的主營由太白星、熒惑星、太歲三星協力鎮守，一邊護衛太歲鼎，一邊與南部最大邪神勢力——西王母作戰；鎮星則與玉帝等一干神仙協力鎮守中部。

此時太歲被抓，鎮星調往北部救援太歲，而阿關這支兵馬便調回中部取代鎮星本來的工作。

林珊向阿關解釋著，然後喝口水，看了看窗。

此時離上車已有兩多個小時，客運下了交流道，進入一處市區。

接著客運在某站停下，大夥兒下了車，精怪們從寶塔裡拋出了石火輪。

若雨伸了個懶腰，說：「你們自個兒慢慢逛吧，我和翩翩姊進寶塔讓你們載就行了。」福生和青蜂兒也點頭同意：「是啊，凡人交通工具的確不怎麼好坐，太慢了，座位又小，累死我了。」「阿關哥，我們都進寶塔，不打擾你們小倆口了。」

「囉唆，進去便是了！」林珊舉起寶塔，將大夥兒收進了寶塔。

阿關跨上了石火輪，揉著久坐而感到痠疼的頸子說：「我也覺得車子好慢，我騎石火輪一路飆，應該一下子就到了……」林珊坐上後座，替阿關捏了捏頸子。

石火輪輪下泛起淡淡白光，駛動起來。在林珊的指路下，朝中部雪山主營駛去。

他們經過了大路、小巷，這兒的居民大都還沉溺在年節的氣氛中，巷弄裡還聚著三五成群的小孩，尖叫嘻笑拿著炮竹對戰，不似北部大城已經恢復忙碌的生活步調，似乎不曾經歷過年節一般。

石火輪騎到了郊區，阿關漸漸加快速度，騎過了山林田野，往一處高山騎去。這日天氣晴朗，視野良好，可以見到前頭幾處高山竟是白色的，那全是雪。

阿關這才注意到，此時地勢已經極高。石火輪騰空一掠，躍過前頭一處深洞，落在陡峭山壁上。

「好冷……」阿關發現身邊有些晶瑩的雪花落下，也才感到陣陣寒意逼來，身上的厚外套也擋不住四面襲來的冷冽山嵐。

林珊笑吟吟地伸手指了指，一團黃光圍繞住阿關周身，寒意退去了些。

阿關繼續騎著，終於四周積雪越來越多，眼前越來越亮，映得阿關幾乎睜不開眼。這時，白石寶塔裡拋出了一個東西，讓林珊接著。

原來是阿泰的墨鏡，阿關戴上墨鏡，這才看得清楚了。

前頭地勢沒那麼陡了，石火輪在耀眼光芒照映下像一道電光，捲著飛雪直衝過幾處山腰。

「停！」林珊輕聲說。

石火輪陡然停下，雪花在車身捲起了一陣陣白色煙塵，十分美麗。

林珊飄然跳下，阿關也下了車，踩在雪上，腳都陷了下去。他轉身看去，身後是連綿高山，氣勢磅礡，竟有不輸給洞天的氣勢。

阿關注意到四周山壁有些神將站著，都是在外頭守護的天將。有些天將見了阿關，只是靜靜看著，不時還看看四周，盡職地守著。

林珊在一處山壁上比劃半晌，畫出一道符令。

山壁綻出白光，白光雖亮卻不刺眼，阿關隨著林珊走入那白光裡。

白光之後是一條通道，裡頭也有天將把守。往通道直直走去，來到一處大廳，有金城大樓一整層那麼大，一根根石柱頂著天花板，四周石壁和石柱都光禿禿的，一點裝飾也沒有，顯然是臨時建造而成的簡陋據點。

林珊舉起白石寶塔，翩翩等神仙全跳了出來，虎爺、精怪等則都留在裡頭；阿泰本想跳出，讓綠眼狐狸拉住，說：「猴子，這兒可是正神主營，沒有神仙的吩咐，你怎麼能出去？」

阿泰不滿精怪神仙們老是學六婆叫他「猴孫」、「潑猴」，登時三字經迸出口中，讓六婆從後腦猛敲了一記爆栗，痛得在地上打滾。

大廳裡有幾名天將看守，林珊等領著阿關往其中一條通道走去，通道裡還有通道。有些神仙在裡頭走著，見了這批歲星部將，都沒什麼話講，見了阿關，也只是稍微點頭示意。有些神仙對阿關一行竟不理不睬、視若無睹。

阿關想起太歲曾經說過，歲星在天上由於專責掌管惡念的緣故，使得其他神仙總不願與太歲打交道，或許是這樣，連帶地使得太歲部將也受到眾神冷落。

阿關胡思亂想著，已經跟著大夥兒來到一間石室。這石室也挺大，裡頭擺著許多桌椅，是主營的會議室。

白石寶塔裡的精怪們都聚在塔頂往塔外看，先前他們隨著林珊在南部協助太歲和西王母作戰，倒是第一次來這中部主營。

阿泰見到寶塔外主營會議室裡的奇怪模樣，不禁笑了出來。

這會議室大約十來坪大小，裡頭的桌椅似乎都是四處湊來的，有些是電腦椅、有些是餐桌椅，還有幾張沙發、幾張圓形玻璃桌，顯得十分簡陋。

「這是啥房間？好怪，哈哈！」阿泰笑彎了腰。「原來玉皇大帝都在這裡開會，怎麼沒有電腦？這樣不能上網路抓色情影片啊……」

阿泰還沒說完，六婆劈里啪啦地敲著阿泰的頭，破口大罵：「猴孫講什麼瘋話！怎麼可以對神明不尊敬？」

外頭阿關雖也愣然，卻不好意思說。

一名文官模樣的神仙看出阿關在想什麼，笑笑地說：「這據點是正神們撤至凡間時，緊急在雪山上造出的臨時據點，裡頭的桌椅都是隨意從凡間找來湊合用的。你們年輕神仙常被派到凡間出任務，品味自然受到凡人影響；咱們老傢伙，品味低些，東西能用就用，大戰臨頭，也沒心力再去計較桌椅樣子好不好看了。」

那神邊說，邊拍著一張玻璃桌子：「且這桌子也不會太難看，不是嗎？」

阿關見那桌子旁四張椅子都不一樣，有帶著輪子的電腦椅、木頭椅、一張單人沙發，以及一只鐵腳圓板凳。

「不錯啊，很有意思。」若雨早忍不住嘻嘻笑了出來。阿關則憋著笑，點點頭。

「你們等等，我去上報玉帝，說你們已經到了。」那文官神仙說完，便走出了這會議室。

一會兒，陸陸續續來了其他神仙，似乎都是進來開會的。

一個高大神仙走了進來，他濃眉大眼、虎背狼腰，樣貌俊朗，身穿銀白戰甲，戰甲後頭還飄著紅色披風。

飛蜓等歲星部將一見那高大神仙進來，都露出尊敬的神色。飛蜓身子還動了動，似乎想對那神仙說些什麼，卻又不敢開口。阿關感到驚訝，連高傲的飛蜓都露出這種神情，那是什麼人物？

寶塔裡頭也是一陣騷動，精怪們紛紛猜著那大神是誰。

阿關只注意到他額上正中，有一道豎直凹陷。

那大神身後跟著一批天將，走進會議室後，自顧自地選了一張椅子坐下，見到阿關，便向他點了點頭。阿關連忙也點頭傻笑。

林珊在他身邊輕聲說：「二郎將軍是天界第一戰神，論單打獨鬥，沒有誰是他的對手。」

阿關嚇了一跳，原來那銀甲大神是民間流傳已久的「二郎神」。

隨後進來的神仙，林珊也做了些簡單介紹。那些神仙們有些見了阿關會打聲招呼，大多卻是自個兒聊著，偶爾看看阿關，再與身邊的神仙交頭接耳。

阿關覺得這氣氛有些不太舒服，身邊翩翩、若雨等，想必也不太喜歡這種氣氛，尤其若雨已擺起一張臭臉，瞪著地板嘟嘴。

這時一陣腳步聲傳來，玉帝終於來了。

玉帝身型也挺高大，年紀看來像個五十來歲的伯伯，一身黃袍，袍上並沒有華麗的裝飾，簡單得令人詫異。

眾神見了玉帝進來，坐著的都站了起來。玉帝朝大家點了點頭、手揮了揮，那些特地站起的神才又坐了下來。

這麼一來，讓阿關對玉帝減少不少懼意，這萬神之主似乎沒有什麼架子。

玉帝走到阿關眼前，阿關退了兩步，神色又緊張起來。玉帝伸出手，牽起了阿關的手，似乎在感應什麼，一會兒，玉帝放下手來，嘆了口氣：「澄瀾說得沒錯，備位神性還未成熟，制御太歲鼎的能力恐怕不夠……」

眾神一聽，有些小騷動，彼此交頭接耳，有些還抱怨起太歲來。

「我就知道……」「澄瀾怎麼這麼不小心，竟不顧主營命令，擅自北上。」「現在要是澄瀾有個三長兩短，備位又不成熟，那該如何是好？」

阿關這才感到事情的嚴重性，先前的憂慮擔心都只是針對太歲個人安危，此時他聽了幾個神仙的抱怨，這才想到，要是太歲爺出了意外，卻還沒來得及教自己如何操縱太歲鼎，那眾神一切心血豈不都白費了。

有些神仙脾氣較大，抱怨成了怒罵：「那惡神，要是他死了也就罷了，要是沒死，應當捉拿上來，讓我親手打死他！」

這些話傳到飛蜓、福生等耳裡，可氣壞他們了，但這兒都是大神，幾個小將心中氣憤，也莫可奈何。

說這話的神仙一身黑袍，中年婦人模樣，體型微胖。身後跟著幾個部將，其中兩個站在一邊，似乎與其他部將格格不入，一個大眼、一個大耳，大眼的身子赤紅，大耳的身子墨綠。阿關記得剛剛林珊的介紹，這中年婦人模樣的神仙叫作斗姆，率領七名部將，算是位階極高的大神了。

「妳打不過太歲爺……」若雨咕噥一聲，聲音極細極微，一旁的福生、飛蜓都聽不到。翩翩靠若雨較近，聽到了，連忙伸手在若雨屁股上輕拍了一下。

斗姆身旁那大耳卻突然瞪向若雨，大喝一聲：「小傢伙說什麼來著！」眾神們都讓這大耳嚇了一跳，連斗姆自己也嚇了一跳，望著大耳。

那大耳見眾神都看著自己，竟也有些慌亂，指著若雨喝：「是那小神，太歲的手下，她胡言亂語，以爲沒人聽見，我卻聽見得一清二楚！」大耳說得急又快，他先前那一喝是接在斗姆後頭講的，要是不解釋清楚，大夥兒還以爲他是在喝斗姆。

「她說什麼來了？」斗姆猶自不解。

「她說……她說，斗姆大人您……您又打不過太歲……」大耳戰戰兢兢地回答。

斗姆一聽，臉色登時塌了下來，沉沉地說：「我當然打不過太歲了，那廝牛勇、性子暴烈，連玉帝的旨令都不聽了……但他再厲害，也沒二郎厲害，歲星小將們以爲天界無強將了嗎？」

「就是、就是！妳這小娃兒胡說什麼？這叫什麼來著？上梁不正下梁歪……妳主子使亂子……妳也……」大耳在一旁幫腔。

若雨紅了眼眶，垂下頭去，眼淚滴落在地。歲星一干部將都瞪著大耳，恨不得生吞這傢伙。大耳還罵得口沫橫飛，一旁的大眼神色尷尬，拉了拉他，要他住嘴；大耳甩了甩手，大搖大擺走到了阿關眼前，繼續指著若雨罵。

寶塔裡頭精怪們見了外頭大耳這般囂張，都騷動起來，阿泰指著塔外的大耳怪叫：「這怪胎是啥？」

「是順風耳。」老樹精這麼回答。

精怪們又是一陣騷動。「順風耳？」「那大眼神就是千里眼了？」「他們不是跟著媽祖娘娘嗎？」「怎會跟了斗姆？」

「先前在南部作戰時，聽說媽祖娘娘在太歲鼎崩壞時的那場大戰中，為了掩護正神撤退人間，戰死在南天門前……玉帝便將這千里眼、順風耳，分派至斗姆帳下了。」綠眼狐狸答。

原來這順風耳、千里眼剛加入斗姆陣營，還和其他部將格格不入，這順風耳不懂耳朵靈巧，平時話也多，總愛出風頭。方才聽了若雨自言自語，以為逮到了個大好機會，想好好借題發揮一番，討斗姆的歡心。

順風耳越罵越來勁，正神們也不禁面面相覷，顯得有些愕然。

順風耳將矛頭指向了阿關。「你、你、你這小子，雖說是備位，卻也有責任教好你手下部將，眞是……眞是上梁不正下梁歪……」

阿關見這順風耳囂張，本來就已經有些生氣，聽他又說了一遍「上梁不正下梁歪」只覺得無名火上心頭，大聲回了一句：「是啊！歪得很，和你一樣歪！」

順風耳嚇了一跳，福生上前一把將順風耳推倒在地，握著拳頭作勢要打他。

倒在地上的順風耳這才突然驚覺自己秀過了頭，阿關雖是備位，但就任後總也是五星之一，是和斗姆平起平坐的大神。若雨的低聲抱怨大家都沒聽到，但自己的無禮每位神仙可都看到了。順風耳說「上梁不正」的「上梁」，指的即是太歲，備位太歲說大耳也歪，自然是暗指斗姆「上梁不正」了。

順風耳回頭看去，只見斗姆瞪著自己，又是尷尬、又是惱怒。

斗姆身後的部將對著阿關嚷了起來：「你說什麼？」「你對咱斗姆大人不敬？」「你現在只是個凡人，還沒就任呢！」

「閉口！」斗姆揮了揮手，身後部將趕緊閉嘴，千里眼忙上前將順風耳拉了回來。斗姆站起，「啪」地一耳光打在順風耳臉上，將順風耳打退老遠，滾了好幾圈。

斗姆冷冷地說：「老身這上梁可不敢說正，但好歹也不太歪，我對屬下嚴厲得很，這順風耳雖乖厲，我想他是不敢說謊騙我的。你呢？備位太歲，你治下如何？」

阿關愣了愣，知道斗姆這麼說，意思是要自己和她一樣，狠打若雨一巴掌。於是他只好裝傻說：「妳後面那隻剛剛不是說了……我又不是太歲……等我就任再說……」

斗姆哼了哼，臉色更差了。

這時眾神都將目光看向斗姆，似乎也對斗姆這大神不顧身分和小將計較，感到些許不滿。

「不打不相識。」玉帝終於吭聲說話：「既然打過了，就相識了，以後可別說什麼『上梁不正下梁歪』啦，到最後豈不都是在說我不正了……」

眾神見玉帝自嘲來改變氣氛，都會心一笑；不覺得好笑的，不免也要硬跟著笑上幾聲。頓時氣氛又融洽許多。

寶塔裡面也討論起來：「這斗姆未免太過囂張！」「我看她是邪化了！」「亂講，要是斗姆邪化，阿關大人早感應到了，我看她是天生就討人厭。」「玉帝講冷笑話耶。」

「好了，現在談正事吧。」寶塔外頭，玉帝雙手一攤，眼光掃過每位神仙。阿關從玉帝的眼神中感到那股不怒而威的神氣。

「澄瀾現在生死未卜，大家說說，這仗怎麼打下去？」玉帝緩緩開口。

斗姆哼了哼說：「玉帝吶，澄瀾只是位星君，少了個歲星，也還有三星。雖說沒了太歲就不能操縱太歲鼎，但現在好歹備位還在，一邊訓練他，一邊固守，這仗當然有得打。」

眾神聽了，都點了點頭。

「這個自然……」玉帝點點頭，又說：「然而，太歲鼎只有澄瀾懂得用，這其中奧妙，卻不是我們能夠訓練出來的。澄瀾當年雖也是自個兒摸索，但他可是摸索了上百年，此時情勢卻等不上這麼多時間。」

斗姆點頭說：「這個當然，備位仍是凡體，有著凡體的束縛，進展當然慢了；但咱們神仙卻沒有凡體的束縛，要是這小子是仙，根本要不了這麼多時間！」

玉帝沒有開口，斗姆繼續說：「當初老身就反對以凡人當備位，要完整獲得太歲力，需花個幾十年，還要等這凡人壽終正寢，太過麻煩。這當中要是有個萬一，苦心就全白費啦。」

一名文官模樣的神仙也出聲附和：「要是當初咱們依照斗姆的提議，將得來不易的太歲血注入現有大神身子，現在早就有個完整的太歲了，說不定還更勝澄瀾。」

另一名文官神仙也答腔：「嘿！現在想起也不晚，備位太歲不就在這？他的血即是太歲血！」

阿關聽到那神仙這樣說，不禁遍體生寒。

「胡說八道、胡說八道！」玉帝身後一名身穿黑衣、頭戴道冠、面容消瘦、留著兩撇鬍子的神仙，大聲怒喝著：「早說過千次了！一、備位太歲須始於潔淨無瑕，如一張白紙！二、咱們早先用仙體煉備位太歲，失敗了千百次，這是大家都知道的，而後咱們以凡體來煉，一次就成。且澄瀾也說，這備位潛力十足！」

那黑衣神仙繼續喊著：「太歲鼎提早崩壞，備位還沒成熟即解開封印，當然幫不上忙；但這太歲鼎提早崩壞，卻不是備位的錯，也不是咱們的錯！是莫可奈何、是莫可奈何！」

原來這黑衣神仙叫作烏幸，專責煉神，是天界煉神官當中的領頭。

另一邊一名白袍老者也開口聲援：「沒錯，以凡體煉備位太歲，這是咱們早已做出的結論，是試驗千百次後的結論。煉出的備位太歲完美無缺，缺少的是成長時間！」

這白袍老者叫作千藥，是天界百名醫官的領頭。

烏幸和千藥，是早前煉備位太歲團隊裡最重要的兩名神仙，負責帶領十來位煉神官和百來位醫官的大神。烏幸和千藥也是已作古的大神太乙天尊的得意弟子。

太乙天尊是天界煉神始祖，太歲即是由太乙天尊親手煉出。然而太乙天尊早在千年之前即已仙逝。

阿關一邊聽林珊細聲解講，一邊緊張地偷看眾神。

「矛盾！」斗姆冷冷地說：「那個什麼千藥，你倆不是早將剩餘的太歲血渣，拿去用在那兩個新備位身上，還說效果不錯嗎？」

烏幸、千藥當場臉色難看。烏幸立時反駁：「那也是你們諸位大人的決議，咱們只是照做。」

千藥接著烏幸的話說：「煉備位二、備位三，也是爲了以防萬一，我們的確有信心能煉出沒有缺點的備位，但諸位大人眼前便已經有一個，其他備位如何來煉，也不及眼前這個。」

玉帝左方那身著華服的大神也開了口：「烏幸和千藥說得沒錯，備位太歲如何煉，是經過大家討論的結果，情勢演變至今，實非備位及煉神官的錯。」

說話的這位神仙，是四御之一的紫微大帝。

四御分別是玉帝、紫微、勾陳、后土。

勾陳在太歲鼎崩壞時便已邪化，率領著太陽、太陰兩星君，連同邪化的天兵天將，對還沒察覺異樣的正神們發動了突擊。正神們猝不及防，完全不明白勾陳何以如此，一戰失利，被勾陳逐出了天庭。

后土在天界一戰中則受了重傷，落入凡間後便不知去向。

而這紫微大帝，在天界地位僅次玉帝。

斗姆見紫微都開了口，也不再多說，只是哼了哼，表示無言的抗議。

玉帝則點點頭表示同意紫微的話，沒多說什麼。

阿關正側耳聽著林珊講解眾神的由來，突然林珊走上前幾步，朗聲說著：「各位大人，秋草既爲備位太歲的看護人，便會全力輔佐備位太歲，幫助他盡早熟練太歲之力。而太歲爺雖然生死未卜，卻也未必一定是不幸……」

斗姆哼了一聲，冷笑著說：「這樣是最好！要不然……哼哼……哼……」

阿關聽了斗姆的哼哼聲，心下又是生氣、又是驚懼，生怕這斗姆當眞看上自己身上的太歲血，那豈不是要殺了自己？

玉帝看著阿關，說：「好了，那現在開始，你就暫時代理太歲職務吧。」

「咦咦？」阿關有些錯愕。「我……我不會……」

「不會就學啊！」斗姆突然一喝。

阿關給斗姆一喝，嚇得說不出話來。紫微連忙開口打圓場：「沒錯，不會便得更加用心學習，知道了嗎？」

「是……」阿關連連點頭。

接下來的討論冗長而無趣，每位神仙發表各自看法，毫無交集，大都各說各話。

好不容易結束了這漫長討論，大夥兒各自散去。有些神仙經過阿關身邊時，還會擺出難看臉色，讓阿關十分難受。

一名神仙領著阿關，帶他前往自己的房間，是神仙們特地爲他準備的；房間裡頭還有個小盥洗室，也是特地為阿關這凡人準備的。

用過了晚餐，林珊等歲星部將又給召去討論戰情。阿關一人在房裡閒得發慌，便出房四處亂逛。

在一條通道中，迎面走來兩名神仙，一個是白髮白鬚的老者，面容消瘦、一身青袍，全身散發著說不出的靈秀氣息。另一個模樣看上去比阿關大不了多少，臉上金光耀眼，全身膚色都是金黃色，是個英挺少年。

那金臉少年見了阿關，咦了幾聲說：「你就是那備位太歲大人嗎？」

「嗯？」阿關點點頭答：「是的……你們是……」

金臉少年立時答：「我叫黃靈，是千藥大人手下，專司醫藥。」

另一名老者也說：「我叫午伊，是烏幸大人手下，專司煉神。」

黃靈笑著說：「今天備位太歲大人來時，我們正忙著手邊任務，沒能去見你。」

「幸會、幸會。」阿關有些尷尬，大多神仙見了他都視若無睹，突然有神仙主動打招呼，讓他有些受寵若驚，卻也不知該說什麼，只能連說「幸會」。

走了一會兒，又碰上一名紅衣神仙。只見那紅衣神仙模樣十分俏皮，倚在牆邊拿著紙和筆，卻不知在寫些什麼。

紅衣老仙見了阿關，也是大聲招呼：「你不就是那個凡人備位嗎？」

「幸會、幸會！」阿關見又有神仙喊他，也得意起來。

「我還沒自我介紹，你便對我說幸會？」紅衣老仙嘻嘻笑著說：「我是天界愛神，專司人間情愛，你有沒有什麼愛情煩惱呀？」

阿關有些驚訝地問：「愛神？你是邱比特大人嗎？」

「邱什麼特？那是什麼鬼玩意兒？」紅衣老仙拍了拍胸口：「俺是月老，月下老人是也！」

「對不起，我電視看太多了。」阿關連忙賠不是。

又逛了好一會兒，阿關逛得累了，這才回到房裡，洗了把臉，上床躺下。

30 重臨仙境

「哇——」阿關從床上彈起，渾身是汗。

他作了個夢，是個令人不悅的夢，夢的內容卻一點也不記得，似乎是些醜惡的畫面。

林珊笑吟吟地推門進來：「阿關，別賴床了。今天開始，你可是代理太歲了。」阿關看看四周，覺得睡房仍十分陌生。

「阿關大人，你不是要上洞天嗎？快一點啊！」「我們都等不及了！」青蜂兒和若雨在門外嚷著。阿關這才想起還要去洞天，連忙跳下床來洗了把臉。

大夥兒出了主營，往山下走去。

「咦？阿泰呢，他不一起去嗎？」阿關問。

「阿泰和六婆已經被分派前往中部第三據點，你放心，那兒也有神仙駐守，他們很安全的。」林珊答。

「阿關大人，洞天不是誰都能去的，樹神婆婆是體諒精怪們長時間征戰，才破例讓他們進洞天玩玩，算是補償了。」若雨跟著說。

阿關點點頭，心想，許多精怪爲了進洞天而加入義勇軍，卻還沒達成心願便戰死了，不免替他們難過。

阿關跨上了石火輪，林珊坐上後座，飛蜓等已經飛上了天，說：「你們慢慢走吧，我們先去了！」

「我騎石火輪未必比你們慢吶！」阿關嘿嘿笑著，踏下了踏板，飛快追了上去。

石火輪不一會兒便飆下了山，阿關照著林珊指的方向騎，不一會兒便騎到一處郊外。他見眼前小山路前後都沒人，歡呼一聲，石火輪像電光一般往山上飆去。

越往上騎，山路越是熟悉，這是通往洞天的路。

一路上，癩蝦蟆興奮得不斷從寶塔伸出頭來，吐著舌頭，不知該說什麼，嘴角已冒出泡泡。又有幾枝枯枝伸出寶塔，將癩蝦蟆拖了回去，隱約傳來老樹精的聲音：「叫你別探頭，你一直探頭做啥？惹了仙子生氣，你可慘了！」

接著，只聽見癩蝦蟆咕咕呱呱地發出一些無意義的聲音，又忍不住探出頭來，再讓老樹精的枯枝纏回去。

阿關讓癩蝦蟆這模樣逗得笑了，心情也漸漸好轉。

石火輪在一面山壁前停下，阿關下了車，看看左右，的確是先前進洞天的那面山壁。

飛蜓一夥早已在那四周，等得不耐煩了。

阿關吐了吐舌頭：「還是你們快！」

原來石火輪雖然飛快，但終究是在左彎右拐的山路上跑，飛蜓等在天上卻是直線前進，自然比要照著路騎的石火輪更快了。

「好了，我們進去吧！」青蜂兒正要伸手去拍那山壁，飛蜓哈哈笑著，一把拉開了青蜂兒，說：「我來！」

「讓我開啦！」青蜂兒哇哇大叫，手仍直直伸著，去搆那山壁。福生在另一旁也要伸手拍山壁，飛蜓一手勒住福生脖子，一手抓著青蜂兒後頸，硬是想自己施法開洞天。

除了翩翩先前回來過之外，這批年輕神仙已有好幾年沒回洞天了，最近的一次是若雨在兩年前，奉命回來採集些草藥。

飛蜓等正笑鬧著，誰都想親自去開那山壁。正僵持不下，一旁的若雨已經唸了咒，伸手在山壁前畫了畫、拍了拍。

「哇——」青蜂兒忍不住叫了出來，那山壁綻出七彩光芒，壁上幻化出一面翠綠光牆。大夥兒爭先恐後地奔進光牆，經過了那段百來公尺長的隧道，踏入圓形谷口。

福生、青蜂兒、飛蜓紛紛現出昆蟲翅膀，往谷口另一頭飛衝，迫不及待通往那遼闊平原。阿關呼了口氣，抬頭看去，圓形洞口上方晴朗無雲，一隻隻飛過的大鳥嗓音嘹亮高亢。

又來到洞天了。

若雨伴在翩翩身旁，並不像青蜂兒等那樣猴急，而是緩緩飛起，悠哉前進。

阿關和翩翩眼神交會，一種莫名的感受直衝腦門，似煩厭、似不捨，一時之間竟不知道是怎麼回事，只覺得胸口鬱悶難受，想趕緊別過頭去。

林珊手上拿著的白石寶塔胡亂抖動著，原來是精怪們按捺不住，全撲了出來，連老樹精都吹著鬍子，像頑童一樣，身子不停旋轉著，在地上打滾。

「哇——」「這裡就是洞天啊！」「怎麼有點小？」「沒有想像中那麼好？」

精怪們騷動著，直到林珊指著前頭那鵝黃石板道，說明這兒只是洞天一處小谷口，前頭才是大平原，精怪們這才轉移了目標，瘋了似地衝著、叫著，全往那通道奔去。

阿關也邁開大步，往前走去，走進了那用鵝黃色石板鋪成、通往洞天平原的狹長通道。

義勇軍精怪們高聲歡呼著，倒是嚇著了原先在這裡玩樂的洞天精怪。

小猴兒攀上一旁的果樹摘下一顆顆果子，往同伴扔去，接著了果子的精怪，大口咀嚼起來，沒接著的，便自個去摘，大家瘋狂歡呼：「好好吃啊！」「真的好美味啊——」

大夥兒打鬧到通道盡頭，來到寬闊的石板平台，看到了一望無際的洞天平原，又是一陣大騷動。

「嘩——」「衝啊——」「洞天我來了！」精怪們往坡下奔去，直衝平原。

林珊不忘提醒：「記得晚上樹神的晚宴別遲到了！」

阿關左顧右盼，飛蜓、福生、青蜂兒早已不知去向。翩翩和若雨似乎也飛遠了，身邊只剩林珊一個。

阿關吸了口氣，只覺得洞天空氣果然好聞，清冽而芬芳。兩人在草原上漫步走著，走了許久，來到了綠水畔。

阿關愣了愣，他還記得，眼前一塊大石，是上次進洞天那晚，和翩翩抱膝看水的地方。

那時翩翩說什麼來著？

似乎是說，將來會有一位新仙子取代她，來照顧自己。

想到這裡，阿關想起那時翩翩還沒蒙上紗布的左臉，是那麼美麗。阿關啊了一聲，突然覺得胸口一下刺痛，像被尖錐扎了一下。

「怎麼了？」林珊拍了拍阿關的背。

阿關有些愕然，突然發現在自己腦海裡，翩翩裹上紗布前的模樣似乎模糊不清，怎麼也想不起來。

「沒什麼……」阿關挺直身子，看著瑰麗綠水，水下石子晶瑩閃耀，像有著生命，會說話一般。

後頭小猴兒撲了上來，竄進水裡，吱嘎大叫，胡亂潑著水。兔兒精、鼴鼠精也先後跳進水裡，在裡頭打鬧起來，互相潑水。

「這水好涼、好涼！」小猴兒大叫：「而且很快就乾了，一下就乾了！」

「你這猴兒講話為何都要重複一遍？」兔兒精潑了把水在小猴兒臉上，果然一下便乾了。

「這是我的習慣、是我的習慣！」小猴兒不甘示弱，潑水回去。

阿關和林珊看小猴兒和兔兒精嬉鬧，順著綠水往上走。不知怎地，阿關心裡五味雜陳，竟沒有太大興致觀賞美景。

走了半晌，來到了燭台水畔，阿關見著燭台水四周美景如詩如畫，四周水潭高低相連，猶如水上樂園，一棵棵火焰樹迎風飄逸，落下五彩葉子。

阿關忍不住也往水裡一跳，沁涼的水總算讓他心裡舒服了些。

阿關在水面仰泳著，任那五彩繽紛的火焰樹葉撒在身上，林珊則走在阿關身旁的水中，望著天際微微笑著，神情悠遠神祕，不知在想些什麼。

老樹精扶著一棵樹，枯枝往水裡伸，撈起幾片漂亮葉子，便往自個身上湊去，那些葉子一碰上老樹精的樹身，竟眞的黏了上去，就像從老樹精身上長出來一般。

「呱呱！不要臉啊，糟老頭還愛漂亮——」癩蝦蟆呱呱大叫，嘴裡塞滿了果實，講話含糊不清。

阿關隱約看見上頭一個黑影跳下，正要抬頭，那黑影已落在阿關身上，原來是上次來洞天時，黏著阿關不放的小松鼠精。

松鼠精抱著阿關頸子蹭來蹭去，發出「嘰喳」的叫聲。

「原來是你啊！」阿關只覺得脖子癢酥酥的，哈哈笑了起來。

大夥兒玩著鬧著，都忘了時間。精怪們來來去去，在洞天裡四處探索。阿關始終躺在燭台水潭上，在各個大小水潭之間隨意漂著；林珊也不催他，靜靜跟在阿關身邊。

不知過了多久，天色漸漸暗下，清朗的天空抹上了橙紅，再抹上了深紫，星星出來了，彩光也出來了。

阿關發現身旁一棵火焰樹隨著晚風搖晃，晃動越來越大，突然轟的一聲，葉子全冒出火來，焰光衝上了天。

「冒火了、冒火了！」若雨的聲音由遠而近，她拉著翩翩飛來，想看這燭台水的火焰樹奇景。

阿關哇哇地讚歎，精怪們三兩成群地驚呼，全都往燭台水聚來。

一棵棵火焰樹燃了起來，紅色葉子的便冒出紅火，藍色葉子的便冒出藍火。霎時燭台水上大大小小的水潭像是許多燭台一般，燃著五顏六色的蠟燭。

林珊牽起阿關的手，也跟著歡呼。

若雨拉了翩翩，本想去阿關身旁湊湊熱鬧，但見到林珊和阿關看來親暱，怕翩翩難過，便在遠處停了下來，指著其他方向的火焰樹，直嚷著說好美。

幾隻洞天精怪領了命令來通報，說是樹神已經擺了晚宴，要請大家吃頓好的。

癩蝦蟆一聽還有大餐，連忙把嘴裡的果實吐出，想讓胃騰出一些空間，他從白天吃到傍晚，已經有些脹了。

大夥兒魚貫成行，高唱著歌，往那晚宴處前進。由於此次除了阿關和神仙之外，也有許多精怪前來，便不在帳篷裡晚宴了，而是直接在大草原上鋪上各色毯子，大夥兒直接頂著美豔天空，坐在柔嫩草地上慶祝。

阿關一行走進了宴會區，只見三五成群的精怪們已經大吃了起來，一旁上百個大簍子，全裝著用葉子包覆的食物。

阿關見到遠處飛蜓和福生一夥，正圍在一塊不知做什麼。阿關好奇，湊了上去看看，原來是在比試腕力。

飛蜓臉色猙獰，使盡了全力，卻仍落了下風，手腕漸漸讓對手扳下。阿關正奇怪，洞天裡是誰有如此本事，能將飛蜓扳倒。

仔細一看，只見飛蜓對手身材壯碩魁梧，兩隻耳朵極長，幾乎要碰到肩。這才想起是上次樹神介紹過的洞天第一勇士紅耳。

「下一個。」紅耳一使力，將飛蜓扳倒，還拍了拍飛蜓的肩，說：「紅蜻蜓兒，你力氣比以前大上許多。」

「紅耳哥，就是比不上你。」飛蜓哼了哼，甩了甩發疼的手。

「換我、換我！」福生嘴巴還咬著饅頭，在紅耳面前坐了下來，卻不將手放在比試腕力的木樁上。

紅耳哈哈大笑說：「是獨角仙象子，你變得更壯了！」

福生拍著肚子說：「紅耳哥哥，我力氣只比飛蜓大一點，自知會輸的，但我還有一招，必能贏你！」

紅耳哦了一聲說：「是哪一招？使出來讓我見識見識！」

飛蜓和青蜂兒相識一笑，知道福生想幹什麼。

只見福生將手上饅頭一口吃掉，吸了口氣，現出背上犄角；犄角在空中甩了甩，甩上木樁。福生嘿嘿笑著說：「紅耳哥哥，我用這隻手和你比比！」

「好！」紅耳哈哈大笑：「來比比！」

一旁的精怪們起了鬨，全圍上來看。只見福生和紅耳準備好了，犄角對上手，同時使力。

「喝！」福生鼓足全力，那大犄角比紅耳手臂粗了不知多少，漸漸將紅耳手臂壓了下去。

紅耳也用上全力，喝哈一聲，手臂上露出筋脈，又將弱勢扳了回來。

「加油！」「加油！」「加油！」「加油！」「加油！」「加油！」「加油！」

大夥兒激動喊著，也不知是幫紅耳加油，還是幫福生加油。

阿關知道福生那犄角是情急時才現出來的必殺武器，十分耗力，此時竟無法扳倒紅耳一條胳臂，不禁訝異。

「呀呀呀！」福生漲紅了臉，顯然用了全力，又將紅耳手臂往下扳去。

十公分、五公分、三公分，紅耳的手臂停在離木樁三公分處，僵持了許久，突然又開始反壓回去。

「象子沒力了！」飛蜓和青蜂兒互看一眼，知道福生那犄角無法持久，此時讓紅耳扳回，顯然氣力用盡。

只聽見紅耳大喝一聲，瞬間將犄角整個壓下，砸在木樁上，也將福生整個人扳得翻了半圈，摔倒在地。

「好——」精怪們爆出轟然歡呼聲。

紅耳拉起福生，拍了拍他肩頭說：「象子，多年不見，你力氣變得這麼大，差點就要贏我了！」

「紅耳哥哥，真想不到我使出犄角，都贏不了你一隻手。」福生搖頭苦笑，幾乎虛脫。

接著又是一陣騷動，原來是樹神在幾十名精怪陪同下，來到了草原上的宴會區。林珊趕緊領著一干歲星部將上前致意。

「許久不見，你們都長大了。」樹神看著一干蟲仙，也不免懷念起往事。

一陣寒暄，大夥兒各自席地而坐，都拿了食物和美酒吃喝著。

「辛苦了……」樹神舉起手中的翠綠石杯，向眼前經歷苦戰的精怪義勇軍們致意。經過金城大樓一戰，精怪們只剩五十來隻，先前對付千壽公時招納的百來隻精怪犧牲了一半以上。

老樹精手抖得厲害，杯子湊到嘴旁，裡頭的美酒竟都濺了出來。

一旁的癩蝦蟆見了，呱呱叫著：「樹老怪，你怎麼了？別浪費好酒啊，呱呱！」

老樹精胡亂笑著，他見到樹神，像是見了憧憬已久的偶像一般，竟不知所措。

阿關不停扒著菜吃。青蜂兒、福生、飛蜓、若雨、翩翩等，都被分配在樹神的右手邊；阿關和林珊，則坐在樹神的左手邊。

翩翩在最角落，默默一點一點吃著；若雨不時講些笑話給她聽，翩翩也捧場地開口笑笑。

阿關只覺得腦袋有些混亂難受，有些奇異的感受在腦袋裡來回衝撞。自從太歲爺讓啓垣抓走後，他每夜作噩夢，早上起床時，卻都忘了作過什麼夢，只覺得夢裡似乎發生了許多令人難過的事情，這種不快的感覺似乎會在現實中持續發酵，影響他的心情。

「孩子，你別太難過，澄瀾他不會有事的。」樹神察覺了阿關的異樣，伸手在他頭上拍了拍。

阿關覺得有股清新的靈氣注入頭頂，方才不快的心情似乎好了些，他咧嘴笑了起來。

過了好久，大夥兒吃完晚宴，各自收拾東西，又呼朋引伴，四處玩去了。

此時天上彩星密布，遠處有許多星雲、有陣陣極光、有夜飛的鳳凰和千千萬萬的螢火蟲。沁涼的風吹來，阿關呼了一口氣，幾隻洞天精怪領著阿關和林珊走著。

一行人走到幾處帳篷前，洞天精怪指著最大那間帳篷：「備位……呃……呃……代理太歲大人，這兒是特別爲你準備的帳篷……」

阿關一愣，這帳篷就是上次來洞天住一晚的帳篷，當晚他要將這大帳篷讓給翩翩睡，卻被翩翩拒絕了。

「咱們在洞天長大，睡什麼帳篷？」飛蜓哼了一聲說：「我要回我的老家睡去！」飛蜓邊說，跳上天便飛走了。

「我也要回老家看看，好久沒回去囉。」福生和青蜂兒也嚷嚷著，很快飛走了。

若雨哈哈笑著：「翩翩姊，咱們回寒彩洞去……別打擾小太歲和他的秋草保姆了。」

翩翩嗯了一聲，翩然飛起。阿關看到翩翩遠去的身影，這才注意到翩翩背後現出了翅膀。他想起自從翩翩從洞天回來，即使飛在空中，也沒露出翅膀，此時卻露了出來。翩翩那對翅膀其中一隻是褐色的，另一隻則是深黃色，似乎再過不久也要變成褐色了。

阿關突然覺得鼻子一陣酸，有股莫名的難過在眼裡打轉。

他轉入一旁的小帳篷，在裡頭繞著。這帳篷裡頭擺設和先前翩翩來住時一模一樣，他走到那小床前發呆半晌，當時他便是在這張床上，抱起了半邊身子正在腐化的翩翩。

「唔唔……」阿關抱著頭蹲了下來。

跟入帳篷的林珊連忙上前將他扶起，關切地問：「怎麼了？」

「我頭很痛……」阿關抬起頭來：「今天一整天都是如此……不知道是不是太歲爺……」

林珊伸手在他後腦上輕拍著，幾道黃光注入阿關後腦。林珊扶著阿關出了小帳篷，來到大帳篷裡，將他扶上床。

「我睡不著……我這幾天晚上都睡不好，昨天晚上的夢好恐怖，我一閉上眼睛就見到恐怖的東西，但是醒來又不記得了……」阿關苦惱地望著林珊。

「或許是你體內的太歲力又有了新的進展。」林珊呼了口氣說：「你應該早點和我說，我會御夢術吶。你跟我講，我就幫你趕跑噩夢啦。」

阿關愣愣地不吭聲，林珊在他額前畫了個符令。阿關覺得眼前越來越亮，像進入了一朵光織成的雲，不一會兒便沉沉睡去，在夢中他見到一些彩光流動，似乎是個美夢。

□

洞天早晨的空氣帶著清新的香味，阿關躺在一處小山腰上，將這芬芳空氣吸了個飽，隨手拿起果子就吃。他看著天空嬉戲的飛鳥，只覺得這兒似乎沒有煩惱，沒有紛爭，什麼都好。

「要是阿泰也能來就好了……」阿關坐了起來。

林珊微微笑著說：「精怪和凡人爭地，爭輸了凡人，洞天的產生，便是讓精怪有個歸宿，洞天裡的精怪對凡人可沒太大好感……這次能讓伯母進來，已經給足你面子了……」

原來在阿關的要求下，樹神同意讓月娥長住洞天，直到凡間度過浩劫。洞天裡頭有許多懂得御夢的狐精，林珊便也不必分心月娥夢境的問題。

阿關隨著林珊來到一處帳篷，裡頭床上躺著的正是媽媽。一旁那瞎眼狐精正替月娥修著指甲。

這瞎眼狐精也經過樹神的同意，允許他在洞天長住，陪伴照顧月娥。將媽媽送入洞天，阿關總算放下心中大石。

走著走著，已經來到圓形谷口，阿關和林珊即將要離開洞天，回去鎮守據點。而飛蜓等神將經過了一夜玩鬧，一早便已離開洞天，回了主營領出虎爺、石獅，隨即前往南部支援太白星和熒惑星。

至於精怪等，則還可以放幾天假，再回到白石寶塔裡待命。

阿關回頭看看洞天，心中雖然不捨，卻也有種趕緊離開也好的感覺，這是個美麗卻令人感傷的地方。

樹神早已在圓形谷口前等著，身後只跟了幾名隨侍。

阿關受寵若驚，連忙趨前打招呼。樹神婆婆和藹笑著，伸手在阿關額前一摸，眼神中露出些許驚訝與不捨。

「孩子啊，晚上別想太多，早點睡覺……」樹神婆婆從帶著的包袱裡拿出一件物事，掛在阿關脖子上，那是一串項鍊。

那項鍊由許多閃亮的黑石子串成，黑石子有大有小，仔細看會發現裡頭似乎有液體流動。每隔五、六顆黑石子又會夾雜一根尖牙形的白石。

「呃？這……」阿關不解地望著頸子上的項鍊。

「別看它黑黑的，這是『清寧』，時常戴著，洗澡時也別拿下，你就再也不會作噩夢了。」

樹神婆婆笑著，轉身對著林珊說：「小秋草兒，妳負責照顧備位太歲，可別疏忽了。太歲雖煉於惡念，但備位卻只是個孩子，提早解開封印，對這孩子的心靈有什麼影響，沒有人知道。昨晚我感到他的不安和憂愁，妳得提心點，別給他太大壓力，要是出了什麼差錯，制御惡念不成，反而會讓惡念蝕了他的魂。」

「是！」林珊恭敬說著：「我一定全心盡力照料備位太歲大人。」

阿關感激不盡，原來樹神早已發現他讓噩夢煩心，特地給了他這寶物。他隨著林珊往出口走，還不時回頭，連連對樹神鞠躬，才讓林珊拉進出口。

回程時，阿關騎著石火輪，還不時把玩著頸上那叫作「清寧」的項鍊。黑石子裡流動的水，有時流得快些，有時流得慢些，像是活的一般。

很快回到了中部市區街上，阿關在一處紅綠燈前停下了車，等著紅燈變綠。

一個身穿袈裟、做僧人打扮的中年光頭瞇起了小眼，喜孜孜地穿越馬路。那僧人走近阿關身旁，舉起了雙手托著的缽：「有緣人吶，結個善緣吧。」

阿關一愣，他經歷了許多冒險，有時難免疑神疑鬼、草木皆兵，突然見了這怪模怪樣的僧人，一時竟不知該如何回應。

後座的林珊沒說什麼，只是對這僧人搖了搖手，表示拒絕。

綠燈還沒到，僧人似乎不死心，死纏爛打著：「年輕人吶，善有善報，結個善緣，你一定會有好報。」

阿關隨口回應：「什麼好報？」

僧人一愣，又笑著說：「你結善緣，神明保佑你百病不生……」

「天界有這規矩嗎？」阿關回頭望著林珊。

「從來沒有。」林珊苦笑搖頭。

「小妹妹，妳這就錯了……」僧人聽林珊這麼說，又要開口，還沒講完，紅燈變綠，阿關便踩下踏板，石火輪揚長而去，僧人本來慈藹的神色一下子僵硬許多。

□

「好無聊啊——」阿關對著手機向阿泰訴苦。

早上從洞天回到中二據點，已過了十來個小時。

阿關被分配到中部的第二據點，是中部市鎮裡的一處高樓，和北部據點三類似，卻更大，是間三十來坪的大房子。

阿泰、六婆兩人，則被派到中部第三據點，離第二據點只有五公里遠。阿關在中二據點的大樓裡無所事事，主營一件任務也沒分配下來，只是要阿關靜靜養身，好好休息。

林珊本來要帶阿關出去逛逛解解悶，奈何主營下了命令，要足智多謀的林珊也趕去南部支援太白星和熒惑星。接到指令的林珊，雖然心不甘情不願，但也立即動身南下了。

這麼一來，中二據點便只剩一個備位太歲留守。

事實上，中部本來便不若南北兩地那樣多紛爭，這裡的邪神大都是零散的小邪神，並沒有較大型的組織；而中二據點，也只是爲了讓這備位太歲有個空閒而安全的任務，可以好好待著而已。主營這樣安排，自然是爲了避免這備位太歲出了什麼意外。

「哇靠！」阿泰也不好過，在電話那頭，甩著右手：「聽說你已經從仙境回來了。你還可以去仙境遊山玩水，老子我這兩天寫符寫到快哭出來！」

兩人聊了幾句，約了個地方，打算出去晃晃。

十分鐘後，阿關已騎著石火輪來到約定的地點，是在一棟醒目的速食店底下。

阿泰正叼著菸蹲在地上，目光如電般掃過每個走過身邊的妙齡女子。要是看到滿意的女孩，阿泰便會朝著對方的背影吐出一個煙圈，若是不滿意，則便一面搖頭，將煙亂噓一通。

「你無聊啊？」阿關啼笑皆非，將石火輪停在速食店外頭的停車格裡。

阿關正要往速食店裡走，卻見到阿泰仍蹲著，瞪著不遠處一名中年僧人，眼神滿是不屑。

「幹！又來這一套！」阿泰嘴裡碎碎唸著，站了起來，一個十七、八歲的女孩正好從他眼前走過。

「哇——」阿泰吸了滿腹香風，正陶醉著，卻見到那女孩走去的方向，正好是那僧人化緣的地方。

阿泰嘴裡發出哼哼的聲音，突然「幹」了一聲，那女孩果然讓僧人給攔了下來。

「靠！」阿泰邊罵，竟大步跟了上去。

阿關不知發生什麼事，也跟過去，這才想起今天從洞天回來時，也碰上一個化緣的僧人。

那僧人跟先前向阿關化緣的僧人一樣，臉上堆滿了笑，熟練地說：「小姐，結個善緣吧……」

女孩不知所措，搖了搖手就想要走。

那僧人仍不放棄，又接著說：「善有善報，結善緣有好報……」

阿泰裝出怪模怪樣，腳步蹣跚地走到僧人身邊，拉著那僧人衣角，口齒不清地說著：「阿阿……阿伯……結結結……結個……善緣啊……」

那僧人吃了一驚，竟不知該如何回應。

阿泰更大力搖著僧人的胳臂，說：「出家人……慈慈慈……悲為懷啊……我好幾天沒吃東西了……賞個幾塊錢啊……」

女孩愣了愣，趁機走了。

僧人臉上閃過一絲惱怒，甩了甩手，想甩開阿泰。

此時對街紅燈變綠，一群人潮已經擁來。

「我好餓啊——」阿泰指著阿關說：「你看我……弟弟……他生病發燒，燒壞腦子……沒錢醫啊……」

阿關和阿泰相處已久，早已有了十足默契，也跟著「嗯嗯啊啊」了幾聲，露出一副癡呆表情。

「你們做什麼？」那僧人用力甩開了阿泰，整了整身上袈裟，往對街走去。

阿關看著那僧人背影，這才注意到僧人身上的袈裟，並不同於一般出家人的紅色配黃色，而是鮮艷的七彩色。他想起先前遇上的僧人也是穿著這七彩袈裟，看來格外引人注目。

「阿嬤告訴我，這些傢伙是騙子，專門騙人錢，拿了錢去蓋漂亮的廟、買漂亮的車，卻從來沒有做過善事……」阿泰悄聲對阿關說。

「那跟你以前一樣……」阿關嘻嘻笑著。

「幹！」阿泰哼哼地說：「我已經改邪歸正！」

突然兩人眼前捲起一陣黃煙，一個身穿灰袍、個子矮小的婆婆在兩人眼前現身。

「我可找了大人你好久！」那婆婆伸伸懶腰，語氣有些不悅。

阿泰退開兩步，驚訝地說：「什麼妖魔鬼怪？」

那婆婆怒斥：「什麼妖魔鬼怪！」

阿關見那婆婆的身形和手上的木杖，連忙開口問：「是土地神嗎？」

「是！」婆婆這才點了點頭。

「發生了什麼事嗎？」阿關問。

「玉帝派我來協助你，共同坐鎮中二據點，結果你自個兒溜出來玩。」土地婆說。

「啊，對不起，我不知道妳會來，我在據點裡閒得發慌，出來走走……」阿關連忙賠不是。「土地婆婆，我們該叫妳什麼？」

「韭菜。」土地婆答。

阿泰嘿嘿笑著說：「這土地婆好呀，講話簡單俐落，不像那老土豆那麼多廢話！」

阿關指著走去對街繼續化緣的那僧人問：「韭菜，妳知道那是什麼人嗎？」

財產不少。」

韭菜只看了他兩眼，隨口回答：「喔，那是一般凡人教派，這兩年名聲響亮，信徒不少、

阿關和阿泰反正閒著也是閒著，便上速食店點了些外帶餐點，帶著韭菜來到公園，邊吃邊聊著這奇異教派。

韭菜話少，倒是對凡人漢堡挺有興趣，大口吃著，零散講個幾句。阿關費力地聽，不懂就問，好不容易將事情來龍去脈拼湊了個完整。

原來那化緣僧人屬於中部一新興教派——「眞仙教」，教主自稱「九天至尊神」，有九天神通，能上天下地、無所不能。

不同於阿關碰過的邪神，那九天至尊神只是個凡人，憑著一口伶牙俐齒，騙到了大批信徒，心甘情願地捐錢給他，三、五年下來，竟也累積了數億的財產。

「那不就是神棍了？」阿關皺眉說。

「是。」韭菜點點頭。

「既然是神棍，爲什麼神仙一直沒有處理？」阿關不解地問。

「大人，我不明白你的意思。」韭菜望著阿關。

「我是說，既然神仙知道那些傢伙是神棍，爲什麼一直沒有干涉，反而任由這些神棍騙吃騙喝、騙老百姓？」阿關解釋著。

「老百姓笨，只好被騙。」韭菜本來面無表情，這才笑了起來。

阿關愕然，但韭菜繼續說：「備位大人，天神造人至今，也有數千年之久，凡人早已有了完整的社會組織，凡人的事，應當凡人來管，天界不插手凡人私事，這規矩已有許多、許多、許多年啦。」

韭菜繼續說著：「神仙賜人智慧，是要凡人思考；不會思考的凡人，也要學著去思考。神仙雖有責任保護凡人，可不包括替他們把屎把尿。」

「這麼說也對……」阿關似有領悟，點了點頭看著天上。

吃完了漢堡，阿關和阿泰又聊了一會兒，才各自回到自己據點。

□

又過了一天，阿關起了個大清早。這幾天由於年後最強的寒流來襲，阿關站在冰冷的浴室裡，手腳都凍得難受。

他裸著上身，對鏡子看著胸口前的清寧項鍊，昨晚睡了個好覺，果然不作噩夢了。

外頭雖冷，但沒下雨，阿關便騎著石火輪在街上亂逛著，經過了一處菜市場，裡頭叫賣聲不絕。他騎進市場，經過了幾個攤位，挑了些小吃。

他一手拿著袋子，一手拿著竹籤，從袋子裡叉出食物來，放入口裡。

一旁幾個小孩，看到阿關不用手也能騎腳踏車，紛紛跟了上來，在後頭叫著。阿關回頭看了那群小孩，不免有些得意，正想使幾下特技，想讓他們叫聲更大——

這時，一陣吵鬧傳來，才拉回了阿關的注意力。

前頭一個婦人背後揹著個小娃兒，胸前也抱了個娃兒，剩一隻手拉著一個大叔。那大叔看來斯文，穿著襯衫、西裝褲，戴了副黑框眼鏡，頭髮卻有些散亂。

大叔一手拿著個皮包，一手讓那婦人揪著手臂。

「家裡就剩這點錢了，你還要拿去！」婦人大叫著，眼眶裡轉著淚。

大叔臉漲得通紅，甩手怒罵：「別鬧了，街坊都在看，妳丟不丟人！」

婦人尖聲哭叫：「你吃錯什麼藥？我情願你去賭、去嫖，也不要你這樣浪費錢！」

「什麼浪費錢！」大叔甩開了婦人的手，大聲喝斥：「我是在結善緣，替妳積陰德！」

婦人讓那大叔甩開，跌坐在地上，痛哭了起來。

大叔這才有些愧疚，上前扶起婦人，揉著她摔青的大腿說：「淑芬吶，我們家已經三個月沒給善錢，對不起上人啊，這樣沒好報的……」

那叫淑芬的婦人，一把推開了那大叔，哭叫著：「你拿錢去賭，還可能贏回來；你拿錢去嫖，好歹也過足了癮。但你每月把血汗錢拿給他們，咱們家得到了什麼？得到了什麼？」

大叔看著圍過來的人群，臉上汗滴個不停，拉著那婦人回家，一邊還說：「咱們無私無我付出善錢，是結善緣、做善事，會有好報的……」

婦人給拉進了屋子裡，還不停叫著：「什麼好報？什麼做好事？只見到他們廟越蓋越大，衣服越來越花，去年咱巷子淹水，他們出過一份力沒有？淹死了個老頭，那老頭也捐了不少錢，結到了什麼善緣沒有？」

阿關騎過了那戶人家，正想著「結善緣」這幾個字聽來好耳熟，背後一聲驚呼，那大叔又跑了出來，手裡還緊抓著那皮包，往前衝著。

婦人要追出來已經來不及，跌倒在門前哭叫，幾個街坊鄰居扶起了她，一邊罵著那大叔沒心肝。

阿關車頭一轉，追了上去。

大叔穿過幾條巷子，死命跑著，跑到街上，攔了輛計程車坐上。

阿關正想著該不該跟上去替那婦人搶回皮包，手機便響了，是阿泰打來的。原來是六婆吩咐阿泰，要將寫好的白焰符交給阿關。

兩人約在昨晚那速食店前，阿泰從背包裡拿出一疊白焰符，和十來張捆仙符。

「越寫越好了！」阿關接下這疊白焰符，整整一百張，不多也不少。他拿在手裡秤秤，一股股靈氣從符紙傳透掌心。

阿泰朝天空呼了口煙，一副沒什麼的模樣，這可是他的心血結晶，由於阿泰先前寫的符雖多，但品質卻參差不齊。於是六婆嚴格督促阿泰，將寫不好的符全都撕毀。因此這一百張白焰，可都是精挑細選，極品中的極品。

阿關呃了一聲，見到昨晚那僧人還在對街化緣，見到他身上那七彩袈裟，想起了方才那婦人說的「廟越蓋越大，僧衣越來越花」，這才知道原來那大叔拿著錢，就是要捐給這什麼眞仙教。

阿關將剛才發生的事說給阿泰聽，阿泰邊聽邊罵「幹」，火氣越來越大。

對街那僧人走過馬路，一路化緣而來，「結善緣」、「得好報」的說詞也由遠而近，聲聲傳到阿關阿泰耳裡。

阿關和阿泰對看了一眼，阿關吁了口氣說：「最近都沒有事做，好無聊啊……」

「去化緣啊！」阿泰又「幹」了一聲。

「還沒吃飯耶……」阿關摸摸肚子。

「化到了再去吃啊！」阿泰呼了口煙，將菸蒂在一處垃圾桶上摁熄，扔進垃圾桶裡。

原來現在六婆不但禁止他說髒話，也嚴格管教他的生活態度。阿泰說髒話的習慣雖一時難以改正，但至少學會將菸蒂丟進垃圾桶裡了。

兩人哈哈一笑，一前一後地走向那僧人。

31 九天至尊真仙上人

阿闞和阿泰跟在那彩衣僧人後頭，僧人每抓著了一個路人，還沒開口兩句，兩人便湊上去搗亂。

「先生、小姐結個善緣！」僧人舉缽笑著說。

「阿伯……你行行好……結個善緣啊……」阿泰跟在那僧人身旁，用肩頭左右不斷頂著僧人，「咿咿啊啊」地向那僧人化緣。

「我肚子好餓啊……」阿闞跟在一旁幫腔。

僧人起初對兩人不理不睬，但阿泰和阿闞死纏爛打，接連趕跑了好多個「客戶」。僧人笑容開始僵化，嘴角不自主抖動，加快腳步走著，還不時向其他路人說：「善有善報，結善緣有好報！」

「是啊、是啊！結善緣有好報，不結善緣全家死光——」阿泰像個瘋子似地大吼。

「爲什麼你都叫人家結善緣，自己又不結善緣？」阿闞反問僧人。

路人見了這三人怪異陣仗，都紛紛閃避。

僧人終於按捺不住，惡狠狠對著兩人低吼：「小伙子，哪條道上的？」

「跟你絕不同道！」阿泰哼哼地回。

「是啊，不同道。」阿關繼續幫腔。

僧人恨恨地走到騎樓下，拿出一支名貴手機，撥了個號碼，似乎在搬救兵。

阿關、阿泰本來見那僧人躲進騎樓裡，鬧也鬧夠了，已無興致，打算去吃飯了。不料那僧人竟又跑了出來，指著兩人斥喊：「有種別跑！」

阿泰幹了幾聲：「誰理你呀！」

還沒說完，他們身後不知從哪冒出來幾個身穿同樣七彩袈裟的僧人，前頭則走來幾個身穿汗衫、滿臉猙獰的大漢。其中一個帶頭的大漢重重推了阿泰一把，問：「你敢來搗亂，你混哪裡的？」

「來得眞快！」阿泰仗著阿關就在身旁，不甘示弱也推了那大漢一把，高聲說：「我老大混南天門，你不明白也別多問，老子沒空教你；你也別說你混哪裡，老子沒興趣知道！」

那大漢先是一愣，接著怒吼起來，一拳照著阿泰腦袋打去。阿泰側身閃過這拳，往大漢身上踢了一腳，剛得意想要叫好，另一個流氓大漢已經一拳擂來，打在阿泰臉上，將他打得往後一倒，撞在一排機車上，撞得人仰車翻。

另外兩個流氓也衝了上來，阿關一腳一個，將他們踢倒在地，又抓住了打阿泰的那個流氓，用翩翩教他的防身術將那流氓摔了個狗吃屎。

幾個僧人本來就要跟著流氓們一同衝上去，教訓這兩個搗蛋傢伙，此時見阿關不好對付，對看幾眼，趕緊跑了。

由於阿關下手不輕，幾個流氓彼此攙扶，哀哀叫著，也四散逃跑，還一邊罵著：「幹……

有種別跑，我回去拿噴子來噴你！」

「噴子？」阿關咦了一聲。

「就是手槍啦！」阿泰捂著吃了一拳的臉頰：「眞是爛貨，打不過就要拿槍，我們還會傻傻在這邊挨子彈不成？」

見流氓跑遠了，阿關、阿泰回去牽了石火輪和機車，換了個地方吃起午餐。

兩人進了一處餐廳，在餐廳裡吃著，突然外頭一群人走過。由於兩人座位靠窗，阿關看得清楚，那群人中有個婦人，就是剛才市場裡讓老公搶了皮包的婦人，臉上還一把鼻涕、一把眼淚。其他人都是她的街坊，一行人有六、七個，都一副義憤塡膺的模樣。

「就是她，我說的女人就是她！」阿關連忙拉起阿泰，結了帳，追趕上去。

那群人已經走遠，但講話聲音還依稀聽得見：「妳別哭了，咱們去替妳討個公道，把家用錢給要回來！」

原來這婦人一家家境本來便不好，那迷信老公失業已久，又按月繳善錢給眞仙教，積蓄早已用盡；婦人好不容易從娘家借來的幾萬塊，也讓老公搶去要捐給九天上人積陰德。

阿關、阿泰跟在後頭，見那群人浩浩蕩蕩進入附近一處建築物裡。那建築物挺大，是獨棟的樓房，整層樓上著鵝黃色的漆，一樓門口鍍金的招牌十分醒目——「眞仙道場」。

「哇幹，神棍他家耶！」阿泰哇哇大叫，跟著阿關混在人群中，也進了這道場。

從一樓大廳裡的道場簡介得知，這裡只是九天至尊上人傳道場所之一而已，主廟則建在別處。幾幀主廟照片讓阿關、阿泰看傻了眼，那主廟建得金碧輝煌、極其華麗，裡頭到處擺著黃金色飾品，要不就是寶石水晶製成的雕飾。

其中一幀照片裡，有張椅子又高又大，上頭鑲滿了許多五顏六色的寶石，坐墊部分是華麗的絲綢。椅子上坐著的，自然就是那「九天至尊真仙上人」了。只見照片中那九天上人一身華服，神態端肅端坐在寶座上，神情還真像是萬人之上的天神。

「什麼玩意！」兩人正吃驚著，後頭有幾聲抱怨。阿關回頭一看，那婦人一行人就在後頭。原來今天剛好是這九天上人來這兒巡迴傳道的日子，也因此那迷信老公死都要來捐善錢。婦人一行是來討個公道的，至少得逮著迷信老公，好討回家裡小娃兒的奶粉錢。

由於大廳裡滿是九天上人的信徒，婦人一行人顯得勢單力薄，氣勢較先前弱了許多。

阿關則是胸中升起一把無名火，他想起先前突擊順德大帝時也是如此景象。那順德大帝好歹也是雄霸一方的邪神，大家對他至少還有些懼意，比起這自稱九天至尊神的凡人神棍，靠一副伶牙俐齒，除了騙錢還是騙錢，實在令人不齒至極。

大夥兒在十來名彩衣僧人的引導下，擠進了道場裡。只見幾百來坪大小的道場擠滿了信徒，大家身子貼著身子，口裡還唸唸有詞。

「先前順德大帝的信徒是喝了符水才瘋的，這些人是怎麼回事？你感應到什麼沒有？」阿泰感到不可思議，悄聲問著阿關。

阿關搖搖頭，什麼也沒感應到。

鼓掌聲和歡呼聲由遠而近，是那九天上人來了。只見到九天上人由幾名僧人護衛著，優雅地從另一處門進來，上人身上七彩僧衣飄逸，頭上高聳的僧帽鑲著許多寶石。九天上人看來才五十來歲，身型高瘦，臉上還塗著薄粉，猛一看還眞有些仙風道骨。

「上人！」「上人！」「至尊！」「至尊！」信徒們呼叫聲此起彼落，聲音誠懇至極。

「上你老母、尊你老母！」阿泰受不了信徒的噁心呼喚，怒皺眉頭，用只有自己才聽得到的聲音跟著低喊。

「靜……」上人手一揚，彩袍袖子在空中飄舞。

九天上人開始用嘹亮的嗓音，對著信徒傳起了道，大都是些模稜兩可、融會百家的學說，偶爾也講些從古書上抄來的小故事，說成是自身經驗。台下的信徒時而鼓掌、時而低頭垂淚，有人還輕聲唸起禱告祝詞。

阿翽、阿泰只覺得墮入奇異天障一般，周遭的人似乎比妖兵還要詭異，不禁哭笑不得。

突然一陣吵雜，大夥兒往那發聲處看去。

原來是婦人找著了迷信老公，老公還緊抓著婦人的皮包不放，裡頭裝著的都是要獻給九天上人的善錢。

「把錢還給我——」婦人尖叫著：「那是我們家僅剩下來的錢！」

迷信老公漲紅了臉，一巴掌打在婦人臉上，怒斥：「錢再借就有了！這些錢是要用來結善緣、得善果用的！我是爲妳好，妳怎麼一直不懂，一直胡鬧？」

跟著婦人來的幾個大叔、大嬸也吵鬧了起來：「你瘋了你！」「你打淑芬做啥？」

一個大叔脾氣向來強硬，聽那九天至尊講了許久，早已積了一肚子火，此時一股腦爆發出來：「你拜這什麼狗屁教？連家都不顧了！迷信迷成這樣，你書都讀到屁眼裡去啦？」

此話一出，可引起了眾怒，本來信徒們見迷信老公出手打人，只當是他不對，此時聽了這大叔的話，敵我立場一下子壁壘分明，信徒們圍住了婦人一行，大聲斥責起來！

「錢財乃身外之物，獻給至尊是結善緣，怎麼可以說是迷信？」「至尊是眞神，是萬神之尊！你敢出言不遜？」「你快道歉！」

大叔見對方人多勢眾，氣焰滅了許多，但還是指著迷信老公斥喊：「快把淑芬的錢還給她，家裡沒飯吃了，你孩子都不用喝奶啦？」

台上的九天上人不爲所動，只是眼神瞄了瞄，一旁的幾個僧人立時擠進了信徒堆裡，圍住那婦人一行。

「外頭很多人謠傳，本眞仙是歪道，大家看，我像嗎？」九天至尊高聲說著。

「不像！不像！」

「至尊是眞仙，是眞神！」

有些信徒落下了淚，大聲喊著，替九天至尊眞仙上人不值。

「但是，我們要以慈悲的心，諒解他們，送他們出去吧，別傷害他們了！」九天至尊感性說著：「凡人愚昧，但仍有先驅者不畏艱難困苦，將道傳播給世人，那先驅者，就是我，九、天、至、尊、眞、仙、上、人——」

「上人啊——」

「上人啊——」

信徒們全高聲喊了起來，有的唱著九天上人自編的詩歌、有的高喊上人是眞神、有的想跪下、有的涕淚縱橫。

那婦人一行就在這混亂的當下，讓幾名僧人強行抓出了場外，沒人見到這些僧人將婦人一行趕出場時，還趁機踢了那大叔幾腳。

「哇咧幹他祖宗奶奶！」阿泰終於幾近崩潰，大罵起來，但也沒幾個人注意到這些髒話。

阿關愣在原地，不知該說什麼，看著眼前幾近瘋狂的信徒，明明沒喝迷藥符水，但行爲思想已和瘋子、白癡無異。

他覺得有些感嘆，想起韭菜所說的「神賜人智慧，是要凡人會思考；不會思考的凡人，也要學著去思考。神仙雖有責任保護凡人，卻可不包括替他們把屎把尿」這番話。

阿關嘆了口氣，眼前的信徒正猶如三歲小娃隨地便溺一般，完全沒有身爲成年人該有的思考能力，其中不乏高學歷的知識分子。

九天上人仍風采洋溢在講台上講著：「三天之後，我們眞仙教會辦一場眞理大會，與各門各教討教宗教學說，探討世間眞理……」

阿關不敢逗留太久，怕那婦人一行讓僧人們拖出去之後，不知道會遭到什麼傷害，趕緊拉了阿泰，努力擠出這道場。

兩人道場外頭四處找著，見到那婦人一行無助地站在街外，大夥兒哭喪著臉。

那大叔還恨恨地說：「算了、算了，這種老公不要罷了，他要瘋由他去瘋，我們大夥兒湊點錢，妳回娘家好了！」

婦人無奈地點點頭，一行人又叫了計程車，走了。

阿關遠遠見沒什麼事發生，鬆了口氣；阿泰則唸唸有詞，喃喃咒罵那九天上人。

大廳幾名僧人見阿關、阿泰出了道場，連忙上前攔下他們，問：「上人的傳道還沒完，兩位施主是不是有事情要先走？」

阿關腦袋一片混亂，點了點頭。

那僧人笑嘻嘻地拿出一個金色大缽：「上人傳道勞心勞力，兩位也不妨出點心意，結個善緣，會得善果，有好報……」

「結你阿嬷！」阿泰怪叫著，一拳打在那僧人臉上，將那僧人打了個人仰馬翻。

其他的僧人還沒反應過來，阿關拉著阿泰，逃出了這大廳。

兩人不顧後頭追來的僧人，一味死命地跑，跑到了石火輪和機車旁，跳上車揚長而去。

□

回到家後，阿關渾渾噩噩過了一天，第二天也是如此，到了第三天一早，才接到了阿泰的電話。

電話那頭的阿泰聽來十分興奮，嚷嚷著：「喂！你在做什麼？我們要出征了，出征啦！」

「出……征？」阿關穿著睡衣，一邊搔著頭。

還沒說完，門鈴就響了起來，阿關出去開門，阿泰竟然就站在門外。

阿泰望著阿關沒睡醒的臉，大力拍他的臉說：「清醒一點，你這什麼樣子，我們要出征了！」

「……」阿關側過身子讓阿泰進屋，阿泰身後還跟著綠眼狐狸、老樹精、癩蝦蟆三精怪，原來精怪們的假期在昨天已經結束，大多被分派到了南部太白星帳下，回到白石寶塔裡待命。精怪們雖不捨，但在樹神的激勵下，仍精神抖擻地回到凡間，繼續這漫長的戰役。老樹精、癩蝦蟆、綠眼狐狸等則被分配到六婆所屬的中三據點，協助六婆。阿關有些驚訝，自己這中二據點卻一個任務、一個部將都沒有，只有韭菜每天來報告些瑣事，說完就走。

「你忘了今天是那狗屁上人的好日子嗎？」阿泰興致勃勃地說：「我們這就去鬧他個雞犬不寧！」

阿關邊吃著阿泰買來的早餐，一邊聽阿泰說著。

原來阿泰回去可沒閒著，在中三據點土地神小白菜引導下，將這九天至尊神的底細給查了個徹底。

原來這九天上人本名陳富貴，年輕時是個混混，身無一技之長，因偷竊入獄，在獄中沒事做，讀了幾本宗教書刊，竟啓發了他的靈感。出獄後先是自稱神明轉世，靠著一些下三濫把戲騙得些許信徒，起先他不敢聲張，默默行騙。

許多年之後，他發現平民百姓的愚蠢遠超出他的想像，稍微變個把戲，說得天花亂墜，就算是一坨狗屎，也能說成是神仙聖物，還會有許多人搶著吃。

他越騙越大，創立眞仙教，自號九天至尊上人，一下子信徒倍數成長，讓這痞子成了天人合一的九天上人。

而今天，正是眞仙教的大傳道日之一，安排的節目是與其他各教來場辯論大會。九天至尊上人將舌戰群雄，一一駁倒各教代表，宣揚眞仙教的偉大。

然而這各教代表卻自然都是事先收買好的，有些是拿了錢，有些是九天上人自個兒安排的，表面上是辯論，實則是與九天上人表演雙簧，一搭一唱。

傳道會的重頭戲就是在辯倒了各方代表後，其中某些教派將會飾演反派，使出巫術，九天上人則以無邊法力破這巫術，將道場氣氛炒至最高潮。

阿泰揮了揮手上那黃書皮劇本，那是小白菜潛入眞仙教大殿裡偷出來的，是整場傳道會的腳本，裡頭不但有各教的人員名單，連辯論內容都事先擬好了。

「哇，眞有你的！」阿關不禁佩服起阿泰，也對自己這幾天的消沉感到愧疚。

「快走吧！」阿泰哈哈大笑。

阿關、阿泰各自騎著石火輪和機車，三隻精怪則跟在車陣後頭，同行的還有小白菜和韭菜兩位土地神，一齊往眞仙主殿前進。

土地公小白菜吹著鬍子，一副很期待的樣子；土地婆韭菜則興致闌珊，像是不願意介入這凡人和凡人之間的紛爭。

經過了一個多小時的車程，一行人終於見到眞仙教主殿。

眞仙宮坐落山邊，遠遠看去，如同一座皇宮，果眞是金碧輝煌。

「幹，眞誇張啊！」阿泰忍不住喊。

「那都是千千萬萬的低能兒，一點一滴地貢獻血汗錢蓋出來的。」阿關連連搖頭，只覺得一陣反胃，恨不得在九天上人那張臉上踩個幾腳。

走過了長長斜坡，來到廟前大廣場那黃金拱門，一旁的停車場停了好幾輛昂貴轎車，都是廟裡層級較高的人員使用的。

黃金拱門旁有一個管理處，幾個僧人見了阿泰一行，便上前盤查。

阿泰這時身上穿的是一襲灰色道袍，黏了兩撇假鬍子，還戴了副小小圓圓的墨鏡，模樣十分奇特。阿泰隨手拿出一張識別證，上頭寫著「泰山門泰山道長」。

幾個僧人察看一番，便放阿關、阿泰通行。

原來小白菜潛入九天神壇裡，偷偷竄改了劇本上的反派名單，混入了個「泰山門」。這泰山門便是阿泰一行，阿泰飾演泰山門道長，阿關則是飾演泰山門小徒弟。

而在阿泰自個兒構思的劇本裡，泰山門會在最後進行到「反派以邪法攻擊九天上人，卻讓九天上人收伏」這段劇情時脫稿演出，好好地教訓這裝神弄鬼的九天上人一頓。

眞仙宮廣場四通八達，一棟一棟華麗建築聳立在廣場四周，有僧人們的齋堂，也有寢室，也有會客專用的廳堂；另一側則通往美輪美奐的庭園，裡頭豎滿了九天上人的黃金雕像。

好多身穿七彩僧衣的僧人見了泰山門師徒二人駕到，都笑嘻嘻地上前恭迎。

一個僧人神色狡獪地對阿泰說：「知道待會兒要怎麼做吧？」

阿泰清了清嗓子答：「知道，早準備好了！」

阿關、阿泰被帶入一棟建築，只見那建築上頭的招牌寫的是「四方廳」。這兒是眞仙宮招待貴賓的會客樓，許多黑道政要都曾踏過這塊招牌，在裡頭和上人融洽會談過。

阿關、阿泰進了這四方廳，小白菜、韭菜、老樹精、癩蝦蟆精、綠眼狐狸都跟在後頭，自然沒人見得著。

僧人領著泰山門師徒倆，來到四方廳裡其中一間貴賓室。阿關、阿泰在這小間貴賓室裡四處摸著，貴賓室牆上掛了許多畫像，裝飾得堂皇富麗。

癩蝦蟆正嘎嘎笑著，和綠眼狐狸商量著待會兒要如何狠整那九天上人。老樹精則是照著鏡子，看到自己身上黏著的火焰樹落葉，嘴角還泛起微笑。

「你還在照鏡子！」癩蝦蟆呱呱叫著，去推那老樹精。

連綠眼狐狸也看不下去：「老樹啊，你回回魂吧！」

小白菜和韭菜則有些不安，他們從來沒有惡整凡人的經驗，要是讓其他神仙知道了，不知會有什麼反應。

外頭聲音聽來越來越熱鬧，各派代表都紛紛到了，信徒也越聚越多。從這二樓的貴賓室窗戶往廣場看去，起碼聚集了四、五千人以上，遠超過順德大帝那場千人法會。

「太離譜了……」阿關往下看去，只覺得信徒們那喜樂的嘴臉，看來十分可悲。

一個僧人推開貴賓室的門，向裡頭說：「大會要開始了，二位請準備下樓。」

那僧人領著阿關、阿泰下樓，出了四方廳，往主殿走去。

主殿裡金光閃耀，從挑高天花板上垂下來的大燈，一直到地板，全泛著閃亮耀眼的金光。

經過了一條長長走廊，走廊裡的燈光黃澄澄的，和金黃色地板互相輝映，看來十分美麗。這長廊上掛著許多九天上人的顯聖圖，每張都各有名堂。

僧人在前頭領著，還不時介紹著每一幀九天顯聖圖片。

其中一幀，是九天上人站在雲端，雙手微揚，灑下七彩雨露，叫作「九天聖雨」——據說歷年好幾次乾旱，都是九天上人以這九天聖雨救的。

另一幀，是九天上人站在高嶺，遙看大地，雙手高舉，放出萬丈光芒，也有個名堂，叫「九天晴暘」。據說好幾次極冷寒流，都是上人以這九天晴暘救暖的。

又有一幀，是九天上人站在激流中，以雙手抵擋奔騰的水，叫作「九天神堤」。據說好幾次水患，都是上人用雙手替世人擋下的。

僧人說，每每有信徒經過這長廊，見了上人的慈悲事蹟，都會忍不住垂淚，感動不已。

還有兩幀，分別是九天上人拿著奇異葉子，神情憂愁地吃著；以及一手放在一個病人身上，掌心還放出光來。這是「九天嚐百草」和「九天治傷手」，據說九天上人爲了救苦救難，不但嚐了千百種草藥，還會以救傷手替人醫病，無論大病小病，都難不倒他。但要他醫病，自然得是有緣人，不然就是違逆天命、逆天行事了。

後頭還有一張張的紀錄，上頭記載著有緣人的名字。姓名旁則是有緣人捐獻的善款，善款越高者，越有緣。

阿關、阿泰強憋著笑意，聽這僧人認眞講著，跟在後頭的癩蝦蟆等早已笑得打滾。

看過了十來幀九天顯聖圖，一行人來到一扇大門前。僧人推開了門，阿關、阿泰不禁有些震撼，那道場十分大，比先前大街上的道場大上許多倍。這是能容納近三千人的大禮堂，裡頭一排排的座椅都是頂級設施，這是間超級頂級的演講廳。

據說上人每每在此演說，三千人來，有兩千九百人會感動落淚；另一百人則是激動到昏厥，再讓上人以九天治傷手給救醒，從此神功護體、百病不侵。

演講廳正前方就是那紅色大講台，講台極其寬敞，後頭垂著華麗帆布，有一幀好大的九天上人凌空飛翔照片。

阿關、阿泰讓僧人給帶到了大講台上的貴賓席，這是反派座位，到時候反派們會在這裡起鬨，以預藏的乾冰等器具，向上人放出邪法，再讓上人降伏。

除了反派外，爲求逼眞，也得安排幾個正派穿插其中，讓表演更自然些。而這些正派角色便會在反派發難時，使出正義法術來幫助上人。

一個身穿土褐色道袍的老道人，年紀看來快七十了，拿著名單在座位間穿梭走動，似乎找不著座位。

另外也有幾個模樣奇怪的教派代表，有些飾演正派，有些飾演反派，各自找著自己的座位。

「我是好人，我應當坐哪？」一個光頭胖僧搔著腦袋，大聲問著。

另一旁一個矮小道人則向阿泰打招呼：「你也是壞蛋？」

「對對……」阿泰點點頭說：「來、來……壞蛋來這邊坐，壞蛋都坐這邊。」

那褐袍老道人拿著名單，找了好久都找不著位置，索性隨便坐，讓負責維持秩序的彩袍僧人一把拉起，看了看老道人手上名單：「你是反派，去那邊坐。」

老道人哼了一聲，這才找對了位置，在阿泰身旁坐下。

阿泰向老道人打了招呼：「你好、你好，我也是壞蛋！」阿關則扠著手，站在阿泰後頭，一副泰山門大師兄的模樣。

幾個身穿七彩僧衣的僧人，在各派代表就定位後，恭敬地走到他們前頭：「感謝各位配合，事成之後，好處少不了你們的。」

幾個僧人指了指演講廳一角，那裡擺了個大型黃金缽，是這齣戲碼的重要道具。當上人以正義的九天法術降伏反派角色後，會有幾個安排好的假信徒，因邪法而倒下；上人打算醫治他們，卻因爲這些人的善緣不足，而遲遲放不出治傷光芒。

直到信徒們一一掏出善錢，擲入黃金缽裡，九天上人的手上才會放出光芒，治好那些裝死的信徒。此時也會有更多信徒深受感動，捐出善錢。

土地公小白菜對老樹精等講解著九天編好的戲碼，聽得精怪們嘖嘖稱奇。癩蝦蟆呱呱地喊：「好一個天衣無縫的計畫呱，九天至尊神眞是太厲害了！」綠眼狐狸難以置信：「眞是天方夜譚，凡人眞會相信這種把戲？」

「就是有，而且很多人相信。」韭菜哼了一聲。

「嘿嘿，這表示神仙當初看走了眼，應當把凡人趕進洞天，把凡世留給精怪……」老樹精苦笑。

「才不要，凡人又笨又壞，會把洞天搞得烏煙瘴氣，凡人就乖乖留在凡世陪九天玩耍，也很好笑啊，洞天是我們精怪的呱！」癩蝦蟆高聲說，儼然已把自己當作是洞天的一分子了。

幾扇大門一一敞開，信徒們規規矩矩地由各門進入，一一照著劃好的位置坐下。人越來越多，這三千人的座位漸漸被人潮填滿。

癩蝦蟆指著一個信徒說：「那人臉上有淚痕，眞有人看了顯聖圖而感動哭了呱！」

老樹精和綠眼狐狸看著四方信徒，眼眶泛紅的還不少。剛才僧人倒沒吹牛，確實有不少人因爲那幾張大慈大悲的顯聖圖而感動落淚。

信徒們全都坐好之後，又過了十分鐘，莊嚴悅耳的音樂響起，九天至尊眞仙上人穿著極爲華麗的僧服，頭頂黃金寶石帽，腳踏白銀毛靴，在十幾名僧人簇擁下，神采飛揚地走進演講道場，還不時露出慈悲的眼光掃過信徒們，被慈悲目光掃過的信徒，有些當場就落下淚來。

隨著音樂節奏，九天至尊上人來到講台前，撥了一下前額頭髮。上人留著及肩長髮，此時結成一條髮辮。

「各位善者，我眞的很感動……」九天至尊上人感性說著，語調時而低沉穩重，時而高亢激昂，每一句話都間隔許久，像是在營造氣氛。「今天，在千萬萬的善者面前，本眞仙，將眞仙教的教義，與眾人分享，與眾教分享。」

「就在今天，千千萬萬的善者，將見證眞仙教的教義，才是千古不滅的眞理，讓眞仙教的善與大愛，傳、播、人、間……」九天上人說到這裡，高仰著頭，眼睛閉起，像是一位悟道高人，像是一尊得道仙者。

阿關只覺得頭皮至腳底板全都在發麻，手臂上的雞皮疙瘩像在跳舞一樣。

一旁的癩蝦蟆已經笑倒在地上抽搐，八隻腳胡亂踹著，笑不出聲了。小白菜和韭菜則是一臉臭，恨不得捂起耳朵，再也不要聽見這噁心的人說這些噁心的話。

泰山門阿泰道長則端坐座位上，嘴角的笑容有些僵硬，手指忍不住顫抖，不知是想抽菸，還是想揍人。

信徒卻不這麼想，掌聲如雷，叫好聲不絕於耳。

接下來的教義辯論，對阿關等人像是一場煎熬，痛苦不下於金城大戰。各教代表一個個站起，裝腔作勢，長篇大論己派教義，跟著，便會臣服於九天上人的動人理論之下，有的代表表演逼眞，甚至捶胸頓足、潸然淚下。

九天上人接連辯倒了十來位各教代表，直到阿泰身旁那老道人站起，一臉無措樣子，還讓後頭的僧人提醒：「演得逼眞一點！」

九天上人看了看手上名單：「您是……五台茅山派……葉元道長。葉道長，您對本教眞仙教義，有何高見？」

「我……我沒什麼高見……」葉元道長似乎因爲緊張，而有些口吃。

九天上人反倒有些擔心，生怕這老道長台詞沒背好，演起來不逼眞。九天上人微笑地說：「眞仙教教義旨在教人爲善，因爲有了善因，才能得善果。」

「結善因……結善緣？」葉元道長呼了口氣，頓了頓說：「捐錢給你花，就能結善緣？」

此話一出，九天上人有些愕然，他低頭翻了翻劇本，劇本上不是這麼寫的。

葉元道長繼續說著：「捐錢給你的，就結了善緣；不捐給你的，就結不到善緣，就不是善人，是這樣的嗎？」

九天上人反應也快，回答：「當然不是，捐善錢，只是結善緣的方式之一，主要用意是激發人的善心，同時不再貪戀金錢這身外之物。而大家捐的這善錢，自然也用在善事上頭，助人為樂，普渡眾生！」

葉元不等信徒掌聲停下，聲音宏亮起來：「做善事？山下阿毛沒錢讀書，你的善緣怎沒結到他身上？有些人沒飯吃，天冷了沒衣穿，生病了沒藥醫治，你的善緣怎沒結到他們身上？」

九天上人眼睛瞪了老大，又低頭翻了翻劇本，確定劇本上沒這段，抬頭看了看貴賓席後幾名僧人，僧人也不知道發生了什麼事，辯論內容的對話是九天上人自個兒擬的，其他僧人只感到氣氛有些異樣，話題有些尖銳，卻還不知老道早已脫稿，還以為這也是九天自個兒擬的劇本，以為九天即將以大道理反駁。

「你廟裡一根柱子值多少錢？一扇窗子值多少錢？你外頭停的車子值多少錢？你這大道場值多少錢？你心裡有數！可值錢了！能供多少人吃飯？能供多少人讀書？你的善心呢？你的善緣呢？」葉元老道起先有些怯場，此時越講越怒：「無知的百姓很多，但不是全部！你以為能一手遮天，你的手再黑再大，也總是有縫，遮不了明澈月亮、遮不了天上太陽、遮不了清風、遮不了星光！你騙得了許多人，卻騙不了所有人！」

「好啊！」阿關忍不住喊了一聲。

幾名反派趕緊翻著手上劇本，以為這時就是發難時刻，還擔心是自己忘了劇本情節。

阿泰也翻著劇本，和身旁那位黑胖道人面面相覷。本來照劇本上的描述，應該是這葉元老道被駁倒後，接著是泰山門道人被駁倒，跟著就是那黑胖道人被駁倒；而這黑胖道人不服，領著反派角色發難。

此時葉元老道卻脫稿演出，不但九天上人驚愕，反派角色也驚愕，以爲是葉元老道爲求表演，搶戲搶過了頭。阿泰讚許之餘，也十分驚訝。

九天上人手有些抖，嘴角上的笑顯得不自然，他揮了揮手說：「你……只……知其一……不知其二……」

「你別說了！我們可不服！」阿泰身旁那黑胖道人跳了起來，手一揮，揮出一片黑霧。阿泰嚇了一跳，原來是這黑胖道人生怕讓葉元老道搶了風采，到時分紅少分了些，趕緊跟著發難，將反派角色襲擊九天上人的戲碼提前演出。

這麼一來，九天上人反而鬆了口氣，不必再理會這葉元老道，只要跳到下頁劇本，繼續演下去就行了。

九天上人淡淡一笑，伸手一揮，袖口也噴出一道白煙，一下子吹散了黑胖道人的黑霧——原來九天上人袖口裝了機關，能噴出乾冰。

信徒們見了，直呼神蹟顯靈，有的高聲叫好，替上人加油；有的低頭祈禱，祈求上人平安無事。

又有幾個反派角色衝上了講台，揮出綠霧、黃霧、黑煙、紅煙，全讓九天上人噴出的白煙給吹散了。

只見到上人雙手結印，做了個眞仙教獨創的大慈大悲手勢，使得全場掌聲如雷，信徒們紛紛站起，大喊：「上人萬歲！」「上人無敵！」「上人加油！」

那葉元老道火冒三丈，本來也要衝上講台，此時卻讓幾名僧人給拉住，拉到了一旁。

阿泰見時機成熟，也從椅子上跳起，跳上了講台，比了個手勢。阿泰後頭的綠眼狐狸早已準備好，吸了滿腹空氣，嘴一鼓，用力一吹，和阿泰的手勢配合得天衣無縫，一道紫煙吹出，捲向九天上人。

九天上人老神在在，故技重施，舉起了手，袖口裡乾冰噴出，這才發現竟吹不散紫霧。

紫霧捲起了上人，上人只覺得身子一晃，翻了個筋斗，「碰」地好大一聲，摔在講台上。

32 地下密室

全場一下子靜默，信徒們瞪大了眼，似乎不敢相信心目中那人神合一、萬神之主的九天至尊眞仙上人，竟會讓一個名不見經傳的小教派小教主的怪招摔了個狗吃屎。

九天上人狼狽站起，一邊緊張地整理袖子，生怕袖子裡的機關被發現，一邊瞪著阿泰。阿泰聳聳肩，做了個誇張手勢，踩在桌上大喝：「吾乃泰山派道長，法號『上天下地無所不能之無敵仙人』是也！吾受了玉皇大帝之命，前來捉拿你這邪魔歪道、神棍騙徒！」

阿泰邊說，身子一蹦下桌，比了個誇張手勢：「看我無敵神指！」

綠眼狐狸鼓嘴一吹，一口紫霧吹出。九天上人驚懼莫名，還沒反應過來，本能性地又放乾冰，企圖擋那紫霧，當然擋不住，他又被紫霧捲得飛起，摔了個大筋斗。

九天至尊上人「碰」一聲砸在講台上同時，信徒們也抖了一下，彷彿摔的是自己。九天上人痛得眼淚都流了下來，連噴射乾冰機關的管線都落在腳旁，他趕緊伸腳踢踢，將管線踢進了講台底下。

幾名僧人想衝上台抓下阿泰，都讓阿關打得抱頭鼠竄。

阿泰一邊哈哈大笑，一手指著台下信徒，朝九天上人大聲吼著：「這些人這麼笨，已經很可憐了，你這神棍還要騙他們的錢，玉皇大帝派我來好好教訓你一番！」

「我打你左臉讓你說不出狗話！我打你右臉讓你再也騙不了人！」阿泰揮動著手，凌空作勢揮掌打那九天上人，而那九天上人竟眞的搖頭擺腦、大聲哀號，臉也漸漸腫了起來。

原來癩蝦蟆掛在九天上人脖子上，一巴掌、一巴掌地打著這神棍。

「我也來！」葉元老道大喝一聲，正要衝上去助陣，又讓一旁一個正派角色抱住了腰，摔倒在地。那飾演正派角色的山羊鬍子大叔將葉元老道壓倒在地，還裝神弄鬼地唸起了咒，在葉元老道臉上比劃著，還偷偷對他說：「老伯啊，咱們演演戲，何必那麼拚命。您太入戲，受了傷可划不來……」山羊鬍子大叔還沒說完，葉元老道便一巴掌打在他臉上，接著奮力掙扎爬起。

「你玩眞的啊你！」那山羊鬍子大叔吃了這巴掌，先是愣愣，火氣也上來了。

葉元老道推開這山羊鬍子大叔，隨即讓兩名彩衣僧人一左一右抓住了兩手。彩衣僧人低聲斥責：「你哪來的？是不是來搗亂的？」

葉元老道喝哈幾聲，不知使的是擒拿，還是什麼功夫，將那兩名僧人都推下講台。老道人喘著氣，爬上貴賓席的長桌上，指著追上來的幾個僧人。

「你們這些神棍，我老早看不順眼了，就是來跟你們搗亂，怎樣！」葉元老道高聲喊著，突然見到講台上九天上人那狼狽模樣，不禁愣了愣，連忙伸手進了衣服裡，拿出兩張畫上了符籙的竹葉子，往眼上一抹，大喝一聲：「有妖孽？」

老道人一下分了神，幾名彩衣僧人逮著機會，抓住了老道人的腳，拉扯間，那老道人一個不穩，從長桌上摔了下來，後腦著地，動也不動了。

阿闕這才趕到，將那些僧人全踼得人仰馬翻，抱起了昏厥的老道人，這才感應到老道人身上帶著些許與常人不同的氣息，就和六婆一般。或許是因爲凡人即使修道，靈氣也遠較神仙鬼怪弱上許多，所以阿闕直到觸到了老道人的身子，才有所感應。

此時現場已是一片混亂，大多數彩袍僧人都知道這不是規劃中的戲碼，而是有人來砸場了。僧人們一邊打起求救電話，一邊團團圍住這怪異的泰山門師徒二人。

座位上的信徒騷動起來，有許多人已經準備衝上台來，誓死捍衛九天上人；有的信徒則是堅信上人法力無邊，一定能降伏妖魔。

小白菜和韭菜見情勢大亂，不禁著急起來，面對一批批凡人，他們可無法動手對付這些凡人，又怕備位太歲在混亂中受了傷，無法和主營交代。

韭菜跟在阿闕後頭，拉了拉他的手：「好了！別再打了，回去吧！」

本來興致勃勃等著看好戲的小白菜，此時也衝上了台，拉下攀在九天上人頸上的癩蝦蟆，急急說著：「別打了，你要將他打死不成？」

癩蝦蟆呱呱叫著：「打死了又怎樣？這傢伙是騙子不是？」

小白菜指著講台下那三千信徒說：「先不論這些！你看，凡人們就要騷動起來，你難道要將他們一一打死？」

癩蝦蟆呱呱地叫，裝作沒聽見，又要去打九天上人。小白菜一邊斥著，一邊擋著癩蝦蟆。

那九天上人雙手摀著臉，倒在地上嚇得不知所措。仔細一看，上人胯下濕了一片，原來是嚇得尿出來了。

綠眼狐狸和老樹精較持重，此時見情況失控，都停下了動作。

阿泰則仍擺著怪異招式，一邊喊著：「怎麼停了，繼續啊！」

台下的阿關較靠近信徒座位，已讓擁上來的信徒團團包圍。他推倒一名尖叫著衝上來的歐巴桑，才驚覺眼前這一群群張牙舞爪的，並不是邪魔惡鬼，而是凡人。

阿關將老道人揹在背上，護著老道後退，信徒們追了上去。一名較壯的中年男信徒，一拳打在阿關臉上，阿關只覺得臉上一陣熱辣，鼻血流了下來。他身體雖然有太歲力護體，但讓拳頭狠狠打在臉上還是痛得很。

阿關雖然經歷過不少死戰，但被打卻不能還手倒還是第一次。

非菜本來跟在阿關後頭，幫不上忙，此時也顧不得土地婆身分，拐杖一揚，幾道黃風捲起，捲倒了幾個信徒，這才替阿關開了路。

阿關狼狽地往前跑著，又有大批大批的信徒衝了上來。

身後一陣紫霧吹來，十來名衝上來的信徒全都打起呼來，倒了下去。綠眼狐狸和老樹精一左一右跟了上來；小白菜一手抓著癩蝦蟆，一手抓著阿泰，只能用嘴咬著拐杖。

老樹精喊著：「走吧，走吧，不玩了。」癩蝦蟆呱呱罵著：「死老樹！你是精怪還是土地公啊，我看你像土地公多些！」癩蝦蟆邊罵，竟現出了真身，對衝上來的信徒做出鬼臉，可把他們給嚇壞了。

阿關一行人從演講廳其中一條通道往門跑，兩旁的信徒全圍了上來，有些在後頭誦著九天上人抄來的經文，有些吟著九天上人自編的詩歌。凶狠一點的，便將身上帶著的飲料罐子全砸了過來。「打死妖魔鬼怪！」「打死壞人！」

阿泰讓如雨下般的飲料罐子砸得火冒三丈，氣得大吼：「你們這些低能兒全瞎了狗眼？唉呀……沒看到你們的……唉呀！上人一點法術也不會？唉呀！這個瘪三你們還信？……唉呀！我咧幹！」

信徒們一邊追著，持續扔東西過來，大罵著：「邪魔歪道！」「邪不勝正！」「上人的法力無邊，退走了邪魔！」

好不容易衝出道場外頭，衝出了掛有顯聖圖的長廊，衝出了正殿。

阿關一行跑到了廣場上，幾輛黑色轎車後頭跟著一輛輛廂型車，浩浩蕩蕩圍了上來。是僧人們方才打電話招來的救兵。

車子一停，幾個黑衣大哥下了車，後頭的廂型車也一一停下，一堆堆手持西瓜刀的青年，全跳了下來。

其中一個從黑頭車下來的大流氓頭頭挽起袖子，露出龍鳳刺青，喊著：「是誰來搗亂？」後頭的彩袍僧人指著阿關一行喊著：「就是他們！」「抓住他們！」

「幹！給他們死！」流氓呼喝一聲，後頭百來名小弟全圍了上來，將阿關一行團團圍住。

大殿裡頭的騷動也延燒至外頭，許多信徒殺了出來要抓妖，九天上人也在信徒的層層保護下，端坐在一張椅子上，讓僧人抬了出來。只見九天上人雙頰紅腫，褲襠也濕了一大片，此時卻仍老神在在，眼睛緊閉，雙手結成法印。

「哇幹！」阿泰怪叫著：「你們看他那賤樣！嚇得尿褲子也要拜他，他跟流氓勾結，你們還要拜他？」

信徒們仍誦著經文，吟唱詩歌。有些也回應阿泰：「什麼尿褲子！那是九天聖水！」「這表示上人法力無邊，連流氓都被感動，來替天行道、抓你們這些妖魔！」

「……」阿泰啞口無言，連髒話都罵不出來了。

這邊流氓大哥一聲令下，小弟們殺了上來，綠眼狐狸揮出幾陣紫風，將一群群小流氓迷倒，開出一條路。阿關、阿泰搶在前頭，衝到了停車場，阿關揹著老道跨上石火輪，阿泰也跳上機車。

小白菜抓住了老道人的腰，韭菜則緊抓阿泰的肩頭，三隻精怪一個抱著一個，最前頭的老樹精抓住了小白菜，還伸出枯藤捆在阿關和老道身上，深怕一個不穩全跌了。

阿關踩下踏板，石火輪呼嘯竄起，撞倒了一旁好幾輛機車。小白菜和精怪們緊抓不放，接龍似地騰在空中，像是風箏一般。

阿泰騎著機車緊跟在後，還不時抱怨後頭的韭菜：「老太婆，別抓那麼緊！」

一行人往山下逃去，下山前，阿關看著那漸漸遠去的皇宮廟宇，只見廟宇上方泛起了一陣奇異妖氣，卻不知爲何；他心煩不已，那些信徒的嘴臉讓人絕望。

後頭的流氓也開車追來，緊抓著老樹精的綠眼狐狸回頭，朝追兵們吹出大口紫霧。那些流氓駕駛的黑頭車全開進了迷霧裡，大概要十幾個小時後才會找著出路。

經過了好一陣，阿關跟著阿泰往前騎著，駛入一座小村，裡頭是一間間破舊老屋，也偶有幾處三合院。這小村雖然鄰著市區，但由於交通不便，居民相當稀少，大都是些老人家。

阿關抬頭見到幾間破屋上方，站著兩名天將，他們在一處三合院前停下，這裡便是中三據點。

阿關揹著老道人下車，那老道在途中便醒了過來，醒來一見自己在腳踏車上往前狂飆，後頭又是一群精怪隨著彎路甩來甩去，嚇得嚷嚷起來。小白菜立時又對老道人施了睡眠咒，此時正伏在阿關背上打著呼。

阿關看著眼前三合院雖然殘破，但隱約有股莊嚴的氣氛，三合院上方也站了兩名天將，各拿著兩柄大鎚，威風凜凜。

阿泰領著阿關走在破屋巷弄間，大夥兒都有些洩氣。他們本來只想戳破九天上人根本毫無神力，好好捉弄他一番，揭發他編寫這騙人劇本的眞相。

哪裡知道信徒們卻像是被鬼迷了心一樣，絲毫不爲所動。

走了一會兒，他們走進一處三合院，三合院正廳門前還擺著兩座石獅。阿關一看就知道那是金城大樓一戰收伏回來的石獅子。

石獅一動也不動，但阿關明顯感應得到石獅子身上散發出的靈氣，他伸手摸了摸其中一隻石獅腦袋，石獅這才眨了眨眼睛。

三合院正廳大門敞著，六婆正拿著一籃菜出來，見阿關來了，歡歡喜喜地把菜放下，上前迎接。她見了阿關揹著的那老道人，好奇地問：「這老灰仔是誰？」

「先揹他進去再說……」阿關苦笑地答。

大夥兒進了正廳，裡頭擺設簡單樸素，還供著幾尊神像，燃著三炷清香。

阿泰和阿關將老道人抬入一間房裡，擺在床上。

六婆替阿關倒了杯茶，有些不好意思，指著那幾尊神像，嘻嘻笑著說：「雖然現在都知道神明不在裡頭啦，但燒香燒了幾十年，習慣改不過來呀，每天燒點香，才會比較安心……」

「是啊。」阿關點點頭，打量正廳四周，只覺得古樸安寧，令他有種安心感。他嘖嘖地說：「老實說，這裡才像是天界據點，我現在住的地方是普通大樓，每天窩在家裡無所事事，好悶啊。」

「這間屋子？不……這整個小村子都是中三據點，許多屋子裡都有天將駐守喔。」阿泰邊說，邊隨手抓起桌上的花生吃。

「哇！」阿關有些驚愕，望著韭菜苦笑地說：「跟這邊比起來，我們負責鎮守的那一帶好像冷清很多……」

「鎮守？哈哈，你這備位太歲才是被我們鎮守的寶咧！」阿泰嚼著花生米，笑著說。

「啊？」阿關不解，看向韭菜。

韭菜不發一語，看著地上；小白菜則是搔搔頭，避開了阿關的眼光。

六婆這才說：「阿關吶，你別怪神明冷落了你，你的身分特殊，大家不希望你出什麼意外，寧可安排你一份閒差事，也不讓你再上陣冒險啦。」

「什麼……」阿關愕然。這才知道原來中部除了中一據點位在雪山上外，其餘的中三、中四、中五據點，組成一個三角形；中二據點則剛好在那三角地帶中央，受三據點聯防護衛。

阿關抓了抓頭，站起身來，心中難受，對著小白菜和韭菜抱怨：「這……算什麼？」

癩蝦蟆呱呱叫著：「我也覺得奇怪，要是備位太歲大人這麼重要，何不乾脆將他帶進大雪山主營裡，和玉帝睡一張床。主營有這麼多神兵神將，還怕出意外嗎？」

小白菜有些尷尬，欲言又止。韭菜是直腸子，也不避諱地回答：「這是有原因的，以前太歲爺個性剛直，得罪了許多神仙，大夥兒和他處得不是很好，有句話叫作什麼……恨屋及烏是吧……主營大概爲了眾神和諧……這個……」

阿關聽韭菜這麼說，臉色更難看了，打了個哈哈：「那我眞是對不起那些神仙了，要他們這樣勞師動眾保護一個討厭的人……」

綠眼狐狸看出阿關的不滿，趕緊打圓場：「我倒覺得主營這樣安排也不無道理，你們想想，主營裡雖然不乏強悍神將，但哪個會突然邪化，邪化了又會做出什麼事，可沒人預料得到。阿關大人在主營裡，也未必安全。」綠眼狐狸這麼解釋，大夥兒聽了也都點頭表示同意。

「那還畫符給我幹嘛？把我放在白石寶塔裡，不是更好……」阿關仍然嘟噥地埋怨。

「要是拿著白石寶塔的神邪化，可就糟了呱！」癩蝦蟆這麼說。

接著是一陣尷尬的寂靜，六婆笑著說：「好了，別氣、別氣，晚點六婆煮湯給你們喝。今天你們上哪去玩啦？」

阿泰突然咳嗽幾聲，站起身來，大力拉起阿關，嚷嚷地說：「阿關！別想太多，我帶你去附近逛逛，見識一下咱們中三據點！」阿泰急急地說，也不等阿關回應，硬拉著他往門外跑。

原來今天行動是阿泰私自安排的，沒告訴六婆，怕六婆聽了生氣，趕緊先走遠再說。

阿關、阿泰跑出了三合院，小白菜才將事情娓娓說來，這可氣壞六婆了，一邊罵九天神棍無法無天，一邊罵阿泰這猴孫自作主張、擅自行動。

外頭的阿泰帶著阿關在小村落裡逛著。忽然天上一陣彩雲飄來，一名身穿黃袍的老者落下，身後還跟了幾名天將。

「嗯？」阿關覺得這神有些眼熟，似乎在主營會議時見過。

「那是水琝公，是中三據點的主神。」阿泰向天上打了個招呼。

那叫作水琝公的黃袍神仙，留著一嘴白鬍，向阿關點了點頭，向這四周環顧一番，身後天將朝村落外圍飛去，各自挑了個地方守著。

「嘿，阿水！」阿泰隨意向天上的水琝公打了招呼，拉著阿關繼續走。「我們聊我們的，不用理他。」

「你叫他阿水？」阿關咦了一聲。

阿泰解釋：「水琝公沒有架子，眞他媽好相處！這裡兵力強盛，有十幾個天將鎮守。」

原來中三、中四、中五，分別由水琝公、奇烈公、木止公領兵鎮守，三名神仙都是天界文官。雖是文官，但對付尋常妖魔鬼怪已經綽綽有餘了，何況也各自率領著十來位天將。

「你知道的比我還多。」阿關默默聽阿泰說著，有點不是滋味，總覺得立場倒轉了般，很多戰局情報自己反而是最後才知道的。

晚上，阿關在中三據點吃過了六婆做的四菜一湯後，獨自回到了中二據點，大房子裡頭空蕩寂寥，氣氛十分冷清。

阿關望著窗外發呆，越想越不服氣，爲什麼自己不能上前線作戰？連阿泰都能獨當一面規劃行動了，自己反而要像個幼兒一樣，讓大家保護。

什麼白焰符、鬼哭劍、伏靈布袋，豈不是都沒用了？

阿關跑上了樓頂，樓上星星滿天，北部大城連夜裡都是一片光亮，相較之下，能見到的星星比這兒少上許多。

阿關召出鬼哭劍，胡亂刺著、砍著，心想，太歲不是說鬼哭劍也能放雷嗎？怎地他都放不出來？

阿關將劍一拋，鬼哭劍直竄上天，飛了好高好高，再直直落下。阿關看著那鬼哭劍離臉越來越近，在鼻端前陡然停下……

夜更深了，他在樓上玩得累了，這才下了樓，洗澡睡覺去。

□

深夜，那富麗堂皇的眞仙宮大殿裡可不平靜，眞仙宮大殿旁有間別緻典雅的小樓，叫作「養心樓」，那是九天上人專屬的練氣坐禪樓。自從今日鬧場事件之後，九天上人在養心樓裡的地下室閉關了幾個鐘頭，一直沒有動靜。

外頭的彩衣僧人們，七嘴八舌地討論今天那傳道時的騷動，一旁還有十來名流氓大哥也參與討論。這些流氓有的是九天上人早年在獄中結識的朋友，有的是後來九天上人主動結交的大哥，目的當然是想多找些靠山，以防不時之需。

一名彩衣僧人端了雞湯膳食，往養心樓地下室走。在地下室二樓其中一間房門前停下，敲了門也沒回音，正不知如何是好。

這建在練氣坐禪的養心樓的地下密室，本來是九天上人準備用來收藏寶物，當作藏寶室之用；信徒奉獻的名貴寶物，他都來者不拒，多到沒地方放，心想乾脆挖個地下室來藏。

這地下二樓挖到一半，九天上人突然說不挖了，珠寶全堆放在地下一樓的保險箱裡。而挖到一半的地下二樓，則改建成了坐禪室。

其他僧人們都覺得奇怪，養心樓兩層樓本來都已經照著上人吩咐，建了華麗的修道坐禪室了，上人卻還要在地下室加建一間坐禪密室，卻不知用意何在。

之後，九天上人四處斂財之餘，平時一有空就會來這坐禪室閉關久坐。說是閉關，也頂多只是兩、三小時，從沒像這次超過五個小時還不出來。

彩衣僧人側耳貼在門上，什麼也聽不到，這間坐禪室的隔音設備相當好，裡頭的設備裝潢甚至比樓上幾間坐禪室都還來得好。

「哎喲，是誰膽子那麼大，敢跟咱們的小老弟作對啊？」一個奇異尖銳的聲音這麼說著。

坐禪密室裡頭空間也十分大，足足有一間中型辦公室那麼大了。裡頭燈光昏黃，布置得高貴典雅，幾張名貴沙發上，坐著五、六個怪模怪樣的「人」。

九天上人本來風采飄逸，此時卻雙眼黑青，兩頰浮腫，連尿濕的褲子竟都還沒換。他在坐禪室中央的空曠處來回踱著腳，嘴裡還喃喃唸著：「絕對……錯不了……他不是普通人，他會法術……會妖術！」

沙發上一個身型瘦長、眼神妖邪的漢子，張口說著：「小老弟啊，你是招誰惹誰了？怎麼會惹到術士？」

另一個體態婀娜多姿、一身紫色緊衣的紅髮女子，嬌聲笑著：「還不是太招搖了，樹大招風，引人妒忌了。」

九天上人聽了，連連點頭說：「一定是、一定是！好多人妒忌我，都說我是這個……這個……神棍！」

沙發那幾名男女聽了，哈哈笑了起來：「你本來就是啊！」「你是神棍沒錯啊！」

九天上人臉上一陣青一陣白地說：「要是各位大哥大姊傳授小弟幾招，那……那我就不是神棍了，我就是……就是真正的神仙了！」

話還沒說完，幾名男女臉色登時垮了下來，冷冷地看著九天上人。

「是魔神！是魔神……」九天上人連忙改口：「當神仙有什麼好的，沒什麼好處……」

一名身材極其高壯的大漢站了起來，他有四隻眼睛，一邊兩隻，站起後幾乎頂著天花板，他有三公尺高。

高壯大漢聲音如雷：「憑你想當魔神，你以爲自己是什麼？啊？」

九天上人驚愕地往後倒去，跌在地上說不出話來。

「嘿，別這樣，四目兄。別嚇壞咱們的小老弟了，人家可是咱們與凡人溝通的橋梁吶。」坐在一張單人沙發上的胖男這麼說著。這胖男身材矮胖五短、臉上五官糾結醜陋、皮膚暗紅，活像顆突變南瓜。

那叫「四目」的高大巨漢哼了哼，不再說話。

矮胖男嘻嘻笑著，跳下了沙發，看了看其他人，張開一雙短手說：「其實嘛，要傳點力量給他也是無妨，畢竟咱們需要幫手，也要個有能耐的幫手，小雜毛能做什麼事呢？」

那身材瘦長、皮膚暗黃的漢子也開了口：「反正我們暗地裡找了好久，也找不著。現在時機也差不多了，聽說那弒天瘋婆出師不利。我們要是再拖下去，讓正神盯上了，反而失了先機。落得和弒天瘋婆一般下場，可是偷雞不著了。」

婀娜女子嬌笑，說：「我也這樣覺得，反正也找不著太歲鼎，不如大鬧一場，抓幾個正神回來拷問，總是問得出來。」

坐禪室中一角、一直盤坐著沒開口的小老兒，此時搖了搖頭，用濃濁不清的聲音說著：「不妥啊……不妥啊……我手下傳來消息，備位已來到中部，我們找不著太歲鼎，不如暗中從備位太歲下手……這才是高招啊……」

那老人身型也矮，兩隻眼睛暗沉沉的，眼珠分別看著左右兩邊，像是對不住焦，一張口裡頭沒有一顆牙，黑漆漆的。

矮胖男向那小老頭子揮了揮手說：「小紅，你那麼多慮做啥？反正到時大家各自行動，愛怎麼做隨便你，我自有我的方法！」

婀娜女子也說：「現在中部正神空虛，此時不動手，什麼時候動手？」

瘦高漢子點點頭，表示贊同。

大夥兒看向那高壯大漢，大漢發出一聲低吼，握緊拳頭：「別看我，我早等不及了……」

矮胖男嘿嘿笑著：「四比一吶！小紅，你服不服啊？」

那枯瘦老人雙眼無神，盯著地上：「不妥……不妥啊……」

其他人也沒理他，將目光轉向九天上人，九天上人嚇了一跳。

矮胖男對他招了招手：「小老弟啊，來、來，我們歡迎你加入，讓你做老六！嘿嘿！」

婀娜女子媚笑著：「說吧，你想學什麼能耐？」

九天上人跪在地上，爬向眾人，還一路磕著頭：「謝謝！謝謝——」

□

接下來兩、三天唯一發生的事，就是那中三據點的葉元老道睡了一晚，隔天便不見了蹤影，想必是夜裡醒來偷偷溜走的。

在主營的指示下，阿關每日都會前往主營，一來探探有沒有神仙邪化，二來探視主營大牢裡關著的邪神，看有無可能救回。

這日，阿關在二郎領著天將護衛下，替門神秦叔寶抓取惡念。只見二郎掐著秦叔寶脖子，這門神也乖乖不動，賊兮兮地看著阿關和二郎，不時講些好話，一會兒誇二郎威風凜凜，一會兒讚阿關英雄出少年。只盼阿關在吸取惡念時，可別弄疼了他。

阿關耗了九牛二虎之力，在秦叔寶身上抓出了許多惡念，湊上鬼哭劍，直到鬼哭劍上那十三面鬼臉都閉上了口、一臉吃撐的樣子，這才停下了手。他看著兩手上的惡念，卻不知該往哪兒丟。

先前作戰時，讓鬼哭劍鬼刺傷的邪神鬼怪，惡念大都任其四散，此時在主營裡，眾神都提心吊膽，生怕溢出來的惡念感染了自己，阿關也無法使全力抓出惡念。

而光是這門神秦叔寶身上帶著的惡念，竟又比以往精怪身上多出了太多、太多倍。

阿關花了一天，精疲力竭，抓著兩把惡念衝出雪山，跨上石火輪，也不握手把，獨自騎了老遠，將惡念拋在人煙罕至的地方。

阿關站在山上，看著落下深谷的惡念，隨風飄散，只覺得有些委屈。

主營那些神仙們要他幫忙捉拿惡念，但見到他從牢中走出時雙手虛握，便紛紛走避，倒像阿關手上抓著兩把臭屎一般。有些神仙還對他揮著手，直嚷著：「扔遠些、扔遠些……」

阿關不禁感嘆，神性與人性竟有不少雷同之處。

本性便非完美的神仙，又如何造出完美的人？

正想著時，感覺肩頭一重，沉沉的手在他肩頭拍了拍。回頭一看，原來是二郎。二郎苦笑著對他說：「代理太歲大人，委屈你了。」

阿關聽二郎叫他「大人」，感到有點受寵若驚，「嗯嗯啊啊」地不知該說什麼。

二郎嘆了口氣說：「這惡念只有你和澄瀾爺見得著，眾神對惡念是又氣又怕，生怕一個不小心，染上了惡念，會變得如何，自己都不知道。難免顯得怯懦無助，對你也疏遠了些，你可不要放在心上。」

「二郎大哥，你不怕惡念嗎？」阿關問。

「怕！」二郎朗聲笑開，聲音宏亮，在山谷裡迴盪著，許久才停了下來，有些無奈地說：「但怕又如何，我無法想像我二郎讓惡念侵襲之後會變得如何，我只求受惡念侵襲前，事事無愧於心！」

原來隨著夥伴們一個個邪化，眾神仙們對二郎也有所忌憚。畢竟一個文弱文官邪化，傷害力並不大，但二郎在天界無神能敵，要是哪天二郎邪化了，又有誰能治得了二郎。

阿關點點頭，漸漸體會眾神心裡的無助與擔憂，誰都無法保證二郎不會邪化、玉帝不會邪化、三星不會邪化，大夥兒等於是過一天算一天。

到了傍晚，阿關在兩名天將護衛下，回到了中二據點。他騎著石火輪四處閒逛，騎到了市場裡，在小吃攤叫了碗麵。吃著、吃著，外頭又是一陣喧嚷。

竟然又是那迷信老公和太太淑芬吵架。

只聽見太太淑芬用幾近哀求的聲音，哭喊著：「不要啊……這是媽媽……給我的嫁妝啊……你連這……也不放過？」

迷信老公雙眼通紅，充滿了血絲，狂吼著：「妳閉嘴！妳放手！妳滾回家去！妳鬧夠了沒有？今天是上人的傳道日，我一定要交善錢！這是為了全家好！妳鬧夠了沒？」

淑芬哭嚎著緊抓住那紅色布袋，她娘家本來便不富有，布袋裡那只玉鐲，是她母親典當了自個兒珍藏幾十年的嫁妝才籌到錢，替女兒買的嫁妝。

「呀——」淑芬慘叫一聲。

阿關麵條還掛在嘴上，連忙趕了出去。竟然是那迷信老公發了狂，一口咬在太太淑芬手上。阿關愕然，正想上去阻止這荒唐事。

只見那迷信老公身子彈了老遠，原來是一個街坊大叔看不過去，衝上去一拳打在他臉上，將他打開老遠。

「關你們什麼事？你們給我讓開！」迷信老公發了狂，掙扎起來，衝向打他的那大叔。

大叔讓迷信老公撲倒在地，兩人一陣扭打。

一旁的淑芬手腕給咬出了血，倒在地上哭著。

其他街坊們一擁而上，將那迷信老公拉了開來，一陣圍毆。直到警車開來，將一干人等都帶上了車，才結束了這場鬧劇。

阿關吃完了麵，正覺得奇怪，這九天上人前兩天才被打得鼻青臉腫，怎麼又大剌剌地辦起法會來了？

正想著，突然眼前一陣黃光，韭菜在他面前跳出，嚇得他差點將嘴中的麵吐了出來。

韭菜神色緊張地說：「白菜老頭跟猴孫阿泰有難……受困在眞仙總壇，我們快通知中三據點，帶齊人馬去救！」

「什麼！」阿關愕然喊著，陡然站起，將麵店裡旁人都給嚇了一跳。

阿關趕緊付了帳，拉著韭菜跑出店外。

原來阿泰從小白菜口中得知，這九天上人又要在眞仙宮辦大型法會，氣得跳腳，又拉著小白菜和三隻精怪砸場去了。但這次卻吃了癟，讓眞仙教徒們給逮了起來，情況不明。

韭菜本來在四周巡邏，臨時收到了小白菜的求救符令，趕緊來向阿關通報。

「白菜說那地方多了些厲害鬼怪，要咱們上據點搬救兵，咱們快去！」韭菜急急說著。

「我的車快，我先去看看情況，妳去搬救兵！」阿關跨上石火輪，高聲喊著，也不顧四周人多，腳一踩下，石火輪雷電般地竄出巷子。

韭菜一臉錯愕，喊叫幾聲，著急跺腳，趕緊鑽進地裡，趕往中三據點。

33 激戰真仙宮

只數分鐘，阿關已來到眞仙宮，遠遠望去，那有如皇宮般的眞仙宮建築群，依然金碧輝煌，陽光映在神壇塔頂，反光閃耀刺眼。據說這兒到了夜裡，神壇燈火通明，更加華麗非凡。阿關冷笑幾聲，腳下一使勁，石火輪瞬間竄到眞仙宮外的大廣場前。廣場上一個人也沒有，阿關有些訝異，只覺得有股奇異氣氛縈繞四周。

他沒想太多，一來這些日子以來的怨氣積壓已久，二來阿泰生死未卜，阿關沒想太多便踏下踏板，石火輪竄進大廣場，很快來到正殿前。

正殿金色大門虛掩著，四周仍然空空蕩蕩，一個僧人也沒有。

阿關正感到奇怪，只覺得這股濃烈奇異氣氛越漸明顯，他心下覺得不妙，摸了摸身上口袋，伏靈布袋和白焰符都帶在身上，這使他安心不少。在經歷了許多次大戰之後，他早已習慣出門時隨身攜帶這些防身傢伙。

阿關用力踏下踏板，碰的一聲撞進了殿裡。

石火輪還沒停穩，阿關就已出了一身冷汗。原來殿裡早已站著一排排信徒，他們神情奇異、雙眼無神，直愣愣地盯著阿關，有些還奸笑起來。

信徒們一擁而上，阿關趕緊掉轉車頭，想要退出正殿，卻駭然大驚——原先的金色大門不見了，只剩下結結實實的一堵厚牆。

阿關這麼一下子沒反應過來，連人帶車撞上牆壁，摔得人仰車翻。他摀著頭掙扎站起，牽起石火輪，信徒早已經擁了上來。信徒之中有男有女，抓著阿關四肢，有的張口咬來、有的拳腳齊下。

阿關兩手抬起了石火輪，將幾個信徒全撞開。有個二十來歲的小姐眼神呆滯，咬著阿關肩頭像是啃雞腿般。阿關痛得哇哇大叫，騰出一手扯著那小姐頭髮想將她拉開，同時踢著腳，將前頭一個個撲上來的瘋狂信徒一一踢開。

阿關一手抓著石火輪，一手扯著年輕小姐的頭髮，拖行了好一會兒，終於疼得火冒三丈，一把掐住了那小姐下頷，這才逼得她鬆了口。隨即一腳踹在那年輕小姐肚子上，將她踹倒在地。

「痛死我啦！」阿關揉著肩頭，一看都給咬出血來了。再看看四周，信徒們又要撲來，連忙將石火輪扛在肩上，順著牆沿往正殿深處逃竄。

由於正殿裡有許多稀奇古怪的擺設，也有一根根巨大石柱，他將這些擺設和石柱當成屏障，快步鑽著、跑著，一時之間信徒追不上他，而他卻也騰不出空將肩上的石火輪放下來騎。

突然，阿關腦中轟隆隆響著，一片混亂，這四周瀰漫著的奇異氣氛十分熟悉。是天障。

然而眼前信徒們身上的人氣卻又十分明顯，並非邪魔，因此他也無法全力還擊。阿關邊罵邊逃，一不留神撞上一個展示小櫃，撞得肚子發疼，他恨透了這種挨打卻無法還手的窘境。

幾個信徒尖叫一聲，阿關注意到自己正按著展示小櫃上的一幅畫作。仔細一看，原來不是畫作，而是九天上人的顯聖圖，正是那幀「九天晴暘」，大殿裡的每個角落，都掛著上人的顯聖神蹟。

眼看信徒就要撲上來，阿關拿起這小幀鑲框顯聖圖，朝一旁拋了個老高。

「救聖像！」「救上人聖像！」信徒們怪叫著，紛紛去撲救那顯聖圖。一個身材五短的信徒救到了這幀圖，摔在地上滾了三圈半，高興地將圖湊在臉前，還親吻起來。

阿關趁此空檔，往後頭逃去，信徒們嚎叫著，又追了上來。

阿關在正殿裡胡亂逃著，推落一幀幀「九天聖雨」、「九天神堤」、「九天嚐百草」，藉此阻止信徒的追殺。有些顯聖圖救不著，砸在地上碎了一地，更是激怒了信徒，紛紛尖叫狂吼著：「他膽敢搗毀上人聖像！」「殺了這個邪魔歪道！」

一陣追逐，好不容易將距離拉開，阿關得以抽空將石火輪放下，才跳上車，踩下踏板揚長而去。

阿關騎著石火輪轉入正殿一處通道，通道曲曲折折。阿關不敢大意，慢慢騎著，過了許久，才騎進一條看不見盡頭的長廊。他見這是條直路，一下子使出全力，石火輪像飛箭般地往前竄去。

他全力騎了十秒、二十秒、三十秒，一分鐘、兩分鐘、三分鐘，阿關漸感著急，有些後悔自己魯莽，沒會合中三據點的天將，便自個兒闖了進來。

阿關終於停了下來，他看著沒有盡頭的長廊，知道石火輪再快，也騎不出天障，索性慢慢騎著，一邊定神看著左右牆壁，這才發覺長廊裡兩壁上有些門，卻不知門後面是什麼。

阿關想起第一次在北部據點三的套房大樓，受困於天障時，也有許多門，一推開就是一群群的腐人和慘白人，這使他不願意去推眼前一扇扇的門

正胡亂想著，眼前喀啦一聲，二十公尺處一扇門開了，出來的是一個身材曼妙、穿著奇異服飾的女子，女子手執長鞭。

阿關知道是魔界妖魔，趕忙召出鬼哭劍，一邊緊張地環顧四周。他知道自己掉進了對方陷阱，對方仗著地利，自然不會派妖魔和他單對單，一定是以多打少。

他料想沒錯，後頭也是一聲響，又一道門喀啦打開，也是一個妙齡女子走出，拿著一條鐵鍊輕輕揮甩著。

這兩名女妖一個棕髮、一個藍髮，穿著同樣熱辣撩人，臉上同樣塗著詭異妖艷的妝。

「你就是那啥狗屁泰山門術士的同夥嗎？」棕髮女妖開口：「你師父讓我們抓了，正關著呢。」

「這毛頭小子也會法術？」藍髮女妖說：「拿把短劍想怎樣？」

藍髮女妖還沒講完，擋在前面的棕髮女妖已經一鞭打來。阿關低頭閃過這鞭，伸手進口袋掏著，掏出兩張白焰符。

棕髮女妖有些驚訝，這一鞭竟然沒打著眼前少年。她身子輕柔擺動，像跳舞一般，又揮去一鞭，她只是想將阿關捲住，並非擊殺，所以力道輕了些。

讓她驚訝的是，眼前的少年不但又閃過了這鞭，同時還發出兩道閃耀火團，流星一般襲來。棕髮女妖閃得狼狽，手上的長鞭都讓白焰給打落了。

阿關身後的藍髮女妖怪叫起來，揮動鐵鍊殺了上來。阿關回頭看看，趕緊往前衝去，石火輪速度快，棕髮女妖閃不開，讓石火輪撞個正著，彈開老遠。

阿關哈哈一笑，才正要加速逃跑，就發現眼前不知什麼時候多了張網子，來不及反應，石火輪已撞上網子。那網子會黏人，將阿關連人帶車都黏在網上，動也動不了。

網子正上方的天花板放出異光，現出個大空洞，兩條臂膀由空洞伸下，皮膚鬆垮垮的，膚色死白。一個吐著長長舌頭的裸身女子，從天花板的空洞倒著鑽出來，裸女兩張手掌按在阿關頭上，眼睛紅得像會滴血一般。

阿關哇哇大叫，裸女的舌頭已經伸到他面前，本來黏答答的舌頭突然化成尖錐，就要往阿關眼睛鑽去。

他胸口一震，一隻粗壯大手自胸前竄出，一把握住了這裸女的舌頭。

是伏靈布袋裡的大黑巨手。

渾身慘白的裸身女妖尖叫一聲，瞪著眼前的大黑巨手。大黑巨手緊緊握住這女妖的舌頭，使勁一拔，將她舌頭給拔了出來。

女妖尖叫聲才剛響起，阿關早已召出鬼哭劍，一劍刺進女妖身子。拔出劍時，黑煙從女妖身上傷口狂噴而出。女妖嚎叫著，一手摀著嘴，一手摀著小腹，身子不停扭動，縮回天花板上的黑洞裡。

棕髮、藍髮兩隻女妖見狀大驚，飛身趕來，伸手要抓阿關。

伏靈布袋攔在前頭，大黑巨手掄拳突擊。棕髮女妖閃過大黑拳，正要揚鞭，蒼白鬼手和新娘鬼手同時竄出布袋，左右夾攻殺得棕髮女妖措手不及，臉上胸前都給抓出一道道血痕，只得向後一跳，落在數尺遠的地方，摀著傷口，又驚又怒地瞪著這奇異法寶。

阿關好不容易砍破網子，落在地上，藍髮女妖已經一鍊子甩來。阿關勉強閃過，手臂讓鐵鍊輕輕揮過，皮膚給打出一大片黑青。

棕髮女妖跟上，和那藍髮女妖配合得天衣無縫，長鞭蛇一般地竄來。阿關正好放出白焰，閃避不及，眼見那鞭子就要打到胸前，伏靈布袋俯衝而下，這次竄出來的是新娘鬼手。新娘鬼手一把抓住鞭子，卻擋不住鞭子的力道，頓時手掌裂了開來，炸出一片血肉，小指和無名指脫離了手。

新娘鬼手這麼一擋，雖卸掉了鞭子上不少勁道，但鞭子打到阿關肩上時，阿關仍覺得一陣劇痛，往後彈去。

同時間，棕髮女妖也因為正揮出鞭子，無法閃避迎面而來的白焰。她勉強一閃，白焰正中右臂，「嘩」地炸出一片耀眼白光，白光散去時，棕髮女妖倚在牆角，右臂已經沒了。

「威力好強！」阿關驚歎一聲，摀著左肩站起，一邊想著阿泰這精挑細選出來的百張白焰符果然與眾不同。同時，也想到要不是新娘鬼手這麼一擋，現在自己可要和眼前的棕髮女妖一樣少一隻手了。

「蕪菁！」藍髮女妖喊了喊棕髮女妖的名字，哼了一聲又殺上來。

「會放白火……使短劍……」蕪菁大叫著：「荊棘……等等！這小子是備位太歲！」

荊棘陡然停下，幾道白焰已經迎面打來，她勉強閃過，阿關已經騎上石火輪一溜煙跑了。

騎著騎著，終於騎到這長廊盡頭，是一面牆，牆上有一門電梯。

他本來猶豫該不該進電梯，但前無去路，後頭的蕪菁和荊棘已經怒氣沖沖殺了上來，電梯門一開，他也只得進去，按下了關門鍵，電梯緩緩落下。

□

「都是你啦……呱！」癩蝦蟆八腳齊揮，嘴巴冒出泡泡，埋怨著阿泰。

「幹！怪我？找你來的時候，你不是一副興致勃勃的樣子？」阿泰鬼叫。

「別吵了！」老樹精搖頭喝著。

綠眼狐狸則一語不發、神情嚴肅，他閉著眼睛，用手撫摸四周牆壁。

原來從昨晚阿泰得知眞仙總壇今日的法會後，早已和精怪們說定了今日的搗亂計畫。精怪們閒得發慌，都想找些事做，癩蝦蟆更是樂得整晚和阿泰討論捉弄九天上人的點子。

小白菜雖不願生事，但怕阿泰自個兒上山出了意外，一方面也對這九天上人深惡痛絕，想來看看好戲。

此次阿泰混入信徒當中，打算趁著九天上人演講中途，再次進行破壞。在演講開始前的空檔，領著精怪們四處亂逛，逛進了這間顯聖圖展示小房，在裡頭取笑了半晌，卻發現展示小房的房門不知什麼時候關了起來，怎麼也打不開。

在阿泰氣急敗壞踹門、小白菜施法穿牆也無法逃離房間時，綠眼狐狸這才感應到四周傳來細微天障魔氣。

這十來坪大的天障空間裡掛滿了九天上人的顯聖圖，地上滿是碎玻璃、畫框殘骸。每砸壞一幀顯聖圖，就冒出另一幀。

小白菜則是神色緊張，繞著圈圈不停踱步。

「是這裡了！」綠眼狐狸張開綠色眼睛，盯著牆邊一角：「這是出口，妖魔不將我們當一回事，施了個小天障就想困住我們。哼哼！大家用全力，一定可以打開這天障！」

綠眼狐狸呼了口氣，往牆上吹去，隱約見到那牆被紫煙映出一點點圓形小孔。綠眼狐狸兩手正抓著那小孔，使勁扳著。

老樹精見了，「喝喝」兩聲，伸出幾條枯藤，游蛇似地竄去，攀在那小孔四周，將那小孔拉得更大了。

癩蝦蟆「呱呱」兩聲，跳上前幫忙，用盡全身力氣，四隻腳往左頂，四隻腳往右推，那圓孔又大了些。

小白菜拿著拐杖抵住圓孔，全力施法。阿泰見不著圓孔，只能在一旁加油打氣。

在三隻精怪連同土地神協力下，這天障圓孔漸漸給撐開

好不容易，癩蝦蟆腦袋擠入了圓孔、身子擠入了圓孔，吃奶的力都使了出來，八隻腳左

右撐著。

綠眼狐狸靠圓孔近些，臉正對著癩蝦蟆的屁股，只聽見「噗啦噗啦」的屁聲，是癩蝦蟆用力過度，忍不住放出了連環屁。

「啊啊！」綠眼狐狸怪吼幾聲，將那圓孔撐得更大。

癩蝦蟆呱呱叫，使勁擠著，砰一聲跌出了孔外。

那圓孔慢慢擴大，漸漸淡去，大夥兒一一鑽出，這小天障終於讓綠眼狐狸一行給破了。

阿泰左顧右盼，原來自己還在展示小房中。

破了這小天障，阿泰一行可士氣大振。阿泰喝了一聲，搶在前頭，一腳踹開了這展示小房的門。心想，既然給揭穿了身分，乾脆便大鬧一場，打他個地暗天昏。

才衝出外頭，就見到外頭長廊裡，九天上人和幾名彩衣僧正交談著。九天上人和僧人們見到阿泰衝了出來，都嚇了一大跳。

「你這怪胎！」阿泰怪吼著，衝了上去。

阿泰掄著拳頭，將一個擋在前頭的彩衣僧打倒在地，正要打第二個時，就感到四周天旋地轉。

幾名僧人想一擁而上，卻讓九天上人攔了下來。九天上人得意奸笑著，雙手直伸，說：「看我的！」

阿泰隱約見到九天上人雙手掌心發出陣陣妖異青光，只覺得腦袋莫名發脹晃神，突然後頭一片紫霧撲來，綠眼狐狸鼓著嘴巴躍過阿泰頭頂，「呼」地吹出更多紫霧，將這陣青光吹散。

「這神棍也會施展天障？」綠眼狐狸正感到訝異之際，才見到九天上人一臉錯愕地瞪視著自己。

「他看得見我們！」癩蝦蟆呱呱叫著。

彩衣僧們驚愕不已，還不知發生了什麼事。而九天上人身子顫抖著，身上穿戴著的華麗飾品有些還落了下來。

他一邊扶著頂上那鑲滿珠寶的帽子，一邊轉身要跑，還不停地回頭嚷嚷：「好厲害的妖怪啊……」

老樹精揮出一條枯藤，捲上九天上人左腳跟，九天上人怪叫一聲，讓那枯藤拉倒在地，慌張地伸手想扳開那枯藤。這時，九天上人的手泛起奇異色澤，突然之間力氣增大許多，將老樹精的枯藤硬生生扯斷了。

九天上人掙扎站起，一邊大喊著：「雪媚娘大王，快來啊！妖怪們跑出來了！」

「你才是妖怪！」阿泰怒喝著，正要去追，卻讓綠眼狐狸一把攔下。

「別追啦，沒聽見那九天神棍嚷著搬救兵去了嗎？再不逃就逃不了啦！」綠眼狐狸拽著阿泰往後頭奔逃。

小白菜在前頭開路，領著大夥兒往樓下逃跑。剛下一樓，就見到一樓大殿聚滿了許多信徒，信徒們此時都神情恍惚，不言不語，有些還發著顫抖。

四周有些凌亂，有些展示小櫃上的顯聖照片都落在地上砸了粉碎，阿泰和精怪們倒不知道這可是剛剛阿關幹的好事。

大殿當中站著幾隻女妖，見到阿泰一行跑下樓，顯得有些驚訝。

「怎麼跑出來了？」「是九天那廝功力不夠！」女妖們嚷叫起來，圍衝上來。

「快回頭！」老樹精、綠眼狐狸知道不是這些女妖的對手，招呼著大夥兒往回跑。

一行人才剛回頭，後頭的走道開始扭曲，一片艷光染紅了幾面牆。阿泰只見到四周紅光閃耀，什麼也見不著了。

「正好！」「把他們一併關進去！」女妖們嬌叱著，揮動著手，揮出一陣陣紅色光芒，將阿泰等人又封進了天障裡。

阿泰覺得身子不停往下墜落，哇的一聲，摔在癩蝦蟆身上，壓得癩蝦蟆呱呱怪叫。

一陣騷動之後，大夥兒紛紛掙扎站起，只見眼前是一個大大的廳堂，廳堂當中空空蕩蕩，四面牆上卻掛著成千上萬幀的九天顯聖圖。許多圖落了下來，摔在地上，圖框後頭是一個個黑紅色的窟窿，裡頭鑽出一隻隻八腳妖怪。

八腳妖怪的「腳」，看來卻像是人手，有些也像是人腳，都有兩、三處關節，外觀十分奇異。八隻腳連著的身子有的圓腫，有的瘦長，都頂著一顆人頭。一張臉灰暗無神，嘴上掛著青綠色的唾液。

而這些八腳妖怪有的如犬貓一般大小，有的則比成人還大，一隻隻從牆上各處窟窿鑽出。

「哇啊啊——」阿泰怪叫著，看到大廳其中一面牆正中有一條通道，卻已被十來隻八腳妖怪擋著。

一名女妖從窟窿中鑽出，是個妖魅的紫髮女妖。

女妖盯著阿泰：「小哥哥，你別怕，來來，我來保護你……」

阿泰覺得那美女眼神柔媚，說的話聲聲悅耳動聽，不自覺朝她走去。

「小心妖女魅術！」綠眼狐狸大叫著，一把拉住阿泰。阿泰卻像是著了魔，渾然未覺綠眼狐狸的勸阻，強行繼續往前走。

紫髮女妖手一招，身後的八腳妖怪都擁了上來，朝阿泰一行殺上去。

小白菜舉著拐杖、老樹精揮出幾條枯藤、癩蝦蟆呱呱叫著，硬著頭皮接戰。

「你這猴阿泰回神吶！」綠眼狐狸使勁將阿泰拉回身邊，不料阿泰竟怒瞪著綠眼狐狸，甩出一巴掌打在他臉上。

「哇！」綠眼狐狸鬆了手，摀著臉頰，怒瞪那紫髮女妖。

阿泰越走越近，走到了紫髮女妖身邊，女妖雙手纏上了阿泰，眼露魅光。

綠眼狐狸呼喝一聲，跳了老高，吹出一口紫氣。紫氣在一隻八腳妖怪頭上籠罩一番，那八腳妖怪突然鬼吼一聲，舉起一隻腳朝女妖打去。

紫髮女妖才剛將嘴湊上阿泰脖子，眼見有隻八腳妖怪竟向她打來，趕緊扔下阿泰，跳開老遠，怒瞪著綠眼狐狸。

「妳這妖女會迷魂魅術，我也會！」綠眼狐狸賊賊笑著。

原來紫髮女妖對阿泰施了魅術，綠眼狐狸卻對一隻八腳妖怪施了魅術，讓八腳妖怪愛上阿泰，一見到女妖摟著自己愛人要吻，當場氣得殺了上去。

中了綠眼狐狸魅術的八腳妖怪橫衝直撞，撞倒其他八腳妖怪，衝向紫髮女妖。紫髮女妖眼神一冷，手裡多了柄模樣奇異的怪刀，將那反叛的八腳妖怪斬成了好幾截。

「逃啊！」小白菜等見這女妖十分難纏，知道不是對手，一邊和八腳妖怪周旋，一邊後退，在紫髮女妖斬死八腳妖怪時，大夥兒已經架著阿泰退到了那條長廊通道裡。

「放開我，你們為何要阻攔我和夢娜的戀情？」阿泰大聲吼著，手腳亂踢，都打在小白菜跟老樹精身上。

小白菜和癩蝦蟆氣得怪叫：「你這潑猴！」「你清醒點，還替妖女取名字啊，呱呱！」老樹精揮著枯藤，將一隻八腳妖怪捲倒，他那老樹幹上有幾道大大的傷口，都是讓八腳妖怪抓傷的。

進入長廊，地形狹窄直長，八腳妖怪們在數量上的優勢便不那麼顯眼，紫髮女妖也不急著親自殺來，只是領著八腳妖怪們慢慢逼近。

小白菜等輪流抵擋著八腳妖怪，邊打邊往後退。阿泰還嚷嚷掙扎著，說要去和夢娜親熱，任憑綠眼狐狸如何對他吹紫霧，也解不開他身上的迷魂魅術。

長廊的盡頭有一門電梯，大夥兒退到了電梯門前，才發現無路可退。

看著那電梯數字慢慢接近，大夥兒心裡都忐忑不安，綠眼狐狸仔細嗅著，卻都嗅不出這天障的出口。他知道即使嗅了出來，也未必能破這天障，和方才那九天上人親自布下的天障相比，這次的天障不但大上許多，也強上許多。

叮咚一聲，電梯門開了，電梯裡頭傳來哇哇怪叫，電梯外頭也是一陣騷動。

「阿泰，你們在這裡啊？」原來電梯裡的是阿關，他急急跳出電梯，嚷嚷著：「快走，別擋在這裡，後面有妖魔要殺來了！」

「前面也有妖魔啊……」小白菜等見了阿關，又是高興又是振奮地喊：「救兵來啦！就你一人？」

「就我一人！」阿關苦笑，眼見前頭一堆八腳妖怪手舞足蹈，連忙召出鬼哭劍上前助陣。「但別怕，我剛剛收到韭菜的符令，中三據點的神兵已經趕到神壇外頭，正和妖魔們作戰！」大夥兒一聽救兵已經來到，士氣振奮不已。癩蝦蟆叫著，吐出一團團黏液，去打那殺來的八腳妖怪。

原來阿關才剛進眞仙宮廣場，就讓正殿裡的女妖發現。僧人們認出他是上次與阿泰一同搗亂的泰山門弟子，妖女們便在一樓大廳布下了天障，將阿關連同那些鬼迷心竅的信徒們一齊困入了天障，同時叫作蕪菁、荊棘的兩名妖女也跟進了天障追殺阿關。

當阿泰等從二樓往下撤退時，撞上了正殿其餘女妖們，女妖們便將阿泰一行也困進同一個天障裡，因此阿關和阿泰一行在天障中相會了。

眼前的八腳妖怪來勢洶洶，阿關抽出一把符，放出一道道白焰，霎時一顆顆火流星打向八腳妖怪，將他們炸得雞飛狗跳。

後頭的紫髮女妖有些訝異，拿著奇異彎刀殺了上來。阿關看看左右，這兒也只有他能夠和那女妖一較高下，便抓著伏靈布袋，舉著鬼哭劍上前迎戰。

「哇哇，代理太歲大人你別衝動啊！」「阿關大人別去啊！」小白菜等驚叫著，都上去幫忙。

「什麼太歲？你是備位太歲？」紫髮女妖張大了口，一臉訝異。此時阿關已經殺到眼前，鬼哭劍亂揮亂刺，倒也把女妖逼退好幾步，但隨即挨了女妖一腳，撞在牆上。

阿關即便胸口吃痛，但仍緊緊握著伏靈布袋袋口，不讓裡頭的鬼手衝出。

紫髮女妖跳到阿關面前，正要舉刀砍下，老樹精枯藤捲來，攻擊女妖大腿。女妖舉刀一砍，將枯藤全斬斷，又一腳將撲來的癩蝦蟆踢飛老遠。

阿關眼見這大好機會，本來緊握著伏靈布袋袋口，這時才突然鬆手，大黑巨手猛然轟出，一拳打在紫髮女妖胸口，將女妖胸口打得凹了個窟窿。

「這……是什麼？」紫髮女妖哇的一聲，往後彈去，撞在牆上。

原來阿關剛才見新娘鬼手一竄出布袋，就讓蕪菁一鞭打落兩根手指，知道這些妖魔十分難纏，照往常打法，伏靈布袋的鬼手們可能在抓著妖魔前，就讓妖魔斬了。只能以出其不意的突襲打法，才有可能傷到妖魔。

紫髮女妖撞在牆上，吐出幾口血，又驚又怒。蒼白鬼手已經抓到眼前，一把抓住了紫髮女妖的臉，緊緊捏住。

老樹精揮動枯藤，捲住了女妖握刀的手；阿關舉起鬼哭劍，砍倒幾隻八腳妖怪，見機就要刺向女妖。

「不要打我愛人！」阿泰怪叫著甩開綠眼狐狸，撲了上來，對著阿關就是一陣拳打腳踢。

「你做什麼！」阿關怪叫，不可思議地瞪著阿泰，兩人扭成一團。阿泰緊抓住阿關胳臂，張口就咬，痛得阿關哇哇大叫，連鬼哭劍都落在了地上。

最後是小白菜一拐杖敲在阿泰後腦上，將他敲得暈了過去。

紫髮女妖掙脫枯藤，往自己臉上摸去，將緊抓不放的蒼白鬼手扯離，臉上的肉都給扯了下來。

「呀——」紫髮女妖怪吼一聲，也不理會蒼白鬼手，就朝阿關狠撲過去。

阿關急忙反應，心念一轉，落在一旁的鬼哭劍飛竄而來，飛刺進紫髮女妖的左腰，從右腰鑽出，再飛回到阿關手裡。

女妖尖聲哀號，阿關又發出幾道白焰打來，將女妖炸了個四分五裂。

「快走，後面的妖魔就要追來了。」阿關舉劍吆喝著，帶著大家殺出長廊。

長廊外聚著十來隻八腳妖怪，阿關騎上石火輪撞了過去，撞倒幾隻八腳妖怪，他揮動鬼哭劍殺出一條血路。

阿關扔出伏靈布袋，大黑巨手掄著拳頭猛砸，剩三隻指頭的新娘鬼手這時也竄了出來，跟著蒼白鬼手一同擊殺八腳妖怪，還抓了不少隻八腳妖怪進入袋裡。

阿關見到狼頭串卻沒出來，心想或許是金城大樓一戰時，讓門神那一鎚給打得四分五裂，早已經死去了。

大夥兒廝殺一陣，將八腳妖怪盡數殺死。

「是這兒！」綠眼狐狸怪叫，嚷著大夥兒過來，原來又給他找著了天障出口。

「看到了、看到了！」小白菜也嚷著，用拐杖去撐那小圓洞，卻撐不開來。這天障是魔界女妖布下的，比九天上人那天障要厲害得多。

阿關揉著眼睛，好不容易才隱約看見了天障出口，是個直徑十五公分的小圓孔，已經擠滿了精怪和土地神的手，卻都擠不開來。

阿關也試著推看看，同樣推不開這天障。

「怪了，韭菜不是說救兵已經殺到外頭了嗎？」阿關看著遠處的長廊，深怕蕪菁和荊棘殺下來。

這時一道符令傳來，韭菜的聲音聽來十分狼狽：「大人……你……現在情況如何？妖魔十分厲害，將中三據點的神兵都給打退了……水琝公傷重……我們正一邊撤退……一邊想法子，設法偷偷潛入這大廟裡救你……」

阿關等聽了盡皆愕然，想不到眞仙宮裡竟然藏著這麼多厲害妖魔。原來蕪菁和荊棘遲遲沒追下樓，都是出去和中三據點的救兵作戰了。

小白菜正要回傳符令，此時空中又是一閃，又有符令打來。是中四據點的土地神花菜：「中四據點接了號令，已經趕來救援，不知代理太歲情況如何？」

小白菜連回兩道符令，將情況告知兩方救兵。

空空蕩蕩的奇異廳堂瀰漫著八腳妖怪屍身散發出的臭味，四面牆都滿布著一個個黑漆漆的窟窿空洞，地上散落了一幀幀九天顯聖圖。

大夥兒坐在一角發愣，小白菜身上帶著的符令都用完了，卻不知外頭情況如何。過了將近半小時，才又有一道符令打來，是韭菜，她急急地說：「大人再撐一會兒，咱們正試著想辦法救你，二郎將軍親臨，神勇無敵啊！」

大夥兒一聽，都振奮地站了起來。

長廊盡頭的電梯傳來了聲音，四周的窟窿也發出了窸窸窣窣的聲響。

癩蝦蟆呱呱叫著：「妖魔們又來啦！」

小白菜恨恨地說：「哼！一定是剛剛妖魔們在外頭佔了上風，以為勝券在握，所以不急著進來捉我們。這時見二郎將軍領兵殺來，才記起天障裡頭還有個大好人質可以利用！」還沒說完，大批大批的八腳妖怪已經竄出窟窿。

「大好人質？別太小看我！」阿關恨恨地拋出鬼哭劍，鬼哭劍像長了眼一樣，凌空飛旋突襲著，刺倒一隻隻八腳妖怪。

電梯門開了，跳出一隻隻拿著尖刀的女妖，在後頭壓陣的正是蕪菁和荊棘。蕪菁的斷臂處已經裹上紗布，此時神色凶狠，瞪著阿關一行。

蕪菁、荊棘看到前頭長廊地上的焦屍塊，怪叫了起來：「這不是瑊姊嗎？怎死得這麼慘？」「是讓那臭小子的白火給燒的！」「上！咱們去給瑊姊姊報仇！」

鬼哭劍飛回，阿關一把接了，跨上石火輪，八腳妖怪群已經殺到了眼前。阿關拋出了伏靈布袋，三隻鬼手們同時殺出，一把抓住一隻八腳妖怪，使力扯成三截。

去。

阿關駕著石火輪撞進八腳妖怪陣中，一手拿著鬼哭劍，一手不斷掏出白焰符，朝四面射

癩蝦蟆、老樹精跟在阿關左邊，綠眼狐狸跟在阿關右邊，小白菜扶著阿泰殿後。

八腳妖怪們不是布袋鬼手的對手，又讓鬼哭劍殺得毫無還擊之力，一下子就給衝散了。

阿關正有些得意，蕪菁一鞭子橫著揮來，阿關嚇了一跳，狼狽閃過；荊棘的鐵鍊也跟著打來，打在石火輪前輪上，將車打翻，阿關也摔下車，滾落在一旁。

八腳妖怪一陣亂衝，將阿關和精怪們衝得隔成了兩邊，蕪菁和荊棘揮動著鞭和鍊，將阿關逼到了角落。阿關靠在牆邊，接連發出白焰，將兩女妖又逼退了些。

「好厲害的火術！」「這是什麼火？」蕪菁和荊棘再度領著大批八腳妖怪殺了上來，突然後頭牆壁一震，碎裂開來。

「二郎來也！」一聲雄厚聲音吼著，二郎舉著銀白畫戟殺出，將幾隻八腳妖怪踢飛老遠。

「哇！」「是二郎將軍！」「有救啦！」三精怪哇哇叫著，二郎已飛身落在阿關身前。

阿關先是又驚又喜，接著卻有些錯愕，那二郎身上竟是滿滿的妖氣，全然沒有一絲正神靈氣。

阿關正不知該如何反應時，二郎突然回身，一戟朝著阿關小腹刺來，三隻伏靈鬼手及時竄出、緊緊抓住長戟。雖是如此，戟尖還是刺進阿關肚子一吋有餘。

「哇哇——」三精怪見了這情景，可嚇得魂飛魄散。

「二郎將軍殺錯人啦！」「你殺的是備位太歲啊！」精怪們叫著，想趕來救援，卻讓八

腳妖怪們擋住。

阿關摔倒在地，鮮血從腹部淌出，幾隻八腳妖怪擁向阿關，布袋鬼手們只好棄了長戟，去救阿關。

「幻形！你怎來搶功！」荊棘大喊著，原來這叫作「幻形」的妖魔能幻化千萬模樣，變成任何人神鬼怪的樣子。

幻形一戟掃飛伏靈布袋，又幾腳踢飛一些八腳妖怪，將摀著小腹的阿關提了起來。

幻形嘿嘿笑著說：「妳們耽擱許久，都擒不下這備位太歲，四目王遣我來助各位姊妹一臂之力，怎麼說我搶功來著？」

「你不是搶功，那爲何打我手下？」蕪菁憤然大怒。

幻形嘿嘿一笑，還沒解釋，突然一聲狂吼由遠而近轟來。大夥兒朝那吼聲看去，是一頭身披銀白戰甲的巨犬騰在空中，躍過了一群八腳妖怪，落地時還壓死了幾隻八腳妖怪。

一個身披耀銀甲、身型高壯的神將，由方才的天障出口飛竄了進來。

銀甲巨犬一落地，立時成了四周八腳妖怪的攻擊目標，兩、三隻位在銀甲巨犬周圍的八腳妖怪都揮著長手尖叫。銀甲巨犬狂嘯一聲，往上躍起，躲過了兩隻八腳妖怪的撲擊，落在其中一隻背上，「吼」地一口將那妖怪腦袋咬下一半。

只見那銀甲巨犬身子精瘦修長，比金城大樓一戰的十八還大，體型幾乎和阿火一般大小，毛色背灰腹白，眼睛精光閃耀，十分神氣。

阿關正被幻形拎著後領，銀甲巨犬一躍撲來，幻形側身閃過那巨犬。阿關便藉機召出鬼哭劍，一劍劃傷幻形手臂，傷口溢出了陣陣黑氣。

幻形手臂吃痛，手一鬆放下阿關。伏靈布袋即時竄來，大黑拳頭掄得好似風車，將阿關周圍的八腳妖怪全打得如斷線風箏，飛得老遠。

銀甲巨犬狂吼連連，如猛虎出閘，一口口將八腳妖怪那些長手長腳全都咬斷打翻。

「是嘯天犬！」小白菜哇哇大叫著，幾乎忘了自己眼前幾隻八腳妖怪正要撲上來。一旁的老樹精傷痕累累，但仍然勉強放出枯藤，捲倒小白菜，助他躲過這隻八腳妖怪的撲擊。

「別退，擒下他們！」荊棘尖聲喊著，指揮著八腳妖怪圍攻；蕪菁則輕搖長鞭，長鞭卻是指著那幻形。幻形仍是二郎模樣，眼睛盯著備位太歲，也同時注意蕪菁動靜，他們各爲其主，都不想讓對方撿去便宜。

更多八腳妖怪爬出黑色窟窿，圍住了小白菜和老樹精等，以及阿關、嘯天犬。

突然猛地一陣耀眼亮光乍起，亮得看不清東南西北，一道道銀色光自空射下，像似流星。流星一道道打向八腳妖怪。

小白菜和老樹精、癩蝦蟆，以及綠眼狐狸、阿關等回神過來，只見身邊的八腳妖怪紛紛倒下，全都手斷腳裂。

抬頭看起，一身白銀戰甲的神將威風凜凜騰在空中，手裡一支銀白色長戟高揚著，紅色披風隨風狂舞。

「二郎大哥！」阿關大叫著，用力揮動鬼哭，將身前那隻斷了四隻腳的八腳妖怪一劍斬倒。

癩蝦蟆呱呱怪叫：「怎麼有兩個二郎神啊？」

小白菜指著幻形大叫：「二郎將軍，你看那廝鬼怪竟化作你的模樣，傷了代理太歲大人！」

蕪菁和荊棘相視一眼，縱身退到了天障破口附近，只見天障破口還閃著金光，知道是讓二郎破了法。

兩妖女見那幻形也想退，卻讓嘯天犬攔住了去路，伏靈布袋和精怪們將他團團包圍，不禁有些幸災樂禍。

「我說蕪菁姊姊，妳看這眞二郎神，果然比那假貨英俊許多。」荊棘嘻嘻笑著說。

「別說了，我們趕緊脫身，去幫雪媚娘娘。」蕪菁拉著荊棘逃出這天障，四周那些還沒死的八腳妖怪，全都鑽回黑色窟窿，不再出來。

而幻形眼見眞二郎來了，嚇得魂飛魄散，大吼一聲，放出怪異旋風，吹得眾人睜不開眼。旋風散了，只見兩個二郎飛在空中，都舉著長戟，一時之間竟分不清誰是誰。

癩蝦蟆呱呱喊著，彷彿大禍臨頭：「這下糟了，分不出誰是眞二郎將軍，這下我們可要幫誰吶，呱呱！」

「哈哈……」阿關看著天上兩個二郎，哈哈一笑，盤腿坐下，檢視著身上傷口。

小白菜急忙趕去，幫阿關治傷。

癩蝦蟆正覺得奇怪，怎麼連老樹和綠眼狐狸也不擔心，都坐了下來喘氣，呱呱地問：「你們都不擔心？」

綠眼狐狸嘿嘿笑著答：「你傻啦？真二郎還需要我們幫忙？誰打贏誰就是真的了不是！」

綠眼狐狸話還沒說完，空中其中一個二郎身子抖了一下。

「你冒充我？」另一個二郎額上金光大現，長戟才一舉起，對面那幻形已嚇得露了餡，正要轉身逃跑，背後銀亮流星已經如電光一般打來。

阿關張大了嘴，只見到銀光閃耀，一道道打進了假二郎幻形的身上，將幻形打得四分五裂，銀光正是二郎手上拿著的那柄銀白長戟——「離紘」。

「二郎大哥……你怎麼也來了……」阿關在小白菜攙扶下，摀著腹部，牽著石火輪，一跛一跛地走向二郎。

「別說太多，先撤。」二郎大步上前，托住阿關臂膀，跟著雙眼一瞪，額上正中那豎眼暴睜，放出耀眼光芒，一下子映得滿室金光。

天障的出口讓金光映得清晰可見，圓形洞孔上有幾處裂痕，正是二郎進來的地方。此時二郎離紘一揮，一道銀光劈去，猶如飛箭流星一般，打在那圓孔上，將這天障打出更大一道裂痕，裂痕越來越大，終於漸漸退去。

阿關揉揉眼睛，見到自己回到了真仙總壇的一樓大廳，信徒們全倒在地上，一下子竟分不出來是睡了還是死了。

殿門緊閉著，幾扇窗碎了，外頭的打鬥聲清晰可聞。

「好一個調虎離山！」一聲嬌媚叫聲自門外傳來，幾道殿門同時炸開。一個身披華麗紅袍，頭戴羽毛裝飾的美艷女子，正領著數不清的妖兵魔將團團圍住了真仙總壇。

紅袍女子後頭，還站了十來個女將，個個妝濃妖艷、身材姣好，手持各式奇異武器。

「怎麼回事呱？」癩蝦蟆瞪大了眼，呱呱叫著：「這次的妖魔們一個個比一個個美麗，全都是俏姑娘妖魔。」

「別大意，她是魔界魔王。」二郎呼喝一聲，揚起手中離絃，攔在眾人身前，一副萬夫莫敵之勢。

眼前紅袍女子就是先前九天上人坐禪密室裡的那五怪人之一——魔王雪媚娘。

雪媚娘杏眼圓瞪，見了阿關先是驚訝，接著嬌笑起來：「哈哈！眞是踏破鐵鞋無覓處，得來全不費工夫！」

「備位太歲什麼時候跟那啥泰山門的傢伙混在一起了？」雪媚娘笑聲柔媚，阿關只覺得眼前一片紅暈，嗅到陣陣異香，正要晃神之際，突然見到癩蝦蟆口水直流、眼神呆滯，連老樹精神情也飄飄然的，這才驚覺自己這樣可不能看。他這麼一想，一股清澈白氣從體內漫起，另一股清新靈氣也由胸口滲進，原來是體內的太歲力和清寧項鍊同時出力護體。阿關咳了兩聲，腦袋逐漸清醒。

二郎卻不爲所動，靜靜環顧四周，只見越來越多妖兵擁進神壇，將一行人圍得水洩不通。只見妖兵個個穿著奇異盔甲，手中都拿著怪刀怪斧。

「咦？迷不倒二郎神是理所當然，連你這小子也迷不倒，又是爲何？」雪媚娘皺了皺眉，但又跟著滿意地點點頭：「果然是歲星備位，哼哼！」

「嘯天，斷後。代理太歲，隨我闖出去！」二郎邊說，邊揮了揮手。

嘯天犬蹦到了大夥兒後頭斷後，二郎則擋在前頭，將阿關一行圍在中間。阿關則跨上了石火輪跟在二郎右後方，綠眼狐狸在二郎左後方。

小白菜一手托著阿泰，一手扶著老樹精，躲在二郎正後方。癩蝦蟆還在著迷，攀在小白菜背上流著口水說：「我想讓魔王姊姊抱抱呱。」

「走！」二郎低吼一聲，向前竄去。

「上！」雪媚娘趕緊往後一蹦，雙手一招。

十來位女魔將一齊躍起，手裡各式武器紛紛舞動起來，只一瞬間，就將二郎團團圍住，下一秒，已有兩魔將肩頭中戟。

「哇啊啊啊！」阿關咬緊牙，站在石火輪上發出一道道白焰，掩護小白菜等往殿門退。嘯天犬在後頭殿後，將一隻隻殺來的妖兵、八腳妖怪，全都咬成碎塊。

接近殿門前處，十來名女魔將圍著二郎猛攻，長鞭、鐵鍊、彎刀、雙劍、尖叉、銅鎚、四面八方往二郎身上招呼——但全讓離絃擋下了。

二郎三眼齊睜，雙手掄動離絃狂掃，只見銀光亂竄，撥開一記記攻擊，同時也不時抽空回攻。

女魔將們尖叫聲四起，一下子這位姊姊肩頭被刺了一戟，一下子那個妹妹大腿給劈了一記。女魔將們慢慢往殿門外退，終於退出殿門，飛到廣場上空。

阿關等也跟著出了殿外，嘯天犬四處蹦著掩護大夥兒。

小白菜啊了一聲，見到廣場那頭還有一批妖魔，正和中三、中四據點的神兵們作戰，這些妖兵都是雪媚娘的手下。

「敢傷我姊妹？老娘跟你拚了！」雪媚娘本來退在後頭觀戰，卻見到自己所有得意大將盡出，竟都傷不了二郎，火氣一起，手上幻出兩柄蛇形長劍，親自加入戰局。

本來二郎獨力大戰十幾名魔將，還游刃有餘，此時魔王雪媚娘親身助陣，這才將戰情拉成勢均力敵。

二郎額上豎眼一閃，射出幾道金光，刺得眼前兩、三名魔將睜不開眼；離絃刺去，正中一名魔將腦袋，抽出長戟時，那魔將也隨即墜地。

「那是代理太歲大人吶！」「他們在那邊！」中三、中四據點的神兵們見著了阿關一行，中四據點主神奇烈公指揮神兵，殺退一批妖魔，前來救援。

原來中三據點水琝公收到韭菜通報時，急忙領著天將來救，卻在神壇外碰上雪媚娘大軍，自然是不敵，邊打邊退，一邊打出一道道急令往各處據點報去。中四據點奇烈公接著趕來，跟著是主營二郎神也領著神兵來了。

眾神兵見到雪媚娘領著大軍固守神壇外，便想出了聲東擊西的辦法，讓奇烈公領著神兵打游擊，吸引雪媚娘的注意，再讓二郎獨自潛進神壇裡救人。

而魔王雪媚娘這邊，先是戲耍一般地擊退了水琝公的援兵，接著聽了蕪菁、荊棘的通報，得知備位太歲竟在神壇裡。雪媚娘本來以為備位太歲已如甕中鱉般手到擒來，也不急著去抓，等到奇烈公、二郎等神兵壓境時，才派出魔將圍捕，卻仍讓二郎將阿關救出。

「攔住他們，去抓備位太歲！」雪媚娘一邊揮舞蛇形長劍急攻二郎，一邊指揮著妖兵們去圍捕阿關。

奇烈公領著中三、中四據點的兵馬，加上二郎帶來的援軍，近四十位天將，一舉殺進妖魔堆裡。

方才中三、中四的神兵不敵雪媚娘及她手下魔將，但此時雪媚娘手下強將卻全集中於圍攻二郎。妖兵們群魔無首，全是些小嘍囉，自然抵不住神兵的攻勢。

只見上千妖兵一下子讓數十名天將殺得潰不成軍，四處逃竄。這頭阿關騎著石火輪，領著小白菜等終於與奇烈公會合。奇烈公身型雄偉，身穿紅袍，留了一嘴紅鬍子，手執一柄鑲滿紅石的寶劍。

奇烈公挽住阿關的手，見了阿關腹部上的傷正淌著血，趕忙對他施了治傷咒，卻仍無法止住血。這是因爲奇烈公不是醫官，對治傷咒術不怎麼在行。

幾名天將守在阿關一行前後左右，掩護著阿關後退。幾名天將托住阿關雙臂，竟升了起來，往天上飛去；精怪們受了傷，也讓天將們托著，往天上飛去。

「抓住他們！抓住他們！」妖兵們狂喊著，潮水一樣湧了上來，妖魔們也飛了起來，追著阿關。

「你們走，我來斷後！」二郎大喊一聲，跳出戰圈，往阿關一行的方向飛去。嘯天犬接著蹦上了天，發出震天狂嘯，跟在二郎身後。

魔將們一一追來，都讓二郎擋住，將她們踹落下地。

阿關在天上讓天將托著，一手還緊抓著石火輪，神智漸漸模糊。他腹部的血還流著，只覺得又癢又痛，幻形刺的那戟上顯然帶著魔咒，傷口像有千隻螞蟻在爬。而體內的太歲力也圍繞在傷口四周，和那邪咒交戰著。

他回頭看了看，紅著臉嘻嘻笑的癩蝦蟆正趴在昏睡著的老樹精背上，而老樹精枯藤還捲著小白菜，小白菜則揹著阿泰，結結巴巴地向奇烈公解釋今天的行動。阿關又轉頭一看，綠眼狐狸則在自己身旁，苦著一張臉發愣，似乎也傷得不輕。

見到同伴們都在，阿關這才放下心來。他看著二郎離他們越來越遠，像一隻孤獨的鷹，正力鬥著數也數不清的妖魔。

幾十名天將們則圍成了小圓圈，保護著阿關一行漸漸飛遠。

這廂二郎斷後掩護，雪媚娘的兵力雖多，但只靠兵卒們卻無法勝過天將，若要調魔將去助陣，那剩下來的魔將又不是二郎對手，十分兩難。

魔將們一一受傷，二郎大戟一揮，砸中一名女魔將胸口，往後一拖，戟尾又刺在後頭魔將肚子上。二郎喝了一聲，身子一旋，離紘像是螺旋槳一般，將好幾名魔將全都打飛。

雪媚娘眼見手下魔將抵敵不住二郎，趕緊對著追遠的妖兵喊叫：「回來吧！回來吧！一起圍殺這二郎神！」

妖兵們聽了紛紛回頭，前頭成千上百的妖兵紛紛轉回來圍二郎，後頭成千上百還沒追上的妖兵此時也跟了上來，前後夾擊，將二郎團團圍在眞仙宮廣場上空。

雪媚娘見到天際遠方一片紫色光，激動地揮著手：「四目來啦！快呀！四目回來就不怕二郎神啦——」

遠方那紫色光芒陣仗裡的，正是坐禪密室那三公尺高的巨漢——魔王四目王，他身後也跟著幾名大將，領了數不清的妖兵，浩浩蕩蕩地前來。

四目此時一身紫艷戰袍，兩手交叉胸前，四隻大眼精光閃閃。遠遠見了二郎，就大吼一聲，從腰間抽出一柄兩公尺長的厚重巨刀，指揮著魔將妖兵，殺了上來。

負傷的女魔將們見幫手到了，一一退開。

雪媚娘發出幾道青光擊向二郎，跟著也退了開。二郎擋飛青光時，四目王已殺到眼前，巨刀轟然砍下。二郎以離絃硬接，刀戟相交，炸出駭人火花，一神一魔在空中展開短暫激鬥。分開時，二郎身上那銀白盔甲裂出幾道刀痕，隱約露出血漬；四目王肩頭、手臂則多了兩個窟窿。

「好厲害！」四目王狂吼著，右手傷重已經無力，便將巨刀過到左手，幾名魔將一同擁上；雪媚娘則領著女魔將，重新加入戰局。

二郎回頭，見到阿關等天將已經離遠，呼了口氣，額上豎眼爆出金光，大喝一聲，身邊的嘯天犬也發出巨吼，兩魔王已襲近身邊，前後夾攻。

「你們兩個攻他左翼，你們三個攻他右翼！」四目王左手揮刀，指揮眾將夾擊。雪媚娘領著一干女魔將殺至二郎背後，手上那蛇形劍一晃，化成幾條花紋大蟒，間雜著細長毒蛇，全往二郎頭頸竄去。

二郎反手一擋，擋下了毒蛇大蟒，左臂讓蛇纏上，還給咬了幾口。

左邊又兩個魔將浩蕩殺來，右邊再三個魔將凶惡突襲，一票女魔將四面八方圍殺上來。

「我就不信你是無敵！」四目王搶在最前頭，怪吼一聲，一刀橫劈二郎腰間。

「我會讓你信。」二郎離紘往左一格，擋下這刀，他額上豎目再次張開，綻放金光……

34 五路魔軍

阿關在中三據點三合院裡一張床上醒來，腹部已被裹上紗布。他下了床，推開門，門外一片靜，黑漆漆的。

走出小房，走出三合院，夜空星光點點，風涼如水，氣氛宜人。

「代理太歲！」在上空巡守的是奇烈公。奇烈公身邊還有那氣色虛弱的水琝公。奇烈公神情嚴肅地降下，落在阿關面前，直直望著阿關，默不說話。

水琝公與奇烈公身後一名醫官，上前伸手探了探阿關腹部傷口，說：「大人，你的傷勢已無大礙，只需靜靜休養幾天，別再……」

「代理太歲大人，你可知道，這次咱們爲了救援你，犧牲了許多同僚？」奇烈公打斷了醫官的話，聲音聽來像是強忍怒氣。

阿關愣了愣，心虛地點點頭。在回程時，他便見到不少天將負了傷，也知道有些天將在先前與雪媚娘激戰時，便已戰死。

「你那凡人同伴雖是要教訓神棍騙徒，但行事不知輕重，如無頭蒼蠅般瞎攪和，還領著土地神和精怪一同胡來！」奇烈公越講越怒，一雙眼睛瞪得渾圓。「而你這代理太歲，也竟不與幾處據點主神商量，私自行動；水琝公趕去救你的時候，才知道那兒竟守著魔界大軍，讓那魔王領著大軍圍著戲耍。」

阿關本想辯解什麼，但想想沒錯，自己魯莽是事實。阿泰是他朋友，天將們彼此間卻也是同僚，也有感情。他心想自己自作主張，以爲拿著鬼哭劍、騎著石火輪，就天不怕地不怕，身上沒有攜帶聯繫韭菜的符令，自然也無法將眞仙總壇裡有魔界大軍的情形往據點通報。

奇烈公本想繼續說，一旁的水琝公拉了拉他的手，接下去說：「代理太歲大人，你那青年朋友已交給他祖母處置，他已受到了教訓。代理太歲心地良善，知道朋友受困，想趕緊救援是人之常情，但現在時勢紛亂，在有什麼行動之前，一定要與其他神仙商量啊。今兒個一戰，中三據點的守軍只剩下三名天將，現在必須將中四據點的兵力全調在這兒，協同二郎將軍帶來的天將一同保護你。」

「是我不對，以後我不會這樣了……」阿關唯唯諾諾，聽到十來位天將犧牲，更是慚愧，突然想到重要的事，急急地問：「那……二郎大哥他回來了嗎？」

水琝公苦笑了笑，奇烈公臉色僵硬，轉頭看著天空不語。

「二郎將軍爲了掩護咱們撤退，獨自對抗魔王大軍。他擔心讓魔王知道咱們幾處據點所在，便也不敢往據點撤退，而是帶著嘯天犬獨自逃往山間，想擺脫魔軍追擊。主營已經派出另一支兵馬前去救援，卻讓另一支魔王領軍擋下，正對峙著。」

「怎會有這麼多魔王？」阿關又是驚訝，又是擔心。

「我們得知共有五位魔王，分別率領五支魔軍上至人間，在那凡人神壇裡布下天障陷阱的是一路魔軍，追擊二郎將軍的則是另一支魔軍。」水琝公答。

「擋下主營援軍的又是另一批魔軍，另外還有兩路魔軍也已開始作亂。他們在各地山間捉拿邪神精怪，想拷問出正神據點及主營所在地，還有太歲鼎，以及代理太歲你的所在地。」

水琝公還沒說完，已聽得阿關冷汗直流，喃喃自語：「五個魔王？」他想到金城大樓一戰時，光一個弒天就已經十分難纏，若今天遇上的魔王雪媚娘那批妖兵魔將，只是五分之一的魔兵，那該如何對付？

「慶幸的是，這些魔軍尚未侵擾凡人，幾天之內或許還無法引起大騷亂。」水琝公說：「這是因爲，一來凡人不可能知道天界神仙們相關情報；二來對於那些魔王而言，凡人和他們一般，都是天神造出的產物，而他們則是讓天神遺棄的一群，恨的是天神。而在惡念不斷降下後，這些凡人會與他們更加相似。」

「那我們現在……該……？」阿關腦中一片空白。

「這事讓咱們來煩惱就行了，你安心養傷。」奇烈公手一揮，語氣還帶著餘怒。

「嗯。」阿關應了一聲，心中雖不怎麼同意，但也知道闖下大禍的自己沒有反駁的立場。

水琝公緩緩地說：「代理太歲也別太擔心，主營命令已下，北部鎮星已經趕到了，正和其中一支魔軍對峙著，南部那批年輕小將很快也會回來助陣。」

「林珊要回來了？」阿關有些驚喜，突然覺得這種反應有些不妥，趕緊正經地說：「這樣我們很快可以開始反擊了！」

「我們反擊，大人您保重身體！」奇烈公瞪了阿關一眼。

阿關苦笑，不知該說什麼。

水琝公拉著奇烈公，重新回到中三據點上方，看守四周。

阿關往六婆那三合院走去，遠遠見到癩蝦蟆、老樹精和綠眼狐狸佇在三合院外頭小廣場上，不知在幹嘛。

阿關走近，見到那三合院正房大門緊閉著，六婆的斥責聲越來越響亮。

「阿關大人你醒啦！」「你沒事吧？」精怪們見阿關走來，快步上前迎接。

「裡面……？」阿關指了指三合院正房。

癩蝦蟆呵呵笑著說：「猴孫阿泰正被六婆教訓，教訓得好慘吶，哈哈呱！」

「阿泰被白菜揹回來時，醒了過來，但魅術還沒解，大吵大鬧，還揍了六婆一拳……」綠眼狐狸強忍著笑，尷尬說著。

「阿泰揍……六婆！這麼誇張……」阿關瞪大了眼睛，難以置信。他心想這次阿泰可慘了，不但自作主張玩出了火，還揍了六婆。可想而知解去魅術、清醒後的阿泰，必定被六婆修理得很慘。

「那算他倒楣了……」阿關摸摸脖子，受困眞仙總壇時，他也讓阿泰揍了好幾拳，醫官只替他醫治腹部上的傷，卻沒管那些瘀青，部分讓阿泰揍過的地方，還有些疼痛。

「阿關大人，你不進去替猴孫泰說說情？」癩蝦蟆呱呱地說。

「幹嘛說情！」阿關氣呼呼地說：「這件事我還沒找他算帳。爲了救他，我不但被妖怪刺了一戟，還被他打，讓六婆教訓他一下也好，以後就不會毛毛躁躁的了。你們應該也聽說了，這次爲了救你們，犧牲了好多天將……」

阿關哼哼說著，將奇烈公剛剛對他說教那套，套在精怪身上重說了一次。「以後做什麼事，可要跟大家商量過再說吶！」

癲蝦蟆發現自討沒趣，乾脆裝作沒聽見，轉頭看著天上月亮呱呱哼起歌來。

老樹精和綠眼狐狸反倒面露慚愧，他倆畢竟可都是百年道行的精怪，卻跟著阿泰起鬨，惹出了大麻煩。

「阿關大人，絕不會有下次了！」綠眼狐狸說得誠懇，老樹精也在一旁點頭。

「呱呱呱！」癲蝦蟆突然怪叫起來，八隻腳指著天上：「二郎將軍回來了！」

大家連忙朝癲蝦蟆指的方向看去，果然見到二郎從天而降、落在地上。

奇烈公和水琝公在另一邊見了二郎下來，趕緊飛竄而來。二郎還沒落地，身子已經不穩，往下一跌，讓奇烈公和水琝公兩邊扶住，才不至於倒下。

大夥兒只見二郎身上銀甲盡碎，赤裸著上身，身上還有許多傷痕；嘯天犬瞎了一眼，半邊臉上全是血，安靜地伏在二郎腳邊，舔舐著左前腳，那前爪沒了，是一處平整的斷口。

「啊啊！」阿關駭然大驚，急奔上去幫忙攙扶，難過嚷著：「二郎大哥！都是我的錯！」

二郎嘿嘿笑了兩聲，沒說什麼，輕輕推開眾人攙扶，自個兒勉力站起，對著慌亂趕來的醫官搖搖頭說：「別管我……我好得很……先替我的狗兒療傷……」

醫官聽了有些發愣，二郎又指了指嘯天犬。醫官這才蹲下，手一攤，現出許多治傷藥。嘯天犬乖乖伏在地上，讓醫官治傷，一點反應也沒有，彷彿少了前爪的並不是自己。

□

「那魔王真不簡單，眼睛比我還多一顆，光論單打獨鬥，這傢伙在神仙裡也排得上強手之林了！」二郎哼哼說著，一邊抬起手來，讓醫官醫治他胳臂上的數道大血痕。

大夥兒聚在一處老房子裡，六婆也帶著阿泰趕來。阿泰臉色發白，神情恍惚，像是被罵得很慘，臂膀上還有不少藤條痕跡。

本來以阿泰的個性可不會這樣安靜，但他得知自己在神智恍惚中打了阿嬤一拳，驚恐後悔至極。又得知阿關爲了救他，負傷昏厥；中三據點天將幾乎全滅，水琝公也負了傷；便連二郎神都傷成這副模樣。知道自己惹出大禍的阿泰，早已嚇得不知該如何是好，只能傻愣愣地站在六婆身後，一句話也不敢說。

「我怕讓他們得知咱們據點，無法直接往據點撤，只能往山裡飛，在林間繞著圈子，且戰且走，可累死我啦。」二郎一副不在意的模樣，將經過說出。

當時二郎退到了山林裡，四目王和雪媚娘的妖兵已經鋪天蓋地而來。

四目王領著手下八大魔將，可要比雪媚娘的十來名女魔將強悍許多。四目王領著八魔將搶在雪媚娘前頭，追到了河畔，再次圍住二郎，又展開新的一場殊死鬥。

嘯天犬在這河畔一戰裡讓一個魔將砍落了前爪，砍傷了半邊臉。

二郎也負了傷，儘管如此，四目王的八魔將仍然被二郎殺死五個，二郎也在那壯碩如山的四目王胸膛上，狠狠捅上一記。要不是雪媚娘大軍隨即趕到，說不定二郎回來時儘管傷重，卻還能一手提著四目王的腦袋當作戰利品。

殺退了四目王後，二郎隱去仙氣，藏匿在山林間耐心等待，直到雪媚娘護送四目王先行退回眞仙總壇，留下一批妖兵魔將繼續搜尋。二郎這才慢慢找機會擺脫妖兵，悄悄退出山林，返回中三據點。

二郎說到這裡，憂心地說：「在這過程裡，我與主營聯繫上，得知有一支魔王大軍已經抵達主營雪山底下，四處搜查。這可眞讓人擔心，主營先是派出我來支援，接著得知魔王兵力強盛，又派了雷祖將軍領雷部兵馬來援，卻在途中被另一魔王擋下，目前失去了聯繫。現在主營中，只剩下斗姆一支兵馬，其餘全是文官，要是讓魔王大軍找著主營，這可麻煩了。」

大夥兒聽了都不知如何是好，三隻精怪躲在屋中角落，愣愣聽著，知道這次捅出的婁子可眞不小。小白菜更是嚇得臉色發白，佇在阿關身後，身子還發著抖。他心想，要說精怪凡人的不對也就罷了，自己是土地神，卻也跟著起鬨，搞出了大禍。

「兩魔王坐鎮在那凡人神壇裡，一個魔王和鎮星對峙，一個魔王上了雪山，另一個魔王可能已經擊潰雷祖將軍兵馬，去支援其他魔王，也或許仍和雷祖將軍在山區裡僵持作戰著。」水琝公補充。

二郎點點頭，說：「雷祖將軍加上電母和雷部將士們，又領著十來位天將，沒那麼簡單敗陣。主營收到幾十道雷祖符令，都是在說如何與魔王對陣作戰、殺得勢均力敵云云，後來沒了消息，想來是用光了符令。我已傳出符令給雷部兵馬，待我休息一晚，明天一早便去與他們會合。」

奇烈公跟著說：「五路魔軍裡頭，鎮星對付一路，斗姆對付一路，二郎將軍和雷祖將軍對付一路，兩據點兵力勉強對付一路，還有一路魔王，要由誰來對付？」

「等林珊回來了，我……我們歲星部將，也可以負責一路……」阿關唯唯諾諾地應道。

奇烈公聽了，歪著頭想想，說：「秋草小娃年紀雖輕，但足智多謀，歲星幾個部將個個驍勇，手裡還有一隊下壇將軍，是可以讓她負責一路……」

阿關聽奇烈公說讓林珊負責對付魔王，而不是自己，顯然還是認爲自己不該上前線。本想抗議，但話到口邊卻只能硬吞回去。

水琝公接著說：「那魔軍之中，除了魔將，還有大批大批的妖兵，要是四散各處，都會造成不小的騷亂，這倒是極難處理。」

原來天界的兵力結構與魔界不同，天界以精兵爲主，除了諸神部將外，只有上千天將作爲主力部隊。

這是由於天界不乏驍勇大神，數千年來，也一直沒有遭遇強大敵人，便也用不著像魔界那般招募數不清的小兵、小卒。

然而在太歲鼎崩壞後，本便爲數不多的天將部隊早已分崩四散。在南天門一戰時，便已戰死三分之一，隨玉帝下凡的天將，也只有兩百來位。

歷經這許多戰役後，過半已經戰死。

目前中部只剩六十幾名天將，分別是——中三、中四據點，及二郎領來合計三十餘名天將；中五據點木止公領著的十餘名天將；雷祖領著的近十名天將；以及雪山主營裡剩下來的十名天將。

南部則有太白星和熒惑星同領三十多位天將。

此時魔界五魔王合作入侵凡間，雖早已是預料中事，卻也難以對付。

「就這麼說定，明天日出，我便動身去與雷祖會合，救援主營。」二郎揮了揮醫官替他醫治包紮的胳臂，說：「你們這兒是要守，還是要退？」

「主營已經下令，尋幾處隱密地點藏匿，伺機反攻。在尋到地點之前，也只能聯合中五據點的木止公一同保護代理太歲。」水琝公回答：「目前木止公正悄悄往中三這兒前進，深怕動作太快，讓妖兵們發現了。」

深夜，阿關與阿泰坐在三合院外看著星星，旁邊坐著的是三隻精怪，大夥兒靜默不語，心裡五味雜陳。

夜空裡的星星閃閃發光，這小鄉村的氣息令人心曠神怡，微風一陣陣吹來，清新好聞，但同時也有種風雨前的寧靜之感。

阿泰看著地上發愣，手上挾著的菸並沒點燃。

六婆推開門出來，手上端了一個大盤，上頭擺著五碗湯圓。

六婆走到阿關面前，阿關忙起身賠罪：「六婆，對不起……白天我應該先通知你們……」

六婆嘆著氣：「阿關吶，我知道你讓神明罵了，但要不是你即時去救阿泰，我這隻猴孫可能就沒了啊。神明說你莽撞可能說得對，但是你救出這隻猴囝仔……六婆眞的感激你啊！」

六婆一邊說，一邊去捏阿泰的耳朵。此時有大夥兒在，阿泰總要面子，伸手蓋住自己兩隻耳朵，不讓六婆擰。

「吃吧。」六婆也不再罵，只是哼了哼，拿了一碗湯圓到阿泰面前。阿泰接過湯圓，靜靜吃著。

「這黏黏的什麼啊？」癩蝦蟆沒吃過湯圓，用手去捏，捏破了發現裡頭流出黑黑的東西。

「呱呱？」

「這是芝麻。」老樹精不愧見識豐富，將湯圓呼嚕吃完。

綠眼狐狸則優雅品嚐著，一邊大拍馬屁：「六婆包的這湯圓軟中帶有嚼勁，甜而不膩。」

「這是買來的！」六婆白了他一眼。

癩蝦蟆還玩著湯圓，呱呱一聲在湯匙上吐出一個小小綠色黏團，拿到老樹精面前，說：「我也會做湯圓。」

「閃一邊去！」老樹精吹著鬍子，一把推開了癩蝦蟆。

□

一夜過去，睜開眼睛，阿關胸口那清寧項鍊正漫出淡淡的清澈光芒，似水一般在阿關胸前流動著。這些天來他不再作噩夢了，夜夜安眠到天亮。

才剛起身，就聽到外頭連聲雞啼。這小村落養著雞，早晨的啼聲宏亮，阿關在北部都市裡可從來沒體驗過。

外頭傳來陣陣交談聲。阿關下床出去，見到外頭空地上聚著一群石獅和虎爺正嬉戲著，還有許多精怪圍住老樹精等三精怪，像久別重逢的老友般聊天嬉鬧。

「林珊！」阿關見到空地那頭幾個人，正是林珊等歲星部將。水琝公和奇烈公也在一旁，正交換著彼此間的情報。

「代理太歲大人起床了。」「阿關，好久不見！」這些年輕神將見了阿關，都向他打著招呼。

「聽說你惹了麻煩。」若雨嘻嘻笑著說：「睡飽了沒有？」

青蜂兒提著一個小塑膠袋，遞向阿關，說：「這是我從凡人小吃店買來的早餐，我借用這兒的廚房加了點料，你吃吃看。」

阿關接來，打開一看，是蛋餅，但也有其他豆腐青菜等配料，吃了一口，美味至極。

「喂！」飛蜓來到阿關身邊，雙手交叉，沉聲問：「聽說二郎將軍來過。」

「嗯……」阿關點點頭。

「他爲了救你，受了傷？」飛蜓張大眼睛瞪著阿關。

「是……」阿關低頭苦笑。

「別自責了，我們已經回來幫你了。」林珊上前拍了拍阿關的肩。

阿關注意到翩翩站在若雨身後，戴著深色帽子，頭臉仍覆著紗布；但長袖衣服露出了雙手，並沒有纏著紗布，右手上的毒傷痕跡極淡，左手則雪白如昔。

「咦？妳的傷勢好轉了？」阿關驚喜地問。

翩翩還沒回答，若雨便搶著替她答了：「洞天裔彌姊姊花了許多時間，研究了數百種靈藥，託精怪送至南部據點。翩翩姊按時服用，傷勢不但不再惡化，更已經開始好轉了。」

若雨講得大聲，掩不住心中喜悅。翩翩卻沒說什麼，只是雙手交叉胸前，看著地上。

「太好了！」阿關笑喊著：「我就說妳一定會好起來的！」

此時天還沒全亮，二郎早已經領了五名天將先行離開，去尋雷祖那支兵馬。而林珊等在昨天接到消息之後，隨即動身北上，刻意小心翼翼緩慢前進，避免讓魔王的妖兵發現，終於在清晨時抵達中三據點。

從各地傳來的情報顯示，眞仙總壇的雪媚娘和四目王兩魔王也已兵分兩路，四處搜索正神據點。而小白菜和韭菜已經悄悄動身，去打聽哪裡有隱密的藏匿點，可供正神作爲新據點。

「魔王行徑囂張，魔軍深入山林，遇上精怪鬼神，通通不放過，抓住了拷問。有些躲在山林裡的小邪神不是投降，就是給殺了。」水琝公緩緩說著：「這兒很快就會曝光，魔軍這次上凡間，一邊反攻正神，一邊想奪取太歲鼎、抓到太歲，好一統人、神、魔三界。」

水琝公神色嚴肅地說：「魔界雖然並未將凡人當成殺戮目標，但手下妖兵眾多，本性皆凶暴頑劣，四散人間已經造成許多紛爭，各地鄉鎮都有凡人受難消息。昨晚有些妖兵肚子餓，直接趁夜抓人來吃。那些鄉下凡人以爲山中有猛獸，請了凡人官兵上山，也全給妖魔抓去吃了！」

阿關聽了，倒吸一口氣，想不到情勢已經到了如此地步。

突然一道符令打來，竟是城隍的聲音：「我們在中三據點往南三十公里山腰遇伏，請速來援！」

原來城隍領著家將團隨鎮星南下，與鎮星兵分二路，城隍暗中搜索情報，再回傳給主營及各據點。

「啊呀，糟了。我們得去救他！」阿關喊著，石火輪倏地竄來，在大夥兒面前陡然停下。

「呿！」飛蜓不屑地哼了一聲。

若雨則是哈哈大笑說：「阿關大人，大家都知道你會這招，不用每次都找機會使一下！」

阿關呵呵笑著，有些不好意思。他握著把手，作勢想要跨上，卻沒有動作，賊兮兮地望著水琝公。

一旁的奇烈公怒眼圓瞪，正要開口，林珊已經先聲奪人：「代理太歲應當是待在據點裡，讓眾神保護的。」

水琝公和奇烈公聽了，都不約而同地點了點頭。阿關則看著林珊，一臉哀求模樣。

林珊繼續說：「但城隍是一定要救的，自然是我們這批歲星部將去救。」

水琝公和奇烈公又點了點頭。

林珊笑吟吟地說：「然而中三據點目標明顯，魔軍隨時可能來犯，兩老可有把握在魔軍來犯時，保證代理太歲一定安全？」

水琝公和奇烈公互看一眼，知道林珊想講什麼。

水琝公苦笑說：「秋草仙的意思是，代理太歲隨你們同去，會比在這兒讓我們保護來得安全？」

林珊微笑不答，若雨搶著說：「你說呢？我們在北部大敗千壽邪神和魔王弒天，用的就是同一批兵馬。不論如何，代理太歲大人在我們身邊，總比在你們身邊來得安全吧！」

「但主營的命令是要咱們保護代理太歲，要是知道代理太歲又跑出去跟妖魔廝殺，這……」水琝公點點頭，但仍有些猶豫。

「你就說，這是我出的計策，目的是讓魔軍來犯時，遍尋不著代理太歲。」林珊笑著答。

水琝公苦笑，不置可否；奇烈公脾氣雖硬，卻也不反對。畢竟兩神都是文官，中三據點也只十來位天將，林珊等則都是太歲麾下驍勇戰將，由他們保護代理太歲，自然更加安全。

「出發囉！」阿關見奇烈公不反對，對著後頭精怪、虎爺、石獅喊了一聲。

虎爺們個個精神抖擻，牙仔身型又長大了一些，銀亮白毛上的黑色斑紋更明顯了。大邪、二邪身上則是多了許多傷痕，更顯凶悍。二黑後頭跟著的是二黃，竟然兩隻耳朵都沒了，剩一個圓禿禿的腦袋，模樣看來十分特別，原來是在戰鬥中讓邪神咬掉了耳朵。

石獅們也整列成隊，其中有隻石獅比其他石獅小上許多，體型和牙仔差不多大。在金城大樓一戰中，曾和牙仔捉對廝殺，用堅硬腦袋將牙仔撞得七葷八素，後來在白石寶塔裡和牙仔一同向六婆爭寵，讓六婆取了個名字——「鐵頭」。

「兵馬不必太多，石獅留下來防守！」林珊將白石寶塔一揚，將虎爺們召進了寶塔，精怪分了一半留下，石獅們也全留在中三據點。

這時阿泰被外頭的聲音吵醒，出來見了這陣仗，興奮地大聲嚷嚷著：「你們去哪？我也要去！」

六婆也跟了出來，一見阿泰，便擰著他耳朵：「你說要去哪兒？」

阿泰痛得哇哇大叫，趕緊轉移話題：「大家都來了，阿嬤妳看，是阿火耶！」

「走吧。」林珊手一招，飛蜓等已經飛上了天；阿關也跨上石火輪，林珊坐在後座。老樹精、綠眼狐狸、癩蝦蟆等二十來隻留守中三據點的精怪，則齊聲加油：「要平安回來啊！」「阿關大人要小心啊！」

石火輪飛竄出中三據點時，城隍已經傳來第二道符令，說明了家將團的受困位置，那是二十公里外的一處山區。

在林珊的指揮下，飛蜓、翩翩作爲斥候，先行前往城隍受困的山區探查；青蜂兒和若雨則一前一後，在石火輪前進路線四周探著，探查周圍有無魔軍的妖兵；福生動作較慢，便待在白石寶塔裡待命。

林珊藉由若雨和青蜂兒回傳的符令，判斷該指揮阿關往哪條路走，漸漸往山區逼近。

阿關到了山下，騎著石火輪往上前進；林珊在他後背上比劃幾下，施下了隱靈咒。

一路上果然有些鬼怪殘骸，沿途還有幾處焦黑的小破廟，都是原本潛伏山中的小邪神，遭到魔界妖兵們的攻擊。

漸漸往山上騎，這兒山坡是沒有路的，石火輪在斜坡上跑著，雜草樹木幾乎將石火輪掩沒。阿關一邊騎，一邊撥開往臉上扎來的雜草。

前頭傳來喧鬧聲響，像是打鬥聲，阿關趕緊加速往前騎去。那是處小坡，前方有許多長著兩顆頭的妖兵，拿著怪異兵器，正圍住一處洞穴，大聲吆喝著。

有隻妖兵對著四周吶喊，像是在那洞穴發現什麼，越來越多妖兵往洞穴處聚集，大夥兒都想衝進洞裡。

「那是什麼？」阿關有些驚訝，正開了口，抬頭一看，一名身型挺大的妖魔，就在頭頂上空，正好發現自己。

「有神仙！」那妖魔大喝一聲，舉起手裡的巨大怪刀，直衝下來。

林珊躍上空中，手裡現出長劍，與妖魔打了起來。

妖魔大刀虎虎生風，幾刀便將林珊逼回地上，顯然是魔將等級。林珊才落地，巨大魔將就已殺下，同時四周妖魔聽到了這魔將呼喝，全擁了上來。

林珊抛起白石寶塔，霎時虎吼聲震天，虎爺們全撲了出來；福生也扛著大鎚跳出來，和林珊聯手對付魔將。

阿火領著虎爺們撲進妖兵群裡，霎時只見斷肢殘骸飛了滿天，殺得妖兵們驚駭莫名，四處逃竄。

幾隻精怪像是早商量好一般，圍住阿關，不讓他上前作戰。阿關只好召出鬼哭劍，往妖兵裡扔去，用意念操縱鬼哭劍，來回突刺妖兵。

幾隻妖兵擠到石火輪前，伏靈布袋便從阿關口袋炸了出來，蒼白鬼手一把抓碎一隻妖兵。十來隻模樣奇怪的長手長腳也從布袋竄出，那是真仙總壇裡的八腳妖怪。長手長腳雖不似蒼白鬼手強悍，卻如麻繩一樣，纏上一隻妖兵手腳，捏著、抓著、踢著、打著，死纏爛打將他拖進布袋理。

只剩三隻手指的新娘鬼手也竄了出來，抓裂了一隻撲上來的妖兵。

小猴兒拿著一根短鐵棒，指揮著精怪保護阿關。小猴兒是那時在文新醫院讓阿關抓出惡念的精怪，雖然不似綠眼狐狸沉穩多謀，但也十分機靈，在白石寶塔精怪部隊裡已算是個小頭目了。

福生揮動大鎚，將一隻隻逼近的妖兵打飛，同時猛烈攻擊著那領頭魔將。魔將本已不如福生，再加上一個林珊在旁夾擊，不一會兒便落居下風，讓福生一鎚打傷了手臂，只好帶著妖兵往後頭逃，林珊則指揮著精怪虎爺追擊。

魔將逃到了方才那神祕洞穴前時，兩側草叢裡一條繩子突然拉起，將那魔將絆倒在地。一個拿著彎刀、頭綁白巾的大漢從樹上跳了下來，砸在那魔將背上，一刀砍進他的後背。

魔將哀號一聲，口裡流出了黑綠色的汁液。

「弟兄們，上！」那斬殺魔將的白頭巾大漢發出震天大吼，四周林子全騷動起來。

妖兵們發狂叫著，樹上又有許多頭綁白巾、拿著短刀長刀的漢子，一個個從樹上跳下，跳進妖兵堆裡就是一陣砍殺。

隨著帶頭漢子高聲叫嚷，那處神祕洞穴裡，也有許多同樣裝扮的傢伙殺了出來。其中有個漢子拿著一面大白旗。白旗正中有個紅色圓圈，圓圈裡頭寫了個大大的紅字——「義」。

後頭追上來的阿關一行，見了這兒情況都嚇一大跳。追在前頭的精怪們有些停不下勢子，衝到了這群白布條大漢們面前。

這些大漢有的神情呆滯，有的雙眼流血，十足是邪化了的鬼怪邪神。

幾個漢子見到了妖兵們後頭的精怪，以為也是妖兵同夥，吆喝著殺了上來。

林珊身子一晃，搶在前頭舞動長劍，逼退了幾個大漢。她仔細端詳這些漢子，突然驚呼一聲：「這是義民們！」

那帶頭大漢聽了林珊聲音，回過神來，招手大喝一聲，那些正要殺向林珊的大漢全都停了下來。

阿關見到那些大漢們似乎正邪化中，身上一團團惡念圍繞。而那帶頭大漢眼睛一紅一青，不停地晃著腦袋，似乎想擺脫腦中魔障。

帶頭大漢仔細看著林珊、看著阿關，許久才轉過身，對著弟兄們吆喝一聲，指著山區另一方向，呢喃地說：「他們……不是……南邊……還有……我們……上！」

漢子們彼此鼓動，隨著帶頭大漢往另一方向走了。

相傳古早土匪亂鄉，姦淫擄掠，有些捍衛家園的百姓組成了義民軍，協助官兵剿匪。那些戰死的義民受百姓供奉，建了義民廟，成了義民爺。

「義民們不歸天界管轄，各自由頭目帶領，鎮守地方，庇佑鄉民。太歲鼎崩壞後，四方土地傳來的情報說這些義民們都沒了影蹤。現在看來，他們應該是受了惡念感染，在義民頭目帶領之下，隱入了山林。」林珊這麼說，接著又解釋著：「魔王領大軍入侵凡間，攻進各地山林，專打邪神精怪，或許是這樣，才激起了義民們的反撲。」

此時翩翩傳回符令：「距離你們上山口東南方五公里處有一間民居，裡頭像是有人住，妖兵全往那圍去！唉呀，有個老頭？」

林珊和阿關對看一眼，收去了精怪、虎爺。阿關石火輪車頭一轉，朝翩翩講的那地方火速衝去。

石火輪飛快，一下子便騎到了那地方，遠遠便看見山裡有處較平坦的小坡，蓋了兩、三間木房，四周已經圍滿了妖兵。

木房前有個身穿奇異黃黑色長袍的大妖怪，狼頭人身，手拿兩柄大石斧，抵抗著妖兵們。在那大妖身後，站著一個老頭，阿關哇了一聲，原來那老頭就是在眞仙總壇搗亂的葉元道長。

葉元老道兩手抓滿了符，鬼吼鬼叫著，朝四周妖兵放咒，射出一道道紅色光芒，威力雖然不大，但有那狼頭大妖保護，也暫時安然無恙。

翩翩就在那葉元老道的正上方，獨力在上空與三隻魔將纏鬥。

三魔將個個驍勇、拿著奇異兵器，有一隻拿著蛇形長矛，一隻拿著兩把歪七扭八的怪刀，一隻則拿著一把釘耙。

翩翩雙月早已晃出大光刀，力抗三魔將。

「我們來了！」阿關騎著石火輪撞進妖兵堆裡。林珊則將寶塔一扔，福生便領著精怪、虎爺們又殺了出來。

福生掄著大鎚，將逼近阿關身邊的妖兵全都轟飛老遠，精怪、虎爺們奮勇衝殺，衝到了那民居前，老道人見了這奇異陣仗，也不知究竟是敵是友。

精怪們見老道人身前的巨大狼怪模樣十分凶悍，也不敢逼得太近，只好分散在四周對抗妖兵。

牙仔比起前些日子更凶悍了些，四處跳著、蹦著，咬碎一隻隻妖兵咽喉，叫聲也不像以前那樣尖細了。

二黑、二黃互相掩護殺敵，二黃沒有耳朵，二黑沒有尾巴，凶猛仍如往昔，張大了口向天吼著。

空中那三隻魔將見戰情扭轉，紛紛俯衝下來助戰。

翩翩快速跟上，攔下了那拿蛇形長矛的魔將；福生則對上那拿著釘耙的魔將；大狼怪則與拿著兩柄怪刀的魔將放對廝殺。

阿關在林珊保護下，殺到了老道人身邊。

葉元老道聲音嘶啞，驚駭喊著：「你是什麼人？」

「你忘了？我們不久前才一同在眞仙總壇大鬧過啊！」阿關大聲應答。

「啊呀！」葉元老道哇了一聲，這才想起阿關。那時他只記得有個自號泰山門的傢伙在講台上教訓九天上人，倒沒有仔細去記這泰山門徒弟的模樣。

「小伙子，你也懂得奇門異術？」老道見著阿關手裡的鬼哭劍和白焰符，驚訝地問：「哪來這麼多妖魔鬼怪？」

阿關不知該如何回答，索性隨口笑著說：「從地底爬上來的……」還沒說完，就拋出了鬼哭劍，只見鬼哭劍在空中盤旋，刺穿一隻隻妖兵身子。

不出一會兒，三魔將紛紛不敵。翩翩在空中將那拿蛇矛的魔將擊落地，順勢打下一陣五彩光圈，將那魔將劈得傷痕累累。

與福生對陣的魔將，則漸漸力竭，氣喘吁吁；另一邊，大狼怪與那雙刀魔將雖然勢均力敵，但林珊在一旁不時放出金光攻擊魔將，使得大狼怪也漸漸佔了上風。

三魔將見戰情不利，彼此吆喝一聲，在妖兵掩護下，當下四散，往三處方向逃去。

林珊正準備下令追擊時，飛蜓傳來了符令：「見到城隍了！」

「離山口西北方十公里溪邊坡上，有個巨大的魔王領著好多妖兵，正包圍著城隍和家將團！」飛蜓悄聲說著：「魔王有四隻眼睛，身上包滿黑布，像是受了傷一樣，應當就是四目王，我先去助陣了！」

福生招呼一聲，精怪、虎爺乖乖收兵整隊，準備趕去救城隍。

葉元老道傻愣愣地張大了口，看這奇異景象，直到阿關一行正要離開時，才出聲吶喊：「諸位神仙！你們上哪兒去？」

翩翩跟在隊伍的後頭，回頭看了老道一眼，隨口答：「去斬妖除魔。」

葉元老道深吸一口氣，覺得全身熱血沸騰，情緒激動了起來，嚷嚷叫著：「等等我，我也和你們去斬妖除魔！」

阿關回頭看了老道一眼，想了想，對林珊說：「留他在這裡，要是又有妖兵來攻，豈不是危險？」

林珊點了點頭，對葉元老道招了招手。老道喜出望外，拉著大狼怪跑進隊伍，對著翩翩、福生、林珊等鞠著躬，他感到林珊等身上的靈氣，知道他們不是凡人。

林珊在老道額上畫了個符令，翩翩也順手在大狼怪背上畫了符令。老道正要開口講話，就讓福生拎了，跳進寶塔。

大狼怪見狀有些驚愕，隨即也跳進寶塔，精怪、虎爺也一隻隻跳進寶塔。

阿關石火輪加速往西北邊衝去，翩翩跟在後頭，石火輪飛快，她漸漸要跟不上。

翩翩見前方石火輪後座上的林珊側坐著，一手舉著白石寶塔，一手拂著頭髮，情景竟有些像是以前的自己與阿關，不禁吸了口氣，只覺得視線漸漸模糊了起來。

□

「哇！又是哪來的傢伙？」若雨大叫著，她和青蜂兒居高臨下，看著上山口那條狹長山道擠滿了妖兵，卻沒有魔將領著，妖兵們怪叫著、騷動著。

這是因為在山道前頭，不知從哪兒跑出了一群鬼怪，個個模樣奇特、青眼獠牙，和那些妖兵擠成了一塊。

若雨驚訝叫著：「魔王竟然召集凡間鬼怪！」

「不對……」青蜂兒搖搖頭說：「看他們樣子，不像是朋友，啊呀……打起來了！」

青蜂兒還沒說完，在狹長山道相逢的妖兵鬼怪已經打了起來，互相撕咬、砍殺著。妖兵比鬼怪多上許多，但惡鬼裡有隻巨大黑鬼，粗壯黑胖，威風凜凜，赤著雙手，抓起妖兵就往口裡送。

「原來是這傢伙！」青蜂兒和若雨飛得較低了些，這才看了清楚，那讓上百妖兵包圍著的大黑鬼王，原來是鬼王鍾馗。

鍾馗穿著一身暗紅色大袍，皮膚墨黑，兩隻眼睛青青亮亮，瞪得老大。鍾馗一邊怪吼怪叫著，撕裂了許多妖兵，手上抓著的碎肉，全往口裡塞。

鍾馗嗜吃鬼，在太歲鼎崩壞前，一直在人間遊蕩，領了一干孤魂野鬼自立爲王，時常與天界作對。

神仙見他雖古怪，但也沒生什麼大禍事，還時常清除一些危害鄉民的惡鬼，便也任由鍾馗稱王。

太歲鼎崩壞後，有些神仙預料這性情陰晴不定的鬼王必定會受惡念侵襲，成了大惡鬼。但出乎意料的是，鬼王反倒沒了消息，於是又有神仙謠傳，鬼王一定是在和其他邪神的拚戰裡喪了命。卻想不到這鬼王竟然於此刻在這山區出現，且還與魔軍交戰起來。

「那是什麼？」青蜂兒指著山道另一邊那小岔路，又殺出了一支舉著旗幟的義民軍，大約五十來個，義民們衝進妖兵堆裡，一陣狂殺。

妖兵們沒有魔將率領，數量雖多，但卻群龍無首，毫無章法可言，此時讓鬼王和義民兩頭衝殺，一下子全亂了手腳，東逃西竄。

「紅雪姊，妳看！」青蜂兒指著那激戰亂鬥的場面大喊：「鬼王的兵馬和義民竟沒有起衝突，還互相掩護，原來他們是早商量好了協力伏擊魔軍的！」

「那邊！」若雨則指著另一邊山坡，又有大批妖兵擁來，往山道前進。

「鬼王性情古怪，咱們現在下去助陣，說不定還惹惱了他，但是去攔下那些前來支援的魔軍，應當無妨吧！」若雨和青蜂兒對看一眼，往遠處那山坡殺了去。

這支妖兵們同樣沒有魔將領著，亂糟糟地往山道推進，只見到天空一紅一綠兩道光影閃來，落下一片光針火球。

若雨和青蜂兒直直衝殺進妖兵堆裡。

35 鬼王鍾馗和義民爺

數天前的一個黑夜，天空無風無雲，月光青冷。

幾名妖兵賊賊笑著，你推我擠地往山上走，不時踏著了山道邊的幾朵花，那些花朵顏色灰濛濛的，讓妖兵這麼一踩，登時爛了，根莖部分還流出帶有奇異味道的汁液。

這座山雜草茂盛，四周的樹也高，茂密的枝葉幾乎遮住了月光，樹幹是灰黑色的，樹葉也是灰黑色的。

「我說這地方眞是親切呀，看起來就和咱們故鄉一樣！」一名妖兵這麼說，其他妖兵也同聲附和。

「聽說南天門發生了大劫，太歲鼎裡的惡念全落下來了，人間再過不久，就要變得和咱們魔界一模一樣啦！」另一名妖兵身上扛了隻鹿精。這鹿精奄奄一息，身上全是傷痕，四隻蹄子都給綁得死緊。

「你們瞧，那邊也有隻精怪！」妖兵們見著了前頭一個小窩附近，佇著一隻兔精。兔精一見著妖兵，拔腿便跑。

妖兵們張牙舞爪地追去，左右包抄，兔精腿上血跡斑斑，顯然也受了傷，動作踉踉蹌蹌，不一會兒便讓妖兵們團團圍住。

「你們打哪兒來的？到底想做什麼？」兔精靠在一塊大石邊，喘氣問著。

妖兵們嘿嘿地笑答：「咱們打地底來的，是神仙的棄兒，現在來找神仙們報仇了！」

另一名妖兵大聲喝問：「你這精怪，快說神仙們都躲在哪兒？」

兔精身子發著抖：「我們哪裡知道神仙在哪兒呢？這山上精怪大都與世無爭，幾乎終年藏匿山中，你們上山亂殺一通，就算將咱們皮都扒了，咱們還是不知道吶！」

妖兵們也不理會那兔精的辯駁，而是彼此交頭接耳地笑說：「嘿嘿，聽到沒有，他說扒了他的皮，他也不知道呀！」

另一名妖兵大笑：「扒皮就扒皮，管他知不知道，扒下他的皮玩玩也好，哈哈！」

兔兒精又要跑，妖兵們已經撲了上來，一把便抓住了這負傷兔精的後腿。

兔精還掙扎著，那妖兵已經拔出了腰間刀子，就要往兔精腿上劃。

「你別獨吞──」「我也要扒皮！」「讓我扒、讓我扒！」妖兵們狂叫著，都搶上前要去扒那兔精的皮。

突然大樹上一聲嚎吼，一個大漢從樹上落下，一刀斬死那抓著兔精的妖兵。

其餘妖兵們嚇得一下子退了開來，紛紛拔出兵器，指著那大漢喝問：「你是什麼傢伙？」

「我乃義民爺李強──」自稱李強的大漢拍了拍結實胸膛，兩隻眼睛發著精光，怒喝：「你們這些妖魔鬼怪又是什麼玩意兒？快把山中精怪放下！」

妖兵們你看看我、我看看你，卻沒有一個敢上前和李強硬拚，只得丟下擄來的精怪，轉身要逃。李強則揮動大刀，正要追趕。

樹林間傳來幾聲尖嘯聲音，正欲逃跑的妖兵們聽了，個個叫喊起來，有些還轉頭向李強挑釁：「死老粗！你死定了，咱們魔界大軍殺到，你可慘了，有種的別逃，看咱們大將怎麼殺你！」

李強哼了哼，大步一跨，衝上前去一刀斬死那出言挑釁的妖兵。

其餘妖兵見了，都尖聲大嚷起來：「夥伴們！快來幫忙，這裡有個惡神仙啊！」

遠處尖嘯一聲聲傳來，幾大隊妖兵彼此通報，全趕往這裡支援。

李強用刀挑斷繩子，放了那些被妖兵們扔在地上的精怪們，說著：「快滾吧！」

精怪們都伏下地來，感激說著：「好義民爺啊，您和咱們一塊逃吧，這些妖魔也不知從何而來，一上山便四處抓精怪逼問什麼『神仙主營』，什麼『太歲鼎藏身處』之類的鬼問題。他們好凶悍呀，還有幾個頭頭領隊，您和我們一塊逃吧！」

李強哼了哼，眼睛發出了紅光：「要你們滾就滾！別拖拖拉拉，告訴你們，我肚子餓得很，再不滾我就將你們全吃了！」

精怪們讓李強一吼，都不知所措。只聽見妖兵大隊已經開到了前頭，一片黑霧漫來，妖氣沖天，精怪們只得逃了。

李強將大刀插在土裡，從腰間取出一塊白布，緩緩綁在額上。

領頭那妖魔瘦瘦高高，騎著一匹紅毛三頭獸，指著李強問：「就是你這神仙打我手下？」

李強並不答話，自地上拔起大刀，橫舉在胸前，兩眼精光更盛。

「拿下他！」領頭妖魔手一揮，身後妖兵一個個張牙舞爪殺來，一下子將李強團團圍住。

李強喃喃說著：「你們這些自地底爬上人間的妖魔吶，你們若是有膽子，就去向大神仙挑釁，那可與我無關。但你們上山欺負山精鬼怪、凡人百姓，我這義民爺可看不過去啦！」

領頭妖魔哈哈一笑：「什麼義民爺，看不過去又怎樣？」

「看不過去，便把你們全都殺了。」李強高喝一聲：「弟兄們，上啊——」

周遭幾棵大樹躍下了一個個義民爺，有的拿著鋤頭、有的拿著鐮刀，個個頭綁白巾。一個胖壯大漢也自樹上躍下，還扛著一幅大旗，上頭寫了個大大的「義」字。

「神仙無能，放任魔界妖魔上凡間屠戮生靈百姓，兄弟們今兒個再次起義，替天行道——」李強大喝一聲，大刀一揮，身邊十來隻圍上來的妖兵全給斬成了兩截。

「打！」義民爺們高聲吶喊，一個個精神抖擻，躍進了妖兵堆裡大開殺戒。

領頭妖魔給這些從樹上躍下的義民們殺得不知所措，跌下了三頭獸，兩隻大爪子閃動異光，奮力打退一個義民，竄出戰圈，棄了手下自個兒轉身要逃。

「哪裡跑！」李強見了，吩咐著那扛著大旗的義民爺：「王海！你領兄弟追殺妖魔，我去殺他們頭頭。」李強邊喊，朝那領頭妖魔緊緊追去。

領頭妖魔逃了好久，見李強還追得緊，轉身來戰，兩隻爪子卻讓李強砍落一隻，只得再逃。

李強鼻子哼出黑氣，雙眼閃耀著殷殷紅光，越追越怒，只覺得心中恨意像野火燒乾柴一樣猛烈。他不僅恨眼前這妖魔，也恨起大神仙、恨起蒼天大地，莫名怒火充塞整個胸膛，像要爆炸一般。

「給我站住！」李強大吼著，前頭那妖魔陡然停下，回身唸起咒語。

李強怒氣攻心，一時不察，竟中了這妖魔妖術，霎時天旋地轉，就要倒下。

「你這落魄神仙可眞莽撞，我的同伴很快就要到了，你這下可找死了！」妖魔嘿嘿笑著，朝著天空發出紫光，傳令給其他夥伴。

李強撐起身子，全身顫抖起來，身上的異咒忽冷忽熱，更讓他憤怒狂暴。他並不知道自己正漸漸邪化，還當作是領頭妖魔的邪咒厲害。

「哈哈！來了、來了——」領頭妖魔見到前頭樹林騷動，大隊兵馬開到，高興地鼓掌大叫：「這邊、這邊，大假、大餅快來幫忙，這落魄神仙好厲害！」

「大假、大餅來也！」一聲大喊響起，領頭妖魔有些奇怪，這聲音並不是夥伴大假和大餅的聲音。

聲音還未停歇，兩顆腦袋便被拋了過來，領頭妖魔大吃一驚，落在他眼前的，正是大假和大餅的腦袋，他們都是四目王手下魔將底下的嘍囉小頭目。

領頭妖魔還不明白發生什麼事時，只見眼前紅影一閃，一個身穿紅袍、大黑臉、滿臉亂鬍子的壯漢已經竄到他眼前，一手掐住他的頸子。

紅袍大黑漢伸出舌頭，從地上提起剛才扔來的一顆腦袋，湊到那領頭妖魔臉旁，嘿嘿笑著問：「仔細看看，這是大假，還是大餅吶？」

「你……你……」領頭妖魔給這大黑漢掐得難受，伸手想要抵抗，那大黑漢手一揚，將他高高拋起，摔在李強腳邊。

「你聽好，我乃凡間鬼王，鍾馗是也！」鍾馗哈哈大笑說：「你們這些地底傢伙，上來亂搞，不將我們凡間惡鬼放在眼裡是吧！」

鍾馗見那李強眼睛通紅，滿身黑氣，以為李強和妖魔是同一路的，哼哼地說：「這樣好了，你們兩個打一架，誰打贏，我就放他活今天！」

領頭妖魔愣了愣，還不知道要不要打，一旁的李強已經狂嘯起來，一刀將那領頭妖魔的腦袋給砍落。

鍾馗拍手叫好：「好啊、好啊，你這傢伙也厲害，地下的果然凶狠，說殺就殺。我鍾馗一言既出駟馬難追，我放你活今天，明天要是讓我遇著了，我可不放了，滾吧！」

李強眼睛噴火，一股怒氣湧上心頭，猛喝一聲揮動大刀朝鍾馗撲去。

「唉呀！」鍾馗見李強不但不逃，還撲上來打，也嚇了一跳，但一點也不示弱，張開大手便上前迎戰。

李強兩眼發紅，殺得興起，一刀一刀往鍾馗狂斬。或許是因為莫名激憤攻心，施力過頭，一刀劈在一棵大樹上，幾乎要將那樹劈倒。鍾馗趁勢一拳打來，將李強擊倒在地，哇哈一聲撲在李強身上，就要扭他脖子。

但李強力氣也大，格開了鍾馗的手，一拳打在鍾馗腰上，將鍾馗也打翻下地。

他倆快速起身，又扭打成一團，鍾馗大批鬼怪全叫嚷起來，都要上來助陣。

「誰准你們插手！」鍾馗又挨了李強一拳，後退幾步，手一攔，將身後那些要趕上來助戰的鬼卒們喝退。他齜牙咧嘴，像是在獰笑，抖了抖肩，一雙大黑手張得極開。「你們沒見到他要和老子打架？老子要和他單對單，可別讓他說咱們地上鬼怪不能打。來吧。」

那頭李強雙眼血紅，好似已經失去了神智，他大吼一聲，高舉著拳頭撲衝上來。

李強已經衝來，一拳揮來氣勢萬鈞。鍾馗撇頭閃開這拳，跟著挺起肚子；李強便順勢再一拳擠在鍾馗那大肚子上，大拳頭直直打進鍾馗肚腹肉中，卻拔不出來。鍾馗嘿嘿一笑，猛一巴掌搧在李強臉上。

李強讓鍾馗這麼一打，腦中清醒了些，本能地用剩下的一手還擊，卻讓鍾馗緊緊扣住了那手。

李強一手陷在鍾馗大肚子中，一手讓鍾馗抓住，鍾馗便空下了一手。大黑手五指又粗又黑，手掌也極大，一巴掌、一巴掌地搧著李強，將他打得七葷八素。

「你服不服？」鍾馗大喝一聲，大掌結成拳頭，就要往李強腦袋轟去。

李強鼓足了全力，將陷在鍾馗肚子裡那拳頭抽了出來，也揮拳往鍾馗臉上打去。

轟隆一聲，鍾馗和李強臉上都吃了對方一拳，彈開老遠。

「好傢伙！好重的拳頭！」鍾馗捂著臉在地上滾了兩圈，吐了幾口血。掙扎起身正要再戰，卻見到李強傻愣愣地還坐在地上，也是一手摀著臉，神情卻是茫茫然然。

鍾馗大吼：「你這傢伙怎地突然洩了氣，老子才剛來勁咧，快給我起來再打！」

李強呆愣愣地望著鍾馗，問：「你這黑胖子打哪兒來的？」

鍾馗噫呀氣罵：「啊呀！你這地底妖魔記性眞差，老子剛剛不是報過名號了！」

「我不是地底妖魔，我乃義民爺李強！」李強站了起來，看來已經清醒許多，眼中的紅光也褪去了不少，他說：「我本來追著一個妖魔頭頭，他上哪兒去了？」

「上哪去了？」鍾馗指著地上那頷頭妖魔的腦袋說：「剛剛讓你砍下腦袋，你問我上哪去了？」

「地上怎麼三顆腦袋？」李強回頭望著身後地上，不解地問。

「另外兩顆是我摘的！」鍾馗瞪大了眼：「我是鍾馗，凡間大鬼王就是我！我本來在山間睡覺，專吃惡鬼。最近山上來了一群一群妖魔，自稱從地底竄出，要一統凡間，老子不服，專打他們，要將他們趕回地底。」

「咦？」李強聽了，不禁有些高興，他哈哈大笑說：「那還眞巧，我也專打這些妖魔，我有一票兄弟，都是義民爺！你這鬼王大名我早就聽過，咱們合作，如何？」

「跟你合作？」鍾馗咕噥一聲，呸出口中血污，哼哼地說：「老子天不怕地不怕，倒怕你像剛才一樣突然瘋起來，六親不認，亂打一陣！」

「我剛才怎麼了？」李強呆然問。

「去你的，通通不記得了？」鍾馗拍拍腦袋想了想，說：「要合作行，叫你那票兄弟來，今天老子打了勝仗，正要好好慶祝。你們一起來，陪老子吃吃喝喝，一起商量對抗妖魔。」

「好，一同替天行道，將妖魔趕回地底！」李強揮了揮拳頭。

「老子可不替『天』行道，老子是替自己打妖魔！」鍾馗搖搖頭。

李強也沒再說什麼，抬頭看看夜空，天空露出皎潔月光，心中寧靜許多，那莫名怒火退去了不少。

□

「城隍就在前面！」林珊指著前頭那長坡，出聲提醒。

阿關鼓足全力踩動踏板，石火輪風馳電掣，經過了一段長坡，前頭是座小崖，崖下就是溪。對面的山頭已經擠滿了妖兵，一隻隻往下跳。

阿關一拉車頭，石火輪竄上半空，往崖下俯衝。

從半空中看下去，只見到城隍左肩整個沒了，斷處還不停淌出紅血，讓范、謝、甘、柳四將軍圍著，外頭再圍著春、夏、秋、冬四季神。

八位家將把城隍團團圍著，對抗四面殺來的妖兵。

而飛蜓在空中竄著，後頭緊追著飛蜓的則是四目王。

石火輪還沒落地，後頭跟上的翩翩已經撒下漫天光圈，替石火輪開路，射倒一片妖兵。

林珊舉起白石寶塔，福生帶頭殺出，精怪、虎爺分兩路衝向城隍處，接替家將，將城隍接出戰圈。

原來城隍領著家將團巡山時，遇上了幾十隻妖兵。城隍下令攻擊，卻引來更多妖兵圍攻，受困山林間，且戰且走了好一會兒。

城隍在發出符令求救之後，仍然繼續逃竄山間，神仙落難山間的消息，也終於傳至在鄰近山區搜山的四目王耳中，四目王隨即帶著大隊妖兵殺來。

城隍對上四目王，瞬間就讓四目王一刀砍落左肩，連著左手都落了地。妖兵們撿了斷手就張口去吃，將城隍的斷手給分食了。

飛蜓及時趕來，引開了四目王。儘管四目王前一天讓二郎重傷的身子還沒復元，仍然強過飛蜓許多。飛蜓則仗著自己速度快，且戰且走拖延時間，等待林珊來援。

家將則苦守著城隍，所幸四目王身邊沒有魔將，妖兵雖多，但一時半刻也無法突破八將陣式，總算撐到了救兵來援。

林珊對著城隍施放治傷咒。城隍臉色發白，還不斷說明剛才情況。林珊招來幾隻精怪，扶著城隍進了寶塔。

空中的四目王見了阿關一行殺到，還救走了城隍，火冒三丈，四隻眼睛都紅得嚇人，像要噴出火來一般。他棄了飛蜓，直衝向阿關。

一道白影掠過阿關頭頂，擋下了四目王攻勢，正是翩翩。

翩翩早已晃出雙月光刀，對著四目王就是一輪猛攻。四目王四眼圓瞪，似乎有些驚訝這蒙臉小仙竟如此強悍。他揮動大刀擋下所有攻擊，往後一退吸了口氣，才要全力反攻，後頭的飛蜓已經一槍刺來。

「好傢伙！」四目王閃得狼狽，讓飛蜓長槍劃過肩頭，劃破了華服一角，氣得大吼。

接著，又有幾道金光打向四目王頭臉，是林珊放出的光術。林珊從側面殺來，翩翩也跟上，三神將圍住四目王三面夾攻。

「難怪弒天這瘋婆都栽在你們手裡！」四目王大吼著，狂揮大刀四面砍：「我還當正神只剩文弱殘兵，想不到除了二郎，連你們這些小娃都這麼悍！」

「別讓他喘息，一口氣打下他！」林珊一邊指揮，一邊放出金光助攻。飛蜓和翩翩則卯足全力，劈砍突刺裡夾雜著光圈、風術，攻擊四目王全身上下。

福生跳上半空，也加入戰局，重鎚連連砸向四目王。

四目王力戰四神將，戰得滿頭大汗、怒吼連連，不住向後退著。

阿關在地上觀戰，恨不得生出翅膀飛上天幫忙。看著手上鬼哭劍，又不敢亂扔，上頭打得眼花撩亂，怕會誤傷自己人。

葉元在寶塔頂觀戰，見了這等戰況，一邊驚訝莫名，一邊熱血沸騰，大吼大叫著：「我隱居山中這麼多年，什麼時候天地間出了這麼些妖魔鬼怪，我都不知！大傻、大傻——咱們出去幫忙，出去幫忙！」

葉元方才見了精怪們都從塔頂牆沿跳出，曉得出去的方法，便有樣學樣牽了那叫作大傻的大狼怪，往塔外跳去。精怪們攔不住老道，只好任他跳出。

葉元跳出了塔，在地上打了個滾，身手也算矯捷，立時站了起來，掏出符就射。他一時也分不清楚精怪和妖兵，還不小心將符光射在精怪身上。然而老道所學符術，本來專剋惡鬼，對這些魔界妖兵沒太大效果，打在精怪身上也只是一陣疼痛。

「你別亂打，有些是自己人！」阿關連忙拉住了老道人，阻止他繼續亂打。

大傻則拿著石斧左劈右砍，一下子打飛砍碎好多妖兵。

四目王身上還帶著昨日和二郎大戰後留下的傷，此時被歲星四將圍著猛攻，很快便露出敗象，終於抵擋不住，轉身往後飛去，一邊吆喝著妖兵撤退。妖兵們怪叫著，全都跟著逃。

林珊則領著神將、精怪、虎爺追擊，翩翩一陣急攻，幾道光圈往四目王身上打去。四目王擋下十來道光圈，卻還是中了三道，胸口、手臂、大腿都讓光圈劈過，裂出好大傷痕。

四目王怪吼一聲，四隻眼睛射出奇異光芒，翩翩讓這奇異光芒映得眼睛生疼。四目王趁機一刀砍來，翩翩用雙刀硬接，只覺得手腕給震得疼痛，身子像風箏斷線，硬生生給打落墜地，摔在虎爺堆裡。

四目王這記大劈砍雖然石破天驚，卻也因此露出了大破綻。

福生喝了一聲，現出巨大犄角，一記犄角掃在四目王腰上；飛蜓也鼓足力氣，一槍刺進四目王後背。

林珊見機不可失，揮動長劍殺向四目王。四目王接連吃了兩記攻擊，勉強硬擋林珊的連環刺擊，轉身往後飛去。

阿關扶起了地上的翩翩，見她嘴角流出了血。

翩翩皺著眉搖頭說：「可惡大傢伙，蠻力還真大。」翩翩邊說，邊跳了起來，雖受了傷，卻也不太嚴重，正要再飛上去向四目王討回這記劈砍。

「追！」林珊一聲令下，領著飛蜓和福生追擊四目王，底下精怪虎爺也跟著號令，追殺那隨著四目王撤逃的殘兵。

突然雲端一片紫光漫來，阿關揉揉眼睛，見到自己站在一片草叢中，本來的溪流已經不知去向，後頭是片樹林，四周草木樹石全籠上一層淡紫色光芒，有百來隻妖兵在遠處逃竄，身旁只有翩翩、老道、大傻，以及牙仔等幾隻虎爺。

林珊、飛蜓、福生和其餘精怪虎爺們，全不知上哪去了。

而另一方林珊領著飛蜓、福生和精怪虎爺追到了對岸，紫光蓋下時立時察覺，驚訝喊著：「小心天障！」

林珊還沒喊完，發現四目王已經不見了，只剩些許妖兵在遠處逃竄。飛蜓、福生小心翼翼環顧四周，精怪、虎爺們則騷動起來，似乎不解眼前情況。

林珊擔心騷動擴大，便將精怪、虎爺都收進了寶塔。

「混帳魔王藉著天障逃了！」飛蜓怒吼連連，揮動長槍左右劈砍，宣洩心中怒氣。

「誰說魔王逃了？」一個嬌媚的聲音響起，平靜溪流突然激烈起來，大水轟然從上游炸下，淡紫色的水凝聚成團竄上了天，像是一條巨大水蛇，站在水蛇頭上的，正是魔王雪媚娘。

雪媚娘身後跟著十來個女魔將，荊棘、蕪菁則站在雪媚娘兩側。

雪媚娘掩嘴嬌笑：「聽說歲星帳下有個小仙，是備位太歲的貼身護衛，不但美貌，且剽悍無敵，方才見了，只覺得見面不如聞名，不怎麼厲害，只敢躲在人家後頭撿便宜！」

林珊哼了一聲，沒有回答。

雪媚娘擺了擺手，風姿動人，笑著說：「我手下魔將也是個個美麗，智勇兼具，要不妳去和歲星說說，我讓個小將給備位，做他的貼身護衛好了。啊呀，可惜傳聞都說，歲星已經邪化，變成了一個惡神，這美事可牽不成線了，呵呵。」

飛蜓、福生聽了，紛紛大吼，恨不得將這雪媚娘生吞活剝。

林珊冷冷地說：「妳這魔界老妖，消息都比別人落後，備位貼身護衛早換了人；備位太歲也升格成了代理太歲；太歲爺也沒邪化，只是讓邪神俘擄。」

雪媚娘嘻嘻笑著：「換了人？換成妳了是吧，嘻嘻，新不如舊、新不如舊。我猜吶，那備位太歲也一定這樣想：『新不如舊、新不如舊吶！』」

還沒說完，幾道光束已經迎面打來，雪媚娘從容閃開，呵呵笑著說：「喲，生氣了！」

林珊皺起眉頭，難得動了怒，長劍連指，幾道金光射向雪媚娘，全讓雪媚娘輕易閃過。

雪媚娘手一招，身後十來名魔將紛紛落地，她嬌笑著：「妳不服氣？比試比試就知道了，看是你們這干歲星部將強些，還是我麾下女將強些。」

「我服氣！」林珊兩手拉住福生和飛蜓，用力往後一跳：「快走，魔王在拖延時間！」

飛蜓和福生本來都怒火沖天，就等著林珊下令廝殺，但林珊卻拉著他們後退，兩人一愣，只好順著林珊的勢子往後躍去。

雪媚娘愣了愣，大聲喊叫：「好ㄚ頭！給我追！」

原來雪媚娘在另一處地方巡山，途中撞見趕來求援的四目王手下三名魔將，說是神仙帶著兵馬攻進了這邊山區。

雪媚娘便趕緊領著十數名女魔將及數千妖兵來援。她趕到這小溪谷時，四目王已讓林珊等神將圍攻，雪媚娘連同十來女魔將合力，布下超大天障，將這山區的神怪幾乎全封了進去。

雪媚娘曉得這些歲星部將儘管厲害，真打起來仍不是己方大軍的對手。但林珊等倘若不戰反退，跑給她追，卻也麻煩得很，因此她便故意用話激林珊，想要逼對方自個兒送上門來。

林珊雖然動氣，卻也知道己方三人打不過這魔王大軍，但要逃卻逃得掉，索性拉了福生、飛蜓撤退。

林珊拉著福生跳入白石寶塔，飛蜓接下白石寶塔，急急往後飛竄。

「老是逃，真沒意思！」飛蜓恨恨埋怨，卻仍照林珊指示，攜著白石寶塔全力回頭飛竄。

女魔將們緊追在後，飛蜓速度快，漸漸擺脫了追兵。

此時四周慢慢有些妖兵從兩旁草叢竄了出來要攔路，都讓飛蜓挺槍刺死，這些都是四目王的妖兵。

四目王讓雪媚娘救出後，在部分妖兵護衛下，撤回真仙總壇。而本來去向雪媚娘求援的三名魔將，則將四散的妖兵重新整聚，殺進天障助陣。

一個拿蛇形長矛的魔將突然竄出，一矛刺向飛蜓，飛蜓閃了這矛，回刺一槍。

一神一魔在狹長山道間展開激戰。

眼見後頭的女魔將就要殺來，飛蜓猛揮紅槍，狂戰那拿蛇形矛的魔將。

一個女魔將速度較快，一下子追到飛蜓後頭。飛蜓也不搭理，自顧自地大戰那蛇形矛魔將。女魔將雖然狐疑，卻還是一劍刺向飛蜓。劍還沒刺到飛蜓身上，就覺得眼前金光一閃，一道金光打在臉上。

女魔將讓那金光打得往後翻去，還不知道發生了什麼事，就見到林珊已經躍在眼前，一劍刺了過來，刺穿了自己脖子。

「薔薇！」這女魔將後頭跟著另一名女魔將，見了這叫作薔薇的同伴讓平空變出的林珊刺傷，驚訝莫名。只見那小寶塔又是一晃，福生也竄了出來，一鎚朝自己打來。

福生這記重鎚使出了全力，轟地砸在女魔將胸前，將女魔將砸得疾飛出去。

林珊、福生奇襲得手，立即又跳回寶塔。

後頭的女魔將見了前頭同伴一個離奇倒下，一個突然飛來，出手的神將神出鬼沒，都覺得驚駭莫名。

拿著蛇形矛的魔將卻看得一清二楚，哭笑不得地罵：「可惡的神仙，用如此招數！」

「如此招數，對付你們已經足夠！」飛蜓大笑地說，跟著一槍刺進蛇形矛魔將拿著長矛的右臂。飛蜓這一槍上帶著風術，長槍刺進魔將手臂時，旋風也竄了進去。

魔將大吼一聲，右臂整個被旋風扯斷了，長矛也落了地。

飛蜓呼嘯一聲，一柄打在魔將腦袋上，隨即又連刺了他三槍。

「風來！」飛蜓又放出兩道旋風，將那魔將打飛老遠，同時回頭往身後也打了幾道風，阻止追來的女魔將。跟著轉身急竄而走，也不理蛇形矛魔將死了沒。

追著的女魔將們躲過旋風，救起中了奇襲的薔薇和野蘭，然後見了掛在樹上那斷臂魔將的屍身，只是眉頭皺了皺，繼續追去。

白石寶塔內，城隍肩頭裹上了一層層治傷紗布，坐在塔頂一棵樹下休養。塔裡早已囤積了許多治傷咒和靈藥，有兩、三隻精怪專職負責替其他精怪治傷。

「這天障好大，要找到出口可不容易！」林珊在塔頂往外看，面露愁容。她剛打出一張符令給阿關，正等著阿關回傳。

林珊背後已經聚了六隻狐狸精，都是搜尋天障出入口的能手，正等著林珊下令出去搜尋。

「唉呀！綠眼睛老大不在，沒有個頭頭領著啊！」一隻狐狸精憂心忡忡地說著，以往向來都是綠眼狐狸帶頭，領著這批狐狸精們找著天障施術點的。

「我想出口可能還是在溪邊。」林珊皺著眉說：「但是現在折回去只怕碰上那魔王。」

「魔王雖然勢大，未必對付不了！」福生握著拳頭說。

「即便對付得了，我們也必定損傷慘重。金城大樓一役，靠的是黃江帶來的十來張強力結界符咒。現在阿關他們行蹤不明，蜂兒和紅雪姊也在別處，光靠我們，要如何對付那女魔王？」林珊搖頭。

「我看那女魔王沒有弒天來得強悍，否則早追來了！」福生這麼說。

「就算是這樣，也得找著了阿關再說啊，雖然翩翩姊和他一起，卻不知那些義民是否穩當，要是突然發狂，翩翩姊未必保得了阿關。」林珊仍然搖頭。

「……」福生搔搔頭，知道論機智自己是幫不上大忙，索性坐在城隍身邊，從衣服裡掏出飯糰，大口吃了起來。他見城隍盯著自己瞧，便又掏出了個飯糰遞給城隍。城隍苦笑，搖搖手說：「你吃就行了……」

飛蜓在外頭又飛了一會兒，後頭女魔將仍緊追著，一股紫風越逼越近，想來是雪媚娘親身來追了。

林珊召了幾隻鼴鼠精，從中選了兩隻膚色接近紫色的鼴鼠，吩咐了些話，又放了張符令給飛蜓。

飛蜓收到符令，往後放出幾陣旋風，捲起一片土石，隨即跳進寶塔。寶塔才要落地，立時讓跳出寶塔的兩隻鼴鼠精接著，往草叢裡鑽去。

女魔將們遠遠看去，只見到飛蜓突然轉身放風，等土石塵埃散去後，就什麼也見不著了。卻不知飛蜓已經躲進了寶塔，而寶塔由鼴鼠精接著，躲進了一旁草叢土石間。

兩隻鼴鼠精身上讓林珊施下了隱靈咒，躲在草叢裡一動也不敢動。

雪媚娘領著魔將追來，在這附近停下，怒氣沖沖地向手下魔將喝問飛蜓的行蹤。

林珊則在塔頂，領著神將聚精凝神待命；飛蜓、福生都手執武器，靠牆極近；家將們也在後頭，隨時準備發難。

林珊手高舉，等著下令，要是雪媚娘沒發現鼴鼠精便罷，要是她發現了，等她靠近時便殺她個出其不意。

只見到雪媚娘怒斥連連，領著魔將繼續沿著山道追了下去；而鼴鼠精還是不敢妄動，生怕雪媚娘又折回來。接著，後頭大批大批的妖兵跟了上來，成千的妖兵排成了列，追隨雪媚娘而去，都是要捉拿林珊一行的，裡頭有許多奇異妖魔，還有數不清的八腳妖怪。

妖兵們不停跑著，只想趕緊跟上雪媚娘，誰也沒發現一旁草叢裡的兩隻小鼴鼠，和他們身子下的白石寶塔。

鼴鼠精慢慢移動身子，往草叢石縫深處前進，等距離妖兵大隊一段距離時，才加快了速度，往反方向的溪邊前進。

「這招眞妙！」飛蜓等神將見雪媚娘氣急敗壞地追去，都哈哈大笑：「這魔王還以爲是咱們跑得快，豈知咱們又繞了回去！」

林珊靜默不語，她想到阿關與翩翩獨處，心中有些不自在，卻又不知道要如何尋到他們。最快的方法，便是趕緊破了這天障。

妖兵大隊紛亂綿長，爲了避免被發現，兩隻鼴鼠慢慢地朝溪邊前進。

□

這頭，翩翩穩住了陣腳，領著大夥兒前進。

阿關騎著石火輪跟在後頭，更後頭則是葉元和大傻，牙仔則與另外四隻虎爺守在石火輪左右。

葉元和大傻乖乖跟著阿關，那大傻原來是葉元早年在山中撿來的小狼怪。大傻當時讓野鬼追殺，受了重傷，卡在山間石縫裡動彈不得。

葉元收養了這小狼怪，小狼怪傻愣愣的，葉元便叫他「小傻」。許多年之後，小傻越長越大，食量也更大，於是成了「大傻」。

二十個年頭下來，大傻與葉元相依爲命，像祖孫一般。

「那天我們將你救到了房子裡，爲什麼你又要逃走？」阿關聽著老道拉哩拉雜說著自己與大傻相依為命的往事，忍不住插嘴打斷老道的話。

「我怎麼知道你們是何方神聖？半夜醒來見沒人，我當然跑！」葉元「呀呀」地回答。

阿關想想也是，只覺得這葉元說話直爽，比癩蝦蟆還不通人情世故。

阿關與葉元邊聊邊走，一行人漸漸深入山林。

翩翩看著四周，有些擔憂地說：「這天障的模樣雖然是一片山林，但實際上我們可能根本還在剛剛的小溪附近，要是找不到出口，就得一直受困下去了……」

「不知道林珊他們現在如何，發生了什麼事情？」阿關也皺起眉頭。

突然前頭草叢傳來一陣聲響，一群身影從樹下躍下，全是義民。

大約二、三十名義民們圍住了阿關一行，眼神陰晴不定。那帶頭的義民滿臉猙獰，臉上的肉不住抽搐，握著彎刀的手青筋暴露、發著顫，像是滿腔怒氣找不著地方宣洩一般。

「你們……不是……妖魔？」帶頭義民說：「你們……是什麼？」

翩翩回答：「我們是天界神仙，剛才與妖魔一戰，陷進了魔界邪法，想來你們也是……」

帶頭義民怪喝一聲，打斷了翩翩的話，說：「閉口！說……你們……是敵……是友？」

「是友。」翩翩說：「我們都與妖魔作戰，都與妖魔為敵，當然是友。」

帶頭義民愣了愣，大笑說：「那好……加入我義民軍，起義、起義……一起征討……妖魔……」

翩翩聽了也是一愣，皺了皺眉說：「目標都是要對抗妖魔，何必誰加入誰？一同合作不就是了？」

帶頭義民暴喝一聲：「不加入……不是友……你們是敵……是敵……」

阿關悄聲對翩翩說：「他們全邪化了，但不是邪得很厲害，還有得救！」

翩翩點點頭，還沒回話，葉元就嚷了起來：「強爺，是你啊！」

原來那義民頭目正是李強。李強雖染了惡念，但心中依稀還記得自己的義民身分，總覺得有什麼大事將要發生，有什麼禍害即將入侵人間，他便召集了許多和他一樣的義民，藏匿在山中洞穴。數天前，李強率領義民們擊潰了一些妖魔，途中撞上了鬼王鍾馗，便提議合作伏擊魔軍。今日一戰，打到一半，本來氣勢旺盛，卻給封進這天障裡，找不著出路。

葉元早年便已與李強這義民爺打過交道，多次遇上頑劣惡鬼時，都會擺出鮮花素果、雞鴨魚肉，請這強爺出手幫忙。

葉元一見李強，像是見了故友，一點也不害怕地大聲嚷嚷：「強爺，你總是問我要不要加入義民軍，我老雖老，可還沒死，就算死了，也是變成鬼，不會是神仙，無法與你並肩作戰吶……」

「你是……小葉？」李強看著葉元，似乎想起了這老道。

李強起初染的惡念還不深時，在山中遊蕩，發現了葉元老道，還時常登門拜訪。後來惡念重了，也漸漸忘了這老道了。

這些天來，魔軍掃山，整片山區鶴唳風聲，李強總在夜裡跑出洞穴看著夜空，心想起義的時候終於到了，同時他心中的惡念也染得更深，使他忘記了許多事。

李強身邊站了個更高大的義民爺，全身染血，皮膚黝黑，手持大山刀。他雙眼血紅，大吼一聲，就要往葉元身上撲。

「等……」李強攔下了那大漢，又指著老道說：「他……不是妖魔……王海……他……不是妖魔……」

那高大義民爺叫作王海，是這山區十公里外一處村落的義民爺。

「這些義民爺好不好對付？」阿關悄悄問著翩翩。

翩翩想了想才回答：「義民爺本都是地方神仙，神力至少不會輸給天將，二、三十個天將打你一個，你說好不好對付？」

阿關愣然，一邊擔心目前情勢，一邊又想到，要是能將這些義民惡念驅散，豈不是多了一支強悍的生力軍？

「加不加入……加不加入……」李強對著翩翩，又問了起來，翩翩不語。

四周的義民鼓譟了起來，一齊喊著：「加不加入……加不加入……」

翩翩和阿關對看一眼，形勢比人強，這些義民惡迷心竅，講理講不通，只好順著他們的意，先出了這天障再說。

「好，我們加入。」翩翩點點頭。

「你……小葉……加不加入……義民軍……」李強凶狠望著葉元。

葉元張大了口，看著李強，似乎也發覺這義民爺已經和先前有許多不同，卻不知該如何回答。四周的義民又鼓譟了起來，大傻感受到了義民們的殺氣，也齜牙咧嘴起來，手上大斧高高舉起，一副要廝殺的模樣。

阿關對著葉元猛打眼色，葉元這才會意：「好、好！我加入，我們也是義民軍了，大家都是兄弟，都是兄弟！」

李強這才滿意，咧嘴笑了，大聲地說：「大家都是兄弟……起義為民……驅除邪魔……」

阿關見這些義民雖染了惡念，但心中仍不忘自己職責，不由得肅然起敬。

「出發！」李強大喝一聲，大手一招，領著義民軍往山路間走去。

義民軍不斷往前走著，似乎還沒發現自己身在天障裡，一名義民將手中大旗交給阿關。阿關苦笑接下，扛著大旗跟在隊伍後頭，葉元則幫忙牽著石火輪。

「石火輪飛快，要逃一定逃得掉，但魔軍既然施下天障，裡頭必定有埋伏，待在這批義民軍身邊反倒安全，要是有什麼變化，再逃不遲……」翩翩悄聲對著阿關說。

阿關點點頭，只盼早點出了這天障，四周全是紫色，瀰漫奇異香味，熏得他想吐。

義民們緩慢走著，也不知過了多久，前頭草叢動了起來，一頭好大的野牛從草叢站起。那野牛有三公尺高、五公尺長，頭上頂了六支黑色大角，一身深紫色的毛皮，上頭布滿斑駁不均的斑紋，看來十分嚇人。

「哇——怎麼有恐龍啊！」阿關在後頭見了，不禁喊叫出來。

前頭的義民也怪吼怪叫，紛紛拿起手上武器，作勢要殺。

突然四周草叢又動了起來，竄出一隻隻鬼怪，卻不是妖兵，有的斷手斷腳、有的滿臉血垢，更像是遊魂惡鬼。

那巨大野牛背上，站起了一個黑胖大漢，一身紅袍，正是鬼王鍾馗。

「停！」鍾馗見了前頭那路是義民軍，對四周百來隻鬼怪招了招手，鬼怪停下了動作，等著鬼王號令。

「喂！你們怎麼在這兒？」鍾馗搔著頭問。

「天上紫光撒下……四周就變成……這模樣……我們……前進……前進……找不著路……四周變得不一樣了……」李強愣愣地答。

「笨蛋！這兒不是原本的山林，是咱們中了妖魔的怪法！」鍾馗吹著鬍子。他見到李強說話結巴、神情呆滯，便搖頭說：「老兄，昨晚見你還好好的，怎麼今天又變成這副蠢笨模樣？」

「閉口！」李強大喝一聲，雙眼像是要噴出火來。「你這黑惡鬼……口無遮攔……小心殺了你！」

「幹嘛？又要找老子打架啦？老子不怕和你打架，就怕你每次打完裝傻不認帳，媽的！」

鍾馗哈哈笑著，鼻子已經嗅到了人味和仙味。

「那堆是什麼？過來給老子看看！」鍾馗指著阿關一行，大聲喊著。

「他們是新加入的義民……你說看就看……把我當成什麼了？」李強憤怒地說。

「老子把你當成笨蛋！」鍾馗猶自訕笑。

「黑鬼！」李強吼叫：「下來！」

「下來就下來！」鍾馗哈哈一笑，真的跳了下來，就落在李強面前。

義民們嚎叫起來，舉起刀就要上去助陣。

李強回頭吼：「別插手……這黑惡鬼我來對付！」

鍾馗哈哈大笑，也轉身對著手下鬼怪說：「你們也別插手，這笨蛋又要找老子單挑啦，老子讓他雙手！」鍾馗這麼說時，便將雙手反攏在背後。

李強聽了，更是七竅生煙，一柄彎刀揮得像是火輪一般，往鍾馗頭上胸前砍去。鍾馗哈哈大笑，李強連砍十數刀，一刀也砍不著鍾馗。鍾馗雖然粗胖，但身形倒挺靈巧，還逮了個空隙，一把將李強抓個正著，拎著他的破麻衣領口，連賞李強十幾個巴掌。

「你不是說兩手讓人家嗎？怎麼說話不算話？」躲在後頭的葉元忍不住開了口。

李強被打得昏頭轉向，也稍微清醒了些，氣罵：「是啊……你這黑鬼不是說雙手讓我？」

「醒啦？」鍾馗吹著鬍子，哼了一聲說：「老子騙你怎樣，說你是笨蛋，果然沒錯！」

「看你這鬼樣子！」鍾馗揪了李強領口，紮紮實實一拳打在李強臉頰上，將李強打倒在地，鍾馗瞪眼怒罵：「方才山道口一戰，你遲遲才到，害我平白損失好多手下。」

「……」李強揉了揉腦袋，覺得剛才一戰印象模糊，只知道自己越殺越怒，再度失去了理智。他想要起身，卻又讓鍾馗一腳踢倒在地。

鍾馗在李強身邊蹲下，惡狠狠地說：「你這傢伙每次發作，都更接近惡鬼邪魔。你的眼快流出血、你的牙越來越利啦，別怪老子沒事先警告你，我們雖合作打妖魔，但如果你繼續發狂，老子殺你時可絕不手軟。」

後頭的義民見了頭目被這大黑鬼王欺負，都吼叫起來，紛紛舉起手中彎刀，就要往前衝。

李強推開鍾馗，坐起身來，手一招，攔下那些發怒的義民兄弟們，望著天空，一語不發。

「但若你沒事，也可以來找老子喝酒。」鍾馗搖搖頭，轉身要走。

躲在後頭的翩翩和阿關早已商量好。翩翩身子一閃，一手拎起阿關，瞬間竄到李強身邊，反手以刀柄將李強擊得趴倒在地。

阿關在翩翩落地時便已給拋下，此時一併落下，剛好壓在李強背上。他二話不說，一把勒住李強脖子，另一隻手就按在李強頭頂。

「啥？」鍾馗雖然驚訝，但見翩翩身手迅捷，同時感應到她身上仙氣，知道她是天界神仙，便也靜觀其變，手一招，示意身後鬼怪安靜別動。

「吼——」李強雙眼突然暴紅，像是要噴出火一般。

阿關也大叫起來，右掌已經感到這義民頭目頭頂那股濕黏熱燙的惡念。

這頭義民們全衝了上來，撲向阿關。翩翩立時舞動雙月上前護衛，揮出光圈打在義民手上彎刀上，或是以刀柄砸翻那些義民，阻止他們前進。

牙仔則領著虎爺們奔了上來，守在阿關四周。葉元在大傻的保護下，也跑到了阿關身旁，見那鍾馗還瞪著自己，不禁有些害怕。

李強讓阿關按了頭頂吸取惡念，只覺得身子天旋地轉，頭頂一陣劇痛。他奮力撐起身子，手肘往後一頂，頂在阿關肚子上，痛得阿關差點嘔了出來。

李強不停掙扎，一記記肘擊打在阿關腹部。

突然兩隻大黑手伸來，扣住了李強雙臂，竟是鍾馗出手幫忙。

鍾馗牢牢抓住李強，沒說什麼，瞪瞪阿關，又瞪瞪李強。

阿關讓李強肘擊頂得胃液都吐了出來，還死不放手，終於哇的一聲大叫，身子向後一彈，拉出好大一團惡念，有一立方公尺那麼大。他召出鬼哭劍，刺進這惡念團裡，只見惡念讓鬼哭劍慢慢吃著，吃到三分之一時，鬼哭劍上的鬼臉全都閉了口，擺出臭臉，吃不下了。

阿關哼了一聲，石火輪竄來。他騎上石火輪，倏地竄出老遠，將惡念扔進山溝，又倏地回來。只見李強緩緩站起，眼神仍然帶著憤恨，但已經清醒許多了。

「停！」李強大喝一聲：「全都給我住手！」

義民們聽了李強聲音，這才停下了動作。翩翩讓一群義民圍攻，加上盡量避免傷及義民，因此多少受了點傷，大都是刀傷。

李強看著自己雙手，慢慢將手握成拳。

鍾馗走到他身旁，拍了拍他的頭：「又醒啦？笨蛋。」

李強大喝一聲，轉身一拳打在鍾馗臉上，將鍾馗打得退開老遠，怒罵：「老黑鬼！你別得寸進尺，眞當我好欺負？」

「老子不跟你計較，改天再跟你打。」鍾馗揉揉臉頰，說：「你看看四周，身在何處？」

李強愣了愣，環顧四周的淡紫色山林，半晌不吭聲，又看看阿關等人，才問：「你們又是誰？」

「他是代理太歲，我是歲星部將，我們連同你們，都讓魔王困進了天障……」翩翩指著阿關，盡量簡潔地說明大致上的情況。

鬼王鍾馗和義民們都不是天界正規神仙，對這魔界只是略有所聞，對天障更是陌生，聽了翩翩說明，仍覺得奇異莫名。

「不論如何，我是不會與天界合作的。」李強拾起彎刀，歪著頭睨視阿關說：「你這凡人小子，我不管你是啥代理太歲，我只知道你們天界沒有管好你們該管好的事，四方山精神怪全都變了模樣，現在連地底妖魔都群起作亂，天界也束手無策，我可管不了這麼多，義民們得靠自己，再也不相信你們神仙的鬼話了！」

李強說完，招呼著義民，準備要走。這義民爺的惡念給阿關吸走了十之八九，腦袋清醒許多，雖然手下義民仍然惡念纏身，但至少這義民頭目已經恢復理智，足以統領手下義民而不至於生亂。

翩翩嘆了口氣說：「現在大家都身陷天障裡，要是不齊心協力，怎出得去？」

鍾馗笑著說：「老子向來也不跟天界神仙打交道，不過你們可以跟在後頭，替這義民爺扛旗子。」

鍾馗脾氣雖然拗，不過也挺機靈，他曉得翩翩對天障了解肯定比自己和李強來得多，有翩翩在，想要破解這天障自然容易得多。

翩翩知道鍾馗這話是替雙方找台階下，也不在意，推了阿關一把，說：「聽到沒有，去扛旗子。」

阿關搔搔頭頂，轉身又將義民大旗撿起，舉得老高。

鍾馗轉身對著身後的鬼怪們喊：「走！去找出那些地底惡魔，讓他們瞧瞧咱們地上惡鬼的厲害！」

鬼怪們一片囂叫，三路兵馬你推我擠，再度往山林深處前進。

「等等！」阿關突然喊著：「等等！有東西來了！」

鍾馗和李強同時回頭，看著阿關。阿關感應到前頭和後頭同時有妖氣湧來。

「你說什麼？」鍾馗正要質問，接著也隱約感到了那異樣妖氣，他轉頭看看李強。「小子說的似乎是眞的！」

李強愣了愣，還未有所感應，但怕面子上掛不住，也只好跟著說：「不管來什麼，我都不怕。」

「大夥兒埋伏起來！」鍾馗手一招。

「老黑鬼，你那隻大牛要怎麼埋伏？」李強瞪著鍾馗大笑。

鍾馗想想也是，看著座下這牛這麼大一隻，哪有地方讓牠躲藏。

「你乾脆按兵不動，讓我們來埋伏。」李強吆喝一聲，領著義民全爬上了樹。

阿關不會爬樹，只好帶著虎爺們躲在一旁草叢，將大旗壓低；老道人和大傻躲在另一邊的草叢裡；翩翩則飛上樹梢，和義民一同躲在樹上。

鍾馗哼了一聲，指示大牛靜靜伏下。不久，妖兵們就漫山遍野而來，領頭的兩隻魔將都是四目王的手下，一隻拿著奇異雙刀，一隻拿著釘耙。

葉元老道見了這兩隻魔將，一眼認出就是方才侵襲他家的兩魔將，恨不得就要跟大傻殺出去。

兩魔將遠遠見了鍾馗和那大牛，都暗暗吃驚。

義民本來要殺下，但見鍾馗沒有動靜，同時另一邊山道又逼來了一陣紫風，便暫時按兵不動。

那陣紫風正是方才驅兵追趕飛蜓的雪媚娘一軍。雪媚娘本來緊追著飛蜓，途中卻不料飛蜓一行早已藉著林珊妙計躲進了白石寶塔，讓兩隻鼲鼠精又搬回原處。

雪媚娘身後還跟著蕪菁、荊棘等十名魔將，到了鍾馗陣前，也不免吃驚：「你這黑傢伙打哪來的？你不是神仙！」

鍾馗伸著懶腰說：「老子是地上鬼王，專吃惡鬼，今天之前還沒吃過妖魔，先前在山道吃了一堆，難吃得很。妳這騷娘們看來還挺可口，老子勉強吃吃看。」

「好大口氣！」雪媚娘大喝一聲，抽出腰間兩柄蛇形長劍，直衝向鍾馗。

雪媚娘身後蕪菁、荊棘也跟了上去，同時後頭那滿坑滿谷的妖兵也嚎叫起來，一齊殺了過來。

就在雪媚娘直撲向鍾馗之際，幾道光圈打下，雪媚娘緊急閃過，翩翩已經殺到她面前，揮動雙月對著雪媚娘就是一輪猛攻。雪媚娘讓翩翩突如其來的攻擊殺得遮攔不及，手臂吃了一刀，腰間也吃了一刀。

「可惡！」雪媚娘雙眼一瞪，右手上那蛇形劍一揮，幻出一條巨蟒。巨蟒竄向翩翩，翩翩閃過了巨蟒，但雪媚娘已經撲到眼前，一劍砍來。

翩翩接了幾劍，連忙晃出光刀，和雪媚娘在空中大戰了一會兒，漸漸不敵。

「上啊——弟兄！」李強大喝一聲，樹上義民全躍了下來，跳進妖兵堆裡展開猛攻。

李強對上那拿著雙刀的四目王魔將，王海則對上那拿著釘耙的四目王魔將。這頭葉元騎在大傻脖子上，還從背上抽出了桃木劍，一手從腰間包袱裡拿出八卦鏡，大聲唸著咒語，八卦鏡中射出道道光芒，打向妖兵們。

妖兵們讓那八卦鏡照得眼睛生疼，紛紛跳向葉元，都讓大傻舉著石斧給劈了。葉元也挺起桃木劍，朝一名撲到面前的妖兵刺去，只刺到妖兵胸口，桃木劍就斷成了兩截。葉元的咒法對鬼怪有效，對魔界妖魔卻沒有太大效果。

「操你奶奶的！」葉元漲紅了臉，吼叫著：「我用了幾十年，宰了無數惡鬼的寶劍，竟讓你給折斷了！」

這邊阿關帶著虎爺衝出，伏靈布袋裡竄出一堆肉色的長手長腳，全是先前在眞仙總壇收進的八腳妖怪。只見幾十隻手手腳腳四處亂抓著，模樣十分噁心。

一名女魔將跳了下來，幾刀將這些手腳砍落一半，突然有隻手急竄出來，動作快上其他長手許多，一把抓花了那女魔將的俏臉。

原來是蒼白鬼手。

女魔將恨極，正要去砍蒼白鬼手，卻即時一道白焰打來，女魔將低頭閃過，才抬起頭來，阿關已經舉著鬼哭劍殺到了面前，和那女魔將砍成一團。

半空中，雪媚娘正和翩翩打得性起，眼看就要生擒翩翩。突然身後泛起一陣黑風，原來是鍾馗雙手大張，怪叫著跳了上天，一把抱住了雪媚娘左手，張口就要咬下。

雪媚娘大驚失色，左手蛇形劍化成一條粗長青蛇，瞬間纏住鍾馗全身，鍾馗一手抓著青蛇頸子，一手抓著雪媚娘膀子，雖然讓青蛇勒得難受，嘴巴卻還是挺硬：「唉呀、唉呀！原來是妖嬌蛇魔女，讓我舔舔……」

只見到鍾馗讓那青蛇勒得黑臉紅漲，卻吐出了舌頭，舌頭越伸越長，在雪媚娘白皙的手臂上滑來滑去，留下一堆惡臭唾液。

「你這無賴惡鬼！」雪媚娘怒極，奈何翩翩在一旁攻勢甚急，雙月一刀接著一刀或劈或砍，再不然就是射來一道道光圈，雪媚娘只能以右手長劍將攻勢一一化解，左手又讓鍾馗給纏住，只能眼睜睜看這大黑鬼王流著口水舔她的手。

「好鹹，原來魔界女王不注重清潔！」鍾馗哈哈一聲，右手鼓足了全力，將那青蛇一擰，從蛇頭七吋處擰了個碎。蛇頭落了下去，蛇身也漸漸鬆開。

雪媚娘大喝一聲，一劍砍過，在鍾馗肚子上劃了好大一道口子。鍾馗用了全力才掙脫青蛇，一時力氣放盡，無法閃開雪媚娘這記攻擊。

「可恨的大鬍子黑鬼！」雪媚娘一臉嫌惡地甩著手，將手上唾液甩掉。

地上戰情激烈，妖兵們雖多，但山道狹長，超過十分之九的妖兵都讓山壁、草木、土石給擋在後頭，非得等到前方妖兵死了，才能夠接上去打。

這讓阿關這方的兵馬佔了極大便宜。

阿關在幾隻虎爺和伏靈布袋的掩護下，也殺倒了許多妖兵，正和那被蒼白鬼手抓花臉的女魔將放單對決。

阿關扔出鬼哭劍，用心意操縱鬼哭去打那女魔將，一手已經掏出了白焰符。他皺了皺眉，石火輪筆直飛快朝女魔將撞了過去，女魔將大吃一驚，跳上半空，還沒落下，阿關已經射去幾道白焰，將女魔將炸得四分五裂。

「可惡小子！」蕪菁見了白光閃耀，竟是阿關又殺了她一名同僚，氣得拋下對戰的義民爺，衝向阿關。

阿關只見左邊一個棕髮獨臂的女魔將衝來，正是蕪菁。她在眞仙總壇讓阿關使白焰轟掉一隻手，對阿關恨之入骨。

蕪菁揮動鞭子打來，阿關連閃過三鞭，第四鞭照著腳打，阿關應變不及，讓鞭子捲上了腳。蕪菁嘿嘿一笑，長鞭竟變成了一條大蜈蚣，在阿關腳上抓著扒著。

「哇！」阿關驚駭莫名，哇哇大叫，一把白焰符全往腿上抹去，炸出一陣耀眼白光。白光褪去，阿關發現自己的腳沒事，蕪菁卻已經笑嘻嘻地站在他眼前，還沒反應過來，長鞭已經捲上了他的脖子。蕪菁甩動長鞭，將阿關砸在樹上。

阿關眼冒金星，使力召喚著石火輪和鬼哭劍。

蕪菁身後落下的是荊棘，荊棘揮動鐵鍊，將襲來的鬼哭劍和石火輪全都打飛，叮嚀：「姊姊小心！這小子十分奸詐！」

阿關摔落了地，掙扎坐起，使勁扳著頸上的鞭子。蕪菁手一抽，鞭子抽離脖子，阿關像是陀螺一般在半空打了個滾，還沒落地，蕪菁鞭子便再度抽來。

此時一道光圈打來，打在鞭子上頭，將鞭子打歪，原來是翩翩在半空中與雪媚娘激戰，卻還不時注意阿關這頭戰情。

空中翩翩和鍾馗合力夾擊雪媚娘，鍾馗肚子吃了一劍，正淌著血，他使出渾身解數，吐著惡臭口水死纏爛打，連肚子濺出來的血也是臭的。

雪媚娘只怕又讓這無賴鬼王抱著，也不想讓他的髒血濺著，攻守之間便吃了虧，反倒讓翩翩和鍾馗得以和雪媚娘打了個平手。

地上這頭，牙仔領著虎爺撲上蕪菁、荊棘，伏靈布袋也跟上幫忙，又是一場混戰。

阿關雖然身上疼痛難當，但還是召回了鬼哭劍，騎上石火輪加入戰局。他發現蕪菁、荊棘的長鞭和鐵鍊，距離越遠打在身上就越痛，索性牙一咬，直衝蕪菁、荊棘。

石火輪極快，荊棘根本無法反應，直接讓石火輪撞上，被撞倒在地，阿關也摔得七葷八素。但就這麼一下，牙仔已經撲上了荊棘身上，一口咬住她的脖子。

蕪菁正和幾隻虎爺糾纏，聽見一旁荊棘叫聲，連忙一鞭子揮去打牙仔。

牙仔反應也是奇快，鞭子還沒打來，已經跳上半空。蕪菁這鞭子打在荊棘胸口，打得她皮開肉綻。

正當殺得天昏地暗之際，四周突然震動起來，四周紫色漸漸褪去。

此時鍾馗讓雪媚娘打落了地，妖兵們一擁而上，翩翩也讓雪媚娘逼到了一處大石前。

突然只一瞬間，四周景象恢復，竟是天障讓人給破了。大夥兒愣了幾秒，又各自捉對廝殺起來。

原來林珊領著飛蜓、福生回到了溪流畔，派出了狐狸精們四處嗅著，找著了天障施術點，破解了天障。

雪媚娘雙劍急攻，突然頂上兩個青影、紅影竄下，竟是若雨和青蜂兒左右殺來。

「你們來了！」翩翩苦戰雪媚娘許久，力氣幾乎放盡，見了若雨和青蜂兒，當場累得癱在大石上動也不動。

本來若雨和青蜂兒先前在看那鍾馗與義民協力大戰妖兵，接著又去突擊了幾處妖兵陣線。直到雪媚娘與女魔將布下天障時，他們正在高空繞著，見到紫霧慢慢圍繞整個山區，趕緊飛得更高，這才躲過了天障。

之後兩神將一直在空中觀察，直到天障破解之後，若雨和青蜂兒居高臨下，一下子便找著了這大批妖兵聚集的戰場。

若雨和青蜂兒先前沒有碰上什麼戰鬥，此時都精力充沛，卯足了勁力戰雪媚娘。雪媚娘打了一會兒，翩翩又鼓起力氣上來接戰。

同時，後頭山道又有兵馬趕到。

原來是林珊帶著飛蜓和福生，領著家將和精怪、虎爺們殺了過來。

林珊一路兵馬勢如破竹，像一把利刃切進豆腐一般。飛蜓和福生在前頭衝鋒，家將們跟在後頭，林珊居中指揮，最後是以阿火爲首的精怪、虎爺們。

「撤退！」雪媚娘大喝著，見到己方魔將頂多只能和義民爺打成平手，妖兵大都卡在這狹窄地形上你推我擠，無法發揮圍攻效用，又想到先前四目王讓神將圍攻的狼狽模樣，索性不打了。

雪媚娘大叫一聲，放出一陣紫霧。若雨怕那霧有毒，連忙揮動鐮刀，鐮刀燃起了火龍捲，將那紫霧吹散。

雪媚娘卻早已跳了老遠，喊著四散的女魔將們。

蕪菁、荊棘聽了主子叫喚，全都躍上了天。牙仔還咬著荊棘不放，一同給拉上了天，荊棘大叫一聲，猛扯牙仔雙耳，牙仔這才痛得鬆了口，卻也將荊棘胸前咬掉一大塊肉，翻了個筋斗落地，吐出口中血肉，「嘎嘎」地朝天空吼個不停。

林珊見雪媚娘倉皇而逃，趕緊躍到阿關身旁，檢視他身上傷口，見並無大礙，這才鬆了口氣。

鍾馗在亂軍中讓己方鬼怪救起，身上大傷小傷一堆，嘴巴卻塞滿了妖兵的肉，一邊嚷著難吃，卻還不斷將手上的妖兵殘骸放入口中。

幾個義民爺見了家將，不分青紅皂白地便打了起來。

義民爺個個手持彎刀、鋤頭，家將們見義民爺那惡狠狠模樣，同時四周還有其他鬼怪，以為也是敵人，也抖擻精神，殺成一團。

「別打錯了，他們是自己人！」阿關慌忙喊著。

林珊一聲令下，家將們這才全往回跳。鍾馗和李強也各自召回己方士卒，大夥兒竟分成三路，尷尬對峙著，根本不理會四處逃竄的妖兵了。

「喝，你手上的旗呢？」李強瞪視著阿關，怒斥一聲。

阿關嚇了一跳，看看左右，那義民旗早已倒在遠處一角，讓妖兵們踏得破破爛爛了。青蜂兒靠那旗近，便將旗撿了起來，往義民爺扔去。

王海接了這大旗，往天空一揮，大旗飄揚，像是宣示這場戰役勝利了般，義民爺們大都面無表情地盯著旗子，不發一語。

李強手一招，領著義民爺們就要走，林珊連忙開口：「等等！諸位義民英雄原本都是庇佑百姓的民間神仙，只因爲惡念降臨，不得已才隱居山林，現下代理太歲能制御惡念，不妨讓他替你們將惡念逼出體內，恢復昔日名聲，如何？」

李強朝地上啐了一口，答：「免了！看看你們自己，泥菩薩過江，四方都傳你們那歲星爺邪化了，正和另一邪星同進同出。現在妖魔群起作亂，你們這些神仙被魔軍打得潰不成軍，我們義民們起義只是爲了保衛家園，從不希罕作大官神仙！」

李強說完，舉手握拳朝空中揮動，義民爺們扛起手上鋤頭彎刀，飛快離去。

鍾馗哈哈一聲，見了林珊將目光轉向他，趕緊連連搖手。「別看我，老子向來不和神明打交道。看妳這小妞細皮白肉，可惜了老子只吃惡鬼，不吃神仙。我得趕緊去縫好肚子，把傷養好，下次非得擒了那騷魔女，大口吃了她不可！」

鍾馗說完，笑聲不絕，躍上那大牛，領著殘餘鬼卒約一百來隻，慢慢走了。

阿關看著兩支兵馬遠去，感到有些惆悵，呼了口氣。

老道人葉元則百般推辭，不願與阿關等人下山。最後阿關給他一張通報韭菜的符令，交代葉元要是遇上緊急事情時，可以燃了這符令求救，這才與葉元告別。

36 眞除

中三據點的天將們遠遠見了林珊、若雨、飛蜓、青蜂兒從空落下，都上前迎接。

林珊舉起白石寶塔，家將們攙扶著城隍出來，等著的醫官一見城隍少了一手，趕緊扶他進屋治傷。

其他精怪、虎爺們也一一跳出，大都受了傷，卻都不嚴重。這是因爲靠著白石寶塔，得以讓精怪們受傷便躲進去，由裡頭專職急救的精怪小隊來治傷，休息夠了再出來廝殺。

而此次與四目王對戰時，四目王身邊沒有魔將；與雪媚娘作戰時，雪媚娘手下魔將都讓義民爺纏住，也是精怪、虎爺們損傷極少的主因。

大夥兒各自或坐或站、三五成群地聚在三合院四周，各自討論著這次救援戰中的種種。城隍雖斷了一手，神情有些落寞，卻不失豪氣，正以一手舉刀，與范謝將軍過招試練著。

「以我看來，目前沒有搬遷據點的必要。」林珊在屋內與主要神仙們討論著當前情勢。有張地圖攤在桌上，大約畫了中部各據點的相對位置。

地圖上那大雪山即是中一主營，離大雪山西方很遠的地方有處市鎮；市鎮裡有個用紅筆圈起的倒三角圖形，三個角尖指的即是中三、中四、中五三個據點；倒三角中間圍著的，即是先前阿關駐守的中二據點。

中三位在中二南邊、中四位在中二東北邊、中五位在中二西北邊，而今天救援任務的山林，則在中五據點的更西邊。

中二據點目前形同虛設，中四和中三合併後，倒三角陣形等於瓦解。只剩下中五據點的木止公和約莫十位天將的兵力。

「中三據點目前有城隍和家將團、十六位天將、十八隻下壇將軍、四十九隻精怪、八隻石獅、兩位醫官、我們歲星部將，以及你們兩老。這樣的陣容，不下於當時攻打千壽邪神時的兵力。」林珊解說著敵我情勢：「而中部據點可是我們千挑萬選出來的幾個地方，中三據點廢棄小村落，人煙罕至，村落外頭是一片田野，村落裡早布下結界，是不可多得的好地方。中五據點木止公兵力雖弱，卻也能與這兒互相照應，要是倉促遷移據點，一時半刻也無法找著比這兒更好的了，萬一中途還是讓魔軍給發現了，那只是白費力氣。」

水琝公聽林珊說完，點了點頭；奇烈公雖然不服，卻也無法反駁。

「上哪兒打是無所謂，在自個兒地盤上打總是佔了個地利……」飛蜓插嘴。

若雨、青蜂兒也點頭同意。

翩翩也說：「今日一戰，魔軍雖有成山成海的妖兵，卻發揮不了大作用，全靠那半調子天障。魔王倉促布了天障，沒考慮其中地形，四周崎嶇地勢，反倒讓那些烏合之眾無法發揮圍攻效用。」

翩翩接著又說：「這兒村落舊屋同樣雜亂崎嶇，然而我們卻熟悉裡頭地形，若我們布下結界防禦，減弱魔軍天障的威力，那些妖兵們擁了進來，只是自找死路。」

水瑅公終於附和：「看來留守這兒，還是比臨時更換據點來得妥當。」

奇烈公吹了吹鬍子，說：「只是更換據點是主營下來的命令……我是沒意見！」

林珊笑了笑說：「就回報主營，說咱們還沒找著就行了。」

「那麼現在我們該做些什麼？」水瑅公不置可否。

「當然是加強四周防禦工事、設計陷阱、安排據點外圍的偵察哨站……」林珊答。

福生咬著飯糰，揮拳嚷嚷：「好啊！上次在那啥鬼金城大樓繞路跑迷宮，這次要是魔軍來犯，咱們可要以牙還牙，讓他們跑迷宮啦！」

□

阿關坐在三合院外躺椅上，吃著六婆包的肉粽，看著上午沒出戰的精怪們正忙進忙出，布置各種機關器具。

此時已是黃昏，六婆在院外廣場鋪了滿地報紙，一旁堆了一疊疊白紙。阿泰正騎著機車，從各地文具店載來白紙。

老樹精用枯藤捲筆畫人，六婆在畫好了的紙人上施法。紙人雖然並不太強，但卻能在戰時分散妖兵攻擊，在老人院一戰、玩具城一戰時，都發揮了相當大的功用。

水瑅公和奇烈公則領著天將，與林珊在村落上方討論，哪兒能埋伏兵馬、哪兒能下機關。

三合院廣場捲起一陣黃風，韭菜和小白菜一同從地底鑽出。小白菜神色怪異，滿頭大汗。林珊在空中見了，知道是兩土地神領了號令，前來通報最新情勢。

大夥兒聚集到了廣場，聽著最新的情勢變化。

小白菜見眾人全望著他，不禁有些緊張，他推了推韭菜，說：「妳先說好了……」

韭菜清了清嗓子，這才將二郎回傳主營的情報一一說出。

原來圍困住雷祖的魔王，叫作「窮野紅妹」，便是當日眞仙總壇坐禪室中那奇異老頭。這魔王懂得千奇百怪的異術，尤其擅長變化奇異天障，手下魔將只有六、七個，個個也會許多異術。雷祖及其一干雷部大將雖然強悍，卻被困在天障裡進退不得；二郎靠著額上金眼，闖入天障，領著雷祖一路兵馬逃出天障。

窮野紅妹的大軍陣線漸漸往雪山主營逼近，二郎和雷祖雖然驍勇，卻不敵窮野紅妹手下幾名智將，和那千奇百怪的奇異術法，屢屢吃虧。只能且戰且走，試圖拖延魔王的攻勢。

同時，已到達雪山腳下那魔王叫作「骨王」，是那日坐禪密室裡那瘦長枯黃怪大漢。骨王能變化三頭六臂，手下一干魔將個個凶猛，除了大批雜牌妖兵外，還有一路猛獸魔軍，會吐黑火、噴毒液。

斗姆領著北斗七星、千里眼和順風耳，以及一干天將，正和骨王在雪山中對峙，死守著陣線。

韭菜說完局勢，看了看小白菜，小白菜又支支吾吾起來，說：「我……我的情報是關於鎭星藏睦爺的……」

鎭星北上之後，遇上了那叫作「壺王」的魔王。壺王狡獪多詐，兵力是所有魔王之最，手下魔將超過二十名，有智有武。

所幸鎭星本來便專職監控魔界，掌管魔界情勢，麾下眾將對魔界都有不少了解。壺王的天障起不了太大作用，只能以兵海去淹，以魔將力拚。

鎭星數戰接連得勝，壺王已經開始退守，轉往雪山推進。

「魔王全都往主營方向去，一定是知道主營的位置了！」若雨聽到這裡，不禁大叫。

眾神們都想到了這點，魔王此次一齊發難，必然是早已蒐集了詳細情報，主營位置洩露，並不是什麼令人驚訝的事。

「我……」小白菜愣了愣，急急嚷嚷：「我還沒說完……」

「鎭星還有消息傳來……」小白菜支支吾吾地說：「說是……太歲爺……太歲爺……邪化了……」

「什麼！」「你說什麼？」大夥兒的喊叫聲將廣場上的精怪嚇得彈了起來。阿關從椅子上蹦起，奔跑來問：「你說誰邪化了？」

小白菜讓飛蜓提了起來，嚇得直發抖。

「太歲爺……太歲爺邪化了！」小白菜又重複了一次。

大夥兒騷動起來，水琝公和奇烈公瞪大了眼，眼睛幾乎要從眼眶中掉了下來。

「藏睦爺說……藏睦爺說……太歲澄瀾爺……老幫著辰星……辰星……」小白菜讓飛蜓揪著領子，搖頭晃腦說著：「你……你……別搖了……你別搖了！」

「你胡說八道！」「怎麼可能？」飛蜓雙眼充血、福生張了大口、青蜂兒則攀在福生背上，另一邊林珊瞪大了眼、若雨和翩翩緊握著手，而阿關搖搖擺擺推開天將，望著淚都快流出來的小白菜。

磅的一聲，韭菜舉起手杖，打在飛蜓頭上。

飛蜓怒斥：「妳這土地神做什麼！」

韭菜大喝：「昆蟲小仙！你又做什麼？咱們土地神只是傳訊給你們，是眞是假，與咱何干？還不放開你的手！」

林珊趕緊將飛蜓一把拉起，飛蜓還不停喘著氣，脖子上青筋暴露。

水瑝公也扶起了小白菜，打著圓場：「土地啊，你別怪他們，他們都是歲星部將，這消息太令人驚愕，你可得源源本本說個明白啊！」

小白菜讓飛蜓嚇得腿軟，拉哩拉雜說著，韭菜在一旁不時補充說明。大夥兒聽得吃力，飛蜓、福生更好幾次打斷兩老的話插嘴。

原來鎮星這次專程北上營救太歲，對付辰星。起初，靠著老土豆等一干土地神四處奔波、蒐集情報，在以往辰星可能出沒的地方四處突擊搜索，卻沒有一點結果。

經過了許久，才漸漸從山林間的精怪口中，獲得了絲絲訊息。有的說深夜見到邪神飛過、有的說在溪邊見過辰星部將、有的說見過太歲和辰星把酒言歡。

鎮星藏睦起初沒有將這些流言回報主營，只是回報沒有找著線索。

然則當搜索行動持續進行，可供辰星躲藏的地點一一被排除後，搜索範圍已越來越小。

城隍沒日沒夜地領著家將們四處巡察，土地神們接力般打探各種消息，終於慢慢鎖定了幾處辰星可能的藏身地。

鎮星藏睦領著部將突擊那幾處藏身地，在一處深山間找著了辰星，於是辰星便領著眾將反抗逃竄。

追逐中，藏睦赫然發現太歲身處辰星諸將間，身披墨黑大斗篷，由幾名辰星部將保護著。

藏睦幾次叫喚，太歲似乎聽見，卻無動於衷。藏睦領兵持續追擊，太歲竟然拿出大戟，卻不是幫忙己方，而是將幾名追上的鎮星部將打落下地，其中黃江還讓太歲一戟刺中右胸。

接下來，辰星和太歲聯手圍住了藏睦攻打。論單打獨鬥，藏睦本已不是辰星對手，更非太歲敵手，兩星圍攻藏睦，很快將藏睦打落下地，掉進一深潭中。

藏睦只記得他憤怒竄出深潭時，辰星部將早已飛遠，遠遠看去，太歲和辰星還勾肩搭背，似在嘲笑自己。

小白菜總算講完，大夥兒不發一語。

阿關只覺得腦中嗡嗡作響，不自覺地喃喃說：「這……不可能……怎麼可能……」

小白菜唯唯諾諾地說：「鎮星藏睦爺雖和魔王對峙……才將這個消息傳回主營……主營為求愼重……派我親自去找藏睦爺……我剛剛說的那些……全是藏睦爺親口告訴我的……」

「不可能，一定是鎮星搞錯了！」阿關大叫著：「太歲從惡念煉出，不可能受惡念侵襲！不可能邪化！」

阿關話一說完，歲星部將一齊附和著：「沒錯！」「太歲爺不可能邪化！」「一定是弄錯了！」

小白菜聳聳肩，還發著抖。「這我就不知道了……我只是轉述藏睦爺的話……我也覺得有可能……弄錯了……」

大夥兒雖然做出了「其中一定有誤會」的結論，但士氣卻已大大受損。

夜裡，阿關剛刷完牙，準備睡覺，身上還披著外套，來到三合院外廣場想透透氣。見到水琝公和奇烈公坐在舊房子屋頂上看著天空發愣，竟沒半點主神形象，神情反倒更像兩個失意老人。

他想起之前老人院裡的梁院長、王爺爺，他們讓正神安排上了南部一家育幼院當義工，陪伴著雯雯，不知道現在怎麼了？不知道雯雯怎麼了？

廣場上飛蜓正舞弄著長槍，對著空氣劈砍突刺；青蜂兒倒吊在樹枝上，半晌沒有動靜；福生坐在一旁，拿著飯糰，嘴巴微張，手卻停在空中，像石化了一般。

林珊拿了毛巾出來，見了阿關，輕喊一聲：「你剛刷完牙，卻忘了洗臉……」

林珊還沒說完，就將毛巾往阿關臉上抹去，在他臉上胡亂擦拭，逗得阿關呵呵笑了起來。嬉鬧間，翩翩和若雨正從一旁經過，翩翩手裡還拿了個小包袱，見了阿關與林珊，裝作沒看見，快步走了。

那小包袱裡裝的是洞天狐大仙替翩翩調製的新藥，服用一段時日後，已漸漸將綠毒壓下。

阿關回到自個兒房間，躺在床上翻來覆去也睡不著，只覺得胸口鬱悶莫名，抓了抓癢，突然發現這些日子一直戴在身上的清寧項鍊，竟無端不見了。

他在房裡四處找著，又去廁所翻找一會兒，卻怎麼也找不著。只能無助地回到房門前，像失了魂一樣。

林珊從對面的房間出來，見了阿關這模樣，問清原因，只是笑了笑。「這還不簡單，我不是跟你說過，你怕作噩夢，跟我說就好了。那項鍊我會替你找，這種小事何須擔心，傻瓜。」

阿關躺上了床，林珊在他額頭上指了指，替他蓋上了被。

阿關似乎看見四周泛起五色光，好像回到了洞天，身子輕飄飄的，什麼煩惱都忘記了，很快便沉沉睡去。

在夢中，阿關感到自己裸著上身，只著了件短褲，在雲端飛翔。一朵朵的雲好似空中浮水，鑽進了雲裡是一片沁涼，竄出了雲外又有暖暖日光覆住全身。

阿關在空中打滾，身子像斷了線的風箏一樣不停旋轉。

他哈哈大笑著，往地上俯衝。

有些精怪、神仙三五成群地在草地上嬉戲。他見到了熟悉的夥伴，便一一和他們招手問安。

前頭那是誰？那女子裹著層層骯髒黑布，像千年木乃伊，黑布下的手有些乾枯。

阿關愣了愣，怎麼也想不起那人是誰。

他止不住俯衝勢子，那木乃伊一般的人離他越來越近，慢慢轉過頭來。

「哇！」阿關大叫一聲，從床鋪上彈起。

他瞪大了眼睛，已不記得方才作過的夢，只覺得那夢前頭美麗宜人，後頭卻難受噁心。

林珊伏在床前，正打著盹。

阿關無意識地摸摸胸口，慌亂看著左右，見到那清寧項鍊正擺在床旁矮櫃上。他連忙伸手抓起項鍊，急忙忙地戴上。

林珊揉揉眼睛，醒了過來，原來她昨夜花了許久時間，才在三合院外廣場地上找著了清寧項鍊，想必是昨晚擦臉嬉鬧時弄掉了。

阿關步出三合院，只覺得先前那鬱悶難受的感覺又回來了，是因為得知了太歲爺邪化的消息嗎？

這日大夥兒依然忙著加強中三據點的防禦工事，大家話卻少了，畢竟太歲爺邪化的消息太令人震驚——太歲煉於惡念，本不可能邪化，也一直是眾人的希望與寄託。

要是太歲邪化，那備位太歲也有可能邪化，這唯一的希望與寄託似乎變得不牢靠了。

「喝！我根本不相信！」飛蜓和福生、青蜂兒聚在一角閒扯，飛蜓恨恨說著：「我看是那鎮星打不過辰星，怕面子掛不住，才故意說太歲和辰星聯手打他！好有個台階下！」

「這大大有可能吶——」福生呵呵笑著，邊嗑著飯糰，邊點頭稱是。

青蜂兒嘻嘻賊笑，雖不附和，似乎卻也同意這樣說法。

阿關遠遠聽了，覺得也不無可能，問身旁林珊：「飛蜓說得有道理耶，妳覺得呢？」

林珊搖頭苦笑：「這事我怎麼會知道，現在大家都是臆測，我寧願相信一切全是誤會，要是辰星真找了個會變化身形的傢伙偽裝成太歲爺，只要那傢伙身手了得，鎮星未必能夠分得出來。」

「對啊！這也很有可能啊！」阿關想起受困眞仙總壇時，有個叫作幻形的魔將也變成了二郎的模樣騙他上當。聽林珊這麼說，他又重新燃起了希望。

後頭若雨伸著懶腰，推了阿關一把：「一大早就湊在一起，聊什麼來著啊？」

阿關這麼說：「我們在猜，其實是鎭星打不過辰星，才故意說是太歲爺和辰星聯手，一起欺負他，好有個台階下……」

若雨先是一呆，看看四周，找著了飛蜓一夥，笑著跑了過去，喊著：「你們聽聽，阿關大人說得有道理耶！他說——」

若雨說完，飛蜓氣得左顧右盼，一見到阿關，大叫著：「你是躲在一旁偷聽了我的想法，才學我說的吧！」

「這明明是我先想到的！」飛蜓還嚷嚷著，大夥兒在那頭已經笑成一團，要飛蜓別計較了。

翩翩也出了房間，阿關見到翩翩頭臉上雖仍裹著紗布，但已薄了許多，不似以前那樣厚厚一層，雙手袖口露出的手腕也沒有裹著紗布了。

「咦？妳的傷勢越來越好了。」阿關欣喜地上前去問：「洞天狐大仙的靈藥眞的有效，再過不久妳就和以前一樣，再也不用裹著臉了。」

翩翩臉上雖裹著紗布，眼神也露出淡淡笑意，轉頭看了看清澈天空。「眞希望如此……」

□

另一邊，六婆和阿泰捧著一疊一疊的白紙來到村落中的小空地，三三兩兩的精怪們聚在一旁觀看。

六婆又捧了一大罐紅色墨水出來，那罐墨水裡還漂動著符紙，像是施過法術一般。

「只顧著看啥，還不來幫忙！」六婆朝著窩在一旁打哈欠的癩蝦蟆喊著。

癩蝦蟆呱呱兩聲，心不甘情不願地上前，瞧了那罐摻著符的紅色墨水兩眼，說：「啊呀，六婆，妳也玩符水呀？這玩意兒跟順德小屁的符水看起來差不多呱！」

「笨蝦蟆胡說什麼，我這是用來畫紙人用的，你手多，幫忙畫。」六婆斥了一聲，從籃子裡抓出一把毛筆，塞給長有八隻腳的癩蝦蟆。

癩蝦蟆眼睛骨碌碌轉著，將那些毛筆拿到鼻子前嗅了嗅，呱呱兩聲扔了一地：「又不是手多就會畫畫！綠眼狐狸很會畫，我叫綠眼睛來幫忙！」

「臭蝦蟆就會偷懶！」六婆扠著腰，瞪著已經跑遠的癩蝦蟆，轉身看了看阿泰，阿泰打著哈欠，一副無精打采的樣子，卻也老老實實伏在地上，照著六婆教的一筆一筆在大白紙上畫人形。

而那癩蝦蟆卻也沒食言，果然找了綠眼狐狸和老樹精來。綠眼狐狸還帶了一票狐狸精，狐狸精們手巧嘴又甜，一邊幫忙畫著紙人，畫得比阿泰好上許多，一邊還稱讚六婆做飯好吃，將六婆哄得笑合不攏嘴。

老樹精則吩咐著其他精怪，將這幾日來阿泰那一簍一簍的符咒，分發到村落裡各個小屋中，有些精怪抱回來一根一根的長竹子，在一旁削著竹枝。

「每天寫、每天寫，寫完符咒畫紙人，畫完紙人再寫符，寫那麼多符要幹嘛，這些符讓阿關射三年也射不完……」阿泰伸了個懶腰，揉揉肩頭埋怨著。靈光一閃，他似乎想到了什麼，找來了阿關和癩蝦蟆嘰哩咕嚕地商量著。阿關大力贊成，癩蝦蟆也呱呱叫好。

□

午後，主營傳來了號令，說是要請阿關與歲星部將一齊到主營商討對付魔軍大事。

「這兒的防禦工事已漸趨完備，小村落二十來間舊屋、七折八拐的彎曲巷弄，皆已經布妥各種機關和陷阱。」林珊臨走前，不忘叮嚀著水琝公和奇烈公：「二老只管放心，咱們頂多去一、兩天，很快會回來與你們一同防守。」

「這兒有城隍和家將團、十來天將，白石寶塔也暫交給你二老保管，如此兵力，即便魔軍來犯，也無法在一時半刻內攻破；若有急情要報，儘管燃了符令通知我們，我們會盡快回來助陣。」林珊邊說，邊將白石寶塔遞給水琝公。

水琝公緩緩接下：「小仙臨陣不亂，調度有方，我這老頭可慚愧了……妳大可放心，即便是粉身碎骨，也不會丟了這據點的……」

林珊笑著搖頭說：「千萬別如此，要是情勢眞的危急，務必領著全員進白石寶塔暫避，將寶塔藏在隱匿處，或是要靈巧精怪接力帶著逃跑，務必保全兵力，可別和那些妖魔玉石俱焚吶。」

林珊吩咐完，一行人向中三據點的守軍夥伴們打了招呼，阿關騎上石火輪，林珊坐在後座。翩翩、若雨、飛蜓、青蜂兒、福生一一飛起，在石火輪前後左右護衛，出了這小村落，往雪山主營前進。

行進間，林珊在後座對阿關說著：「魔軍阻斷了許多通往雪山的大路，但真要阻止咱們前去也是不可能。」

「當然，地那麼大，除非他們手牽手圍成一圈把所有路阻死。」阿關點頭同意。阿關和林珊一邊聊著瑣事，一邊判斷前頭若雨和青蜂兒回傳的情報，決定該往哪條路走。

經過了一小時，石火輪已經來到雪山山腳下。阿關看著四周鳥語花香，此時初春，雪山可能早已沒雪了。

林珊指著身後約五公里的一處山林說：「若我估計得沒錯，鎮星應該已經退到了那兒。」她又指向另一邊山區，說：「二郎和雷祖則應當會從那方向慢慢往雪山主營撤退……」

林珊轉身又指著雪山上說：「若我們直直走上，很快會遇上那叫作骨王的魔王，我們必須繞路，才不至於讓魔軍發現。」

此時前頭的若雨和青蜂兒又傳來了一道道符令。

林珊皺了皺眉，說：「往上十公里後，骨王大軍滿山，真要繞路，可能要繞到天黑了。」

林珊回覆了幾道符令，召回翩翩等人，大夥兒討論一番，決定提著阿關用飛的，免去許多麻煩。

最後阿關仍騎在石火輪上，由福生拉著石火輪車頭、青蜂兒托著石火輪車尾，將整輛車抬了起來，飛上天去。

林珊、若雨、翩翩、飛蜓四將，則在石火輪前後左右守著，往主營飛去。

一干洞天蟲仙仗著優異飛天能力，飛得極高，藉此避免被魔軍發現。但阿關卻漲得滿臉通紅，只感到呼吸困難，卻也不敢開口抱怨。

「前頭是什麼？」後頭幾聲吆喝傳來，大夥兒回頭看去，一個魔將領著數十個奇異妖兵，正由後面急追而來。

「報告鷹人王，是神仙！」一名妖兵大喊著，那領頭的魔將叫作鷹人王，是骨王麾下大將。

鷹人王一身白羽服飾，白臉青眼，臉上塗著紅色奇異圖紋，背上長了兩對翅膀，一對黑、一對白，兩手拿了兩柄尖爪模樣的武器。

身後那數十妖兵，個個背上長翅、尖嘴利爪，手持刀、劍、弓、斧，這是骨王獸兵團裡的鷹部軍。

「看見那兩輪車沒有，那少年是備位太歲！」鷹人王鳳眼圓瞪，一聲長嘯，領著鷹部軍追了過來。

眼見鷹人王速度飛快，飛蜓挺起長槍上前接戰，林珊、翩翩、若雨則跟在飛蜓後頭，與追上來的鷹妖們殺成一團。

鷹人王拿著兩只尖爪猛烈揮擊，和飛蜓捉對大戰，一時之間尖爪、長槍你來我往，打得不分上下。

「風來！」飛蜓趁隙吹了一道風去。鷹人王吃了一驚，用尖爪子硬接。飛蜓見機不可失，一槍刺去，哪知鷹人王將兩爪間的風又推了回來。「吃我風捲龍！」

「哇！」飛蜓大驚，狼狽閃開這記風術。

「你也會使風術！」飛蜓和鷹人王同時喝著。

飛蜓不甘示弱，又打去幾道風，都讓鷹人王接了再扔回來，像玩躲避球一般。

幾隻鷹妖殺到石火輪前，福生、青蜂兒一手托著石火輪，一手以大鎚、長刀應戰，戰得石火輪搖搖晃晃，阿關朝下看了看，只覺得頭皮發麻。他雙手緊握著車頭，召出鬼哭劍，用心意操使，凌空對付一隻鷹妖。

若雨搖動火鐮刀，火星四濺，朝幾隻鷹妖吹去。那幾隻鷹妖翅膀上沾了火，都怪叫著，想撲滅那火，身子也越落越低，往下墜去。

「哈哈，原來這些傢伙怕火！」若雨將鐮刀揮成火輪，四處飛竄，哈哈笑著：「看我仙女散火——」

翩翩見飛蜓久戰不下鷹人王，放了幾道光圈去打那鷹人王，飛蜓見了，氣憤罵著：「翩翩，別來插手！」

翩翩也不理他，飛竄到鷹人王和飛蜓中間，晃出雙月光刀，對著鷹人王左劈右砍。飛蜓氣得大叫，卻讓翩翩一腳踢開，「囉哩囉唆，去收拾嘍囉！」

歲星部將中，飛蜓雖然年紀最長，但卻不及翩翩驍勇，見鷹人王被翩翩一輪猛攻給打得連連怪叫後退，當然也不好意思賭氣死纏。

於是飛蜓將目標轉向身旁那些鷹妖，一陣胡亂打，將一肚子氣全出在鷹妖身上，一下子刺落好多鷹妖。

「啊呀，我的鷹部軍啊！」鷹人王見到自己帶著的數十隻鷹妖，一下被這批神將一一打落下地，只氣得哇哇大叫。他哪裡曉得對手是歲星全員部將，光憑一隊鷹妖，自然不是對手。一恍神，鷹人王四隻翅膀給翩翩砍了一隻下來，手上那尖爪也被打落一只。鷹人王身子失了平衡，轉個不停，牙一咬，大叫著：「逃啊！」

剩下的鷹妖聽了，趕緊隨著主子撤退。林珊等見石火輪上的阿關臉色有異，上氣不接下氣，知道他在高空裡撐得難受，便也不追趕妖兵，繼續往主營前進。

十分鐘後，終於見到了前頭雪山主峰，大夥兒開始降下。這附近都是主營的陣線範圍內，四周有天將守著，已無妖兵了。

阿關臉色發青，林珊在他背後拍了拍，注入幾股清新靈氣，阿關這才覺得舒服了些。

雖是初春，但這雪山頂上仍飄著細雪，大夥兒在一處巨大山壁前停下，這是主營入口。

林珊揮手畫咒，那大壁閃動光芒，現出光亮大門，一行人魚貫進入。

主營大廳依然肅穆，裡頭的神仙卻個個神情落寞，像打了敗仗般，有些神仙還睨眼斜視著阿關一行，神情滿是不屑。

阿關一行心裡有數，知道這些神仙心裡在想些什麼。一個文官模樣的神仙，前來領著阿關一行進了主營會議室。

這是阿關第二次見到玉帝。

玉帝身穿白衣，神情憂愁地坐在桌前，正和紫微討論戰情，見阿關一行進來，對他們點了點頭，招手要他們過來。

會議桌前，除了玉帝、紫微，還有烏幸、千藥兩神。只見烏幸、千藥面容憔悴，像死人一樣；一個愁眉苦臉，一個死氣沉沉。

另外在玉帝另一側，還有兩位神仙。一個是白髮白鬚的老者，面容消瘦、一身青袍，全身散發著說不出的靈秀氣息。另一個模樣則比阿關大不了多少，臉上金光耀眼，全身膚色都是金黃色，是個英挺少年。

阿關覺得他們看來有些眼熟，卻一時想不起來是何方神聖。

「代理歲星，你應該聽說澄瀾現在的情形了吧？」玉帝招了手，示意阿關在會議桌前坐下。

阿關連連點頭，坐了下來。一干歲星部將則站在阿關身後。

紫微緩緩開了口：「說說你們的看法。」

「我……我們全都不相信太歲爺會變成邪神……」阿關支支吾吾地說：「或者、或者是辰星……找了個會變化樣貌的妖魔，偽裝是太歲爺也說不定……」

阿關說完，身後福生、青蜂兒等都連連點頭。玉帝、紫微互看一眼，卻都搖了搖頭。

紫微苦笑地說：「這可能性我們老早討論過了，藏睦和澄瀾、啓垣等，是共事超過千年的神仙，豈是隨便一個妖魔能假冒得了？」

玉帝接著說：「況且，若藏睦見到的是假澄瀾，那眞澄瀾恐怕……凶多吉少了……」

阿關一怔，他身後飛蜓等一夥也抖了抖身子，都不敢想像這情形。飛蜓嘴巴微微顫著，似乎想說些話，但他自然不敢在玉帝和紫微面前，將自己今早一番「鎭星打架輸了故意說謊」這種臆測隨意說出。

「給你介紹一下，他們是你的備位。」玉帝指了指身旁那青袍老者和金臉少年，嚴肅說著：「他們是備位二和備位三，現在是你專屬的備位太歲。」

阿關只覺得腦中一片轟隆隆聲響，還不知道發生了什麼事。

「太歲大人，我叫午伊。」那白髮神仙對阿關點了點頭。

「我是黃靈。」金臉少年對阿關笑笑。

紫微見阿關一時反應不過來，便解釋著：「南部戰情激烈，再過六十日左右，太歲鼎即將完工，我們不能沒有歲星。從現在開始，你已正式眞除，成爲新的歲星。」

「太歲爺還沒死啊——」飛蜓終於按捺不住，叫了出來，讓青蜂兒一把摀住了口；林珊和若雨也連忙抓住飛蜓，安撫著他。

阿關則張大眼睛和嘴巴，久久無法反應。

玉帝嘆了口氣，望著阿關雙眼，說：「我知道你們一時無法接受，但現在已到了關鍵時刻，成敗就在這一刻，我們無法拖延下去。孩子，我還不知道你的名字。」

阿關還呆愣著，直到身後的林珊推了推他說：「玉帝問你名字……」阿關這才回神，連忙回答：「我叫……關……關家佑……」

「家佑……」玉帝點了點頭，說：「歲星關家佑，以後你即是與五星平起平坐，掌管歲星的太歲。」

「午伊和黃靈是你的備位。」玉帝指向黃靈和午伊，補充說。

「我的……備位？」阿關仍然不明白。

「這就由你們說明吧……」紫微望向烏幸、千藥兩位神仙。

烏幸臭著一張臉，神情極不自然，像是滿腔怒氣沒處發洩一般。

千藥尷尬地說：「是……這樣的……太歲大人，我們當初從澄瀾大人身上取出太歲血，同時煉出了仙體，將太歲血注入新成形的仙體中，才置入凡人體內。十個月之後，便誕生出了你。」

「然而既是備位，便不會只備一位，黃靈和午伊是早挑選出來的備位二和備位三的適當仙體，在太歲鼎崩壞之初，我們見情勢急迫，便將剩餘的太歲血注入他們體內，煉成了備位二和備位三。當然，由於當時剩餘下來的太歲血極少，因此這兩備位的太歲力純度，比起大人你要差上許多，一直到這些天，他們才稍稍熟練制御惡念的太歲力……」

阿關聽到這裡，這才明白了大概情況，卻不知該說些什麼，只能對黃靈和午伊點了點頭。

千藥說完，還推推烏幸，本來想要他補充什麼，烏幸卻撇開頭，不發一語。

玉帝看著歲星部將們，微笑點了點頭，站起身來，緩緩走向飛蜓，說：「很好，二十幾年前，煉神計畫開始時，咱們還在討論，要以什麼來煉？勾陳提議以獸來煉，紫微提議以植物來煉，后土提議以土石來煉，我沒有意見，便徵詢了洞天樹神看法。樹神妹子提議以洞天仙蟲來煉，當時沒有幾個神仙看好。我和樹神妹子交情深厚，支持她的提議，結果沒有令人失望。」

「只十來年，你們個個成了英勇將士。」玉帝看了看林珊，又拍了拍福生的肩，「有文、有武，義膽、忠肝。澄瀾沒看錯你們，大神們可沒看錯你們。」

玉帝走到若雨身前，繼續說著：「你們跟隨澄瀾十數年頭，如今新的歲星就任，我希望你們不要辜負澄瀾、不要辜負洞天樹神，和天界所有同僚、戰友。」

「從今而後，你們即是新任歲星的部將，用生命保護他，知道嗎？」最後，玉帝拍了拍若雨的頭。

「是！」歲星諸將一齊點頭，神情激動悲憤。

若雨眼淚滴了下來，喃喃地說：「我們當然會誓死保護阿關大人，但是……但是我……還是相信太歲爺平安無事……」

青蜂兒、福生聽了，也連連點頭。他們當然不會不歡迎阿關眞除，但卻也不希望太歲爺有個三長兩短。

阿關身子發著抖，憋了老久，終於說出了心中想說的話：「我……我知道自己責任重大，我不會逃避。但是我知道太歲爺不會邪化，我也希望太歲爺平平安安，要是以後太歲爺又回來了，我還是希望繼續……當他的備位。」

玉帝和紫微互看一眼。紫微點點頭說：「要是澄瀾眞的能全身而退，這是最好，畢竟你體內的歲星力量還沒有成熟，又是凡人肉體。但倘若澄瀾無法回來，你也要有心理準備。」

「是！」阿關連連點頭，努力讓自己別哭。

這天晚上，舉行了小小的晚宴，慶祝阿關眞除。

席間氣氛詭譎，阿關及歲星一干部將神情凝重，毫無欣喜之情；其他神仙則低頭吃著，或暗自交頭接耳，個個臉上充滿了擔憂或不屑。

翌日一早，阿關站在主營外頭發愣。初春時節，雪山頂的積雪少了許多。四面吹來的風，仍然冷冽逼人。

他從雪山往下看去，山間瀰漫著一陣陣黃金光氣，這是紫微布下的結界，用以防止魔軍往山上突襲。

阿關看著山間壯闊景色，只覺得一切變化太快，他哪裡夠資格擔任太歲？

背後金光乍現，林珊從主營入口出來，喊了阿關幾聲：「玉帝召集咱們，要討論與魔軍的作戰方針。」

阿關點了點頭，隨林珊進了主營會議室。

此時在席間報告戰情的正是黃靈。黃靈雖曾是千藥手下醫官一員，天資聰穎，在升格成備位後，不再隸屬千藥手下，反而被分派至紫微帳下，成爲紫微智囊之一，和其他智囊一同擬定作戰方針。

黃靈沉穩地望著眾神仙，滔滔說著：「三路魔軍集結雪山腳下，妖兵漫山遍野，我們得到消息，魔王們仍然不斷從魔界運兵上來，要阻斷他們兵力，便要將這魔界入口給封了才行。從土地神回傳的情報判斷，這五魔王上來凡間的魔界入口，應該在那凡人大廟附近。」

「眞仙總壇？」阿關呃了一聲，想起了這神棍的皇宮大廟，原來魔界之門就在那兒。

黃靈點點頭，繼續說：「然而現在戰情緊繃，實在騰不出兵力去襲擊魔界入口，也不知那裡是否還有其他魔王駐守。保險的方法是集中兵力，先將山下那三路魔軍給退了。我們收到符令，二郎將軍和雷祖將軍已慢慢往主營方向撤；斗姆仍死守雪山下；而鎮星幾乎要與斗姆會合。等今夜咱們兵馬集結後，趁夜突襲，一舉將魔軍打退。」

黃靈報告完畢後，眾神你看看我、我看看你，這兒大都是文官，一聽到研究多日的作戰方針竟是「趁夜突襲」，不免有些心怯。

玉帝神情嚴肅，久久不發一語。

紫微接著說：「二郎、雷祖本都是驍勇無敵，對上那善於異術的魔王窮野紅妹，便受困於其眼花撩亂的魔界異術而無法發揮戰力；而鎮星一軍專剋魔界妖魔，對上那壺王，卻因爲人手不足，只有一千部將，難以大勝。等到我軍集結之後，大家戰力得以互補，鎮星的黃金結界符能夠對付魔界天障，二郎、雷祖也得以全面發揮，這仗其實不難打。」

玉帝點了點頭，看看四周神仙，大都沒有意見。

玉帝看了看阿關，說：「你呢？歲星。這兒除了我和紫微，就屬你位階最高了，提出你的看法。」

「呃……」阿關突然給玉帝點名，一下子亂了手腳，胡亂應著：「我……我覺得……紫微說的是好點子，一定能打得贏的……」

眾神聽了阿關這般唯唯諾諾的應答，不免覺得好笑。

「軍師們的戰術固然穩健，然而我還有個主意。」林珊本來站在阿關左後方，此時開了口，眾神都將目光轉到她身上。

「魔軍勢大，正面衝突終究難免，我們若能集眾神所長，自然能提高勝算，但我倒有方法，再增加一些勝算。」林珊這麼說：「五位魔王同心一氣，彼此有如唇齒。雪媚娘、四目王剛剛吃了敗仗，爲了不失顏面，想必急於扳回一城，我們先以這兩魔王爲目標，全力攻打。若雪山下三魔王知道了後頭兩位同伴的敗勢，必定分身援救，屆時山上大軍才殺下，三路魔軍急著救援同伴，陣腳一亂，這勝算自然便提高了。」林珊說完，眾神卻都面露不屑神情。

黃靈回答：「這方法咱們研究過，但要如何以主營以外的兵力痛擊後方兩魔王，卻是一大難題。」

黃靈身後還有些文官，都是智囊團成員。其中一名文官開口：「魔界妖魔惡念薰心，哪裡會在意同伴生死，要是三路魔軍睬也不睬，這計畫怎能成功？」

林珊笑著答：「要是三路魔軍睬也不睬，咱們便兩頭夾擊。勝算一樣比正面強攻來得大。」

另一名文官開了口：「說得容易，做起來難。兩路魔軍妖兵似海，豈是說敗就敗的？要是派去的兵多了，這兒的兵便少了，魔軍殺了上來，要如何守？要是派去的兵力不足，無法擊潰兩魔王，反倒落得兩頭皆空不是？」

「這個當然。」林珊微微笑著回答：「若照原先的規劃，咱們歲星一路在商討情勢之後，便會退回中三據點。主營不需要分兵出來，我們光靠中三據點兵力，足以擊潰兩路魔軍。」

眾神騷動起來，嚷嚷著：「娃兒好大口氣！」「娃兒大言不慚！」

紫微揮了揮手，要那干神仙閉口：「本來各地據點便是互相支援牽制，好照應凡間諸地，秋草的提議是正確戰術。中三據點兵力也不小，要守住不難，但說要去擊潰那兩路魔軍，卻似乎太過冒險……」

林珊胸有成足地說：「紫微大人大可放心，我們不會正面攻打，我有辦法讓兩路魔軍自投羅網。請延後今夜突襲的計畫，三天之內，中三據點必然能發揮牽制魔軍的作用，屆時我們傳令上來，你們再攻，好讓天界諸將發揮最大戰力。」

眾神們七嘴八舌嚷嚷起來：「不可啊！」「不可啊！」「你們現在的任務是保護新任歲星，不是上場廝殺啊！」「昨天才吃了新任歲星的上任晚宴，我可不想再吃一次。」

一名文官抓著頭說：「要是歲星這麼重要，怎不乾脆留在主營算了。」另一名文官回嘴：「要是留在主營，明兒個你老邪化了，去刺他一刀怎麼辦？」

「你胡說什麼，我怎麼會邪化！」「你怎麼不會？」大夥兒你一言我一語，亂糟糟地爭論著。

玉帝皺了皺眉，揚手要大家安靜。「我也希望讓歲星留在主營，但這兒誰能保證自個兒不會邪化？歲星部將本便是因應太歲鼎崩壞，專門煉了出來保護歲星的，抵抗惡念的能力遠高於一般神仙，歲星讓歲星部將保護，是再妥當不過的了。」

紫微靜默半晌，說：「我可以接受秋草的提議。也不過再等三天而已，秋草若能讓魔軍自投羅網，發揮牽制效用，對戰情自然有幫助；若沒能如此，也不過是回到原點，到時我們再攻下去便是了。」

阿關這才跟著敲邊鼓：「我也同意，我們早已做好萬全準備，有把握讓那兩魔王吃癟！」

玉帝考慮良久，點了點頭，看著林珊說：「秋草仙，此時適逢太歲鼎即將完工，是我們努力奮戰這麼久的希望，我們絕對不希望這新任歲星有個三長兩短。」

「然而，咱們也都知道妳這小將足智多謀，先前南部戰役，妳發揮了莫大功用，助太白星打了不少勝仗。既然妳這麼說了，一定有妳的妙計。只是妳務必記得，絕對不得主動魯莽出戰，且不論妳用任何辦法，都要以保全兵力爲首要方針。咱們可不是打贏五魔軍就行了，南部西王母、天上那邪化了的勾陳，才是我們最難纏的敵手。」

「是！」林珊高聲應：「我們絕對謹記。」

眾神見紫微、玉帝都這麼說，斗姆、二郎、雷祖等不在這兒，位階最大的三位神仙口徑一致，那些不服的也不敢再反對了。

37 白光

主營戰情會議結束後的傍晚，大夥兒返回中三據點。林珊又召集了大夥兒，開了數次作戰會議，分派不同的任務給每位神仙，神仙精怪們領了命令，立時動身前去執行。

翩翩、飛蜓、青蜂兒、若雨四位速度飛快的神將，以據點爲中心朝四處飛遠偵察，目的是探察出魔軍的分布情形，將有魔軍活動的地點一一回報，得以替接下來的行動規劃出幾條安全路線，好讓中三據點與其他各地聯繫。

到了晚上，情報一一回傳，魔軍一小隊、一小隊地散落在各地城鎮巷弄裡，四處搜索著。若雨和青蜂兒在某處市鎮暗巷中，正監視著暗巷裡那幾隻妖兵，領頭的那個傢伙神情高傲不可一世。從談話中得知，似乎是四目王一軍裡的新魔將。

先前四目王手下幾名魔將，讓二郎殺去許多，在山中一戰又戰死不少，只得從手下妖兵裡，挑出幾個較強的，來當各隊妖兵中的小頭目。

那新魔將叫作骨皮，在妖兵裡算身手矯捷了得，被推舉出來當上魔將，正接受著幾名手下嘍囉妖兵的奉承，大口吃著從凡人商店裡偷出來的雞鴨。

「味道普通，凡人廚藝不怎麼樣！」骨皮大口嚼著，一手還拿了酒瓶，往口裡送著。「酒倒不錯，咱魔界就沒這麼好喝的酒！」

「人間色彩看來眞是噁心，草是綠的，天空是藍的，好不習慣。」「眞懷念咱魔界的紫天、紅雲、黑樹木……」「你那塊雞大些！給我！」「爲啥？」

青蜂兒和若雨躲在一角，看著妖兵們閒扯，爲了一隻雞腿打了起來、互相撕咬。有兩名妖兵給咬碎了，被其他妖兵吃下了肚。

「這傢伙臭死了，還是雞好吃些，我倒覺得凡人養的雞不錯。」「對啊！哪像咱魔界的雞，長得跟牛一樣大，還會噴火，要吃牠可不容易。」「啊？你那塊雞怎地這麼大？分我！」「才不……」

林珊的符令傳來，青蜂兒和若雨互看一眼。

然後，若雨高聲大笑起來：「秋草這計策妙啊！你說三天後，那魔王雪媚娘是否會哭著求饒？」

「不但會哭著求饒，還下跪呢！」青蜂兒也拍手說著。

「那四眼魔王大概會自挖眼睛，串成一串，求我們別殺他……」若雨笑著接話。

隔壁暗巷裡的骨皮聽了，連忙做了個手勢，要手下妖兵別出聲。身後幾群爲了雞腿大小正打得起勁的妖兵們，都停下了動作，豎耳聽著。

「是神仙！快躲起來！」骨皮低聲喊著，妖兵們全縮進了巷弄間的邊邊角角，有些跳上了屋簷、有些鑽進了紙箱裡。

青蜂兒和若雨大聲聊著，走入這暗巷。

骨皮領了幾隻妖兵竄出來，擋在他們前頭，猙獰笑著說：「啊哈，是落單的神仙。」

「糟糕！有埋伏！」青蜂兒驚叫一聲。若雨則召出長鐮刀，和青蜂兒背貼著背，瞪視著眼前妖兵。

後頭也有幾隻妖兵跳出，擋住了暗巷出口。

「這神仙怎麼沒見過啊？我記得那山中一戰，有個長髮青年好厲害呀！」「我說那蒙臉神仙才是最厲害！」妖兵們七嘴八舌，打量著若雨和青蜂兒。

骨皮吞了吞口水，轉動著手上那兩截骨頭串起來的兵器，竟像雙截棍一樣。

若雨喝了一聲，骨皮還沒看清楚，只見眼前一陣紅影，若雨已經襲到面前，一鐮刀當頭劈下。

骨皮大叫一聲，拿那雙截骨頭去擋，鐮刀柄砸到雙截骨頭上，只聽見若雨唉喲一聲，往後彈開，摔在地上，揉著屁股喊疼：「你這什麼武器？你身上是什麼妖氣？」

骨皮瞪大了眼，不敢相信自己竟將若雨給彈了出去。

「紅雪姊，我替妳報仇。」青蜂兒勃然大怒，舞著單刀一刀刀砍來。骨皮只覺得眼花撩亂，根本看不清那刀閃到哪兒，只好亂揮雙截骨。鐺的一聲，青蜂兒單刀離手，在空中打了個轉，落在地上。

青蜂兒撲倒在地，躺在刀旁，咬牙切齒，一臉驚訝。

若雨扶起了青蜂兒，恨恨地說：「你……你是誰？怎有這麼強悍的妖氣，和這麼厲害的武器？難不成又有新的魔王來到了人間？」

骨皮還愣著，一旁幾隻妖兵已起鬨叫著：「骨皮大王是四目王手下紅人，是新任的魔將之一！」「骨皮大王好強！」「骨皮大王接連打倒兩個臭神仙！」「立下大功了，骨皮！」

骨皮哈哈一笑，不知自己竟這麼厲害。

「我這兵器可是我自己做的，我一身妖氣也是自己練的！」骨皮囂張了起來，氣勢正旺，揮著雙截骨就殺向兩神將。

若雨、青蜂兒苦戰骨皮，哀聲連連，邊打邊退，退出了暗巷，往中三據點退。

骨皮領著妖兵去追，只見到若雨和青蜂兒倉皇逃竄，若雨竟還嗚咽哭了起來。

骨皮回頭看著妖兵：「要不，咱們去通報上頭，請援軍來幫忙……」

若雨大聲叫喊：「可恨吶！可恨吶！要是讓那新任魔將抓了，那廝一定立了大功，當上大魔將，甚至大魔王，要是凡間出了個這麼厲害的魔王，三界可要翻天覆地了……可恨吶！」

妖兵拍拍骨皮說：「老大，我們這就回報上去，通知其他妖兵！」

骨皮愣了愣，連忙阻止，「別急……看這兩神仙不怎麼樣，我們自己抓了，回去面子好看！」

青蜂兒和若雨不斷逃著，骨皮一路追，追出了這市鎮，追到了郊區。只覺得奇怪，前頭兩神將速度不算快，每當快要追著時，總是差了一點，距離又給拖遠了。

郊區山路兩旁突然一片轟隆聲響，精怪從兩旁殺出，將骨皮連同十來妖兵團團圍住，骨皮大驚失色，抬頭一看，城隍領了家將守在空中。

林珊和阿關在前方出現，阿關騎著石火輪瞬間停在骨皮前頭十公尺處，還甩了個小尾，車身瞬間打橫。「新任太歲在此，是哪裡來的邪魔歪道？」

骨皮身子發抖，手中雙截骨無力地擺動。

若雨和青蜂兒哭倒在林珊面前：「救命……那魔將好厲害！」

「是什麼魔將那麼厲害？」阿關大喝一聲，車子往前竄去。

骨皮只覺得眼前銀光一閃，石火輪已經竄到面前。

「騎快速的二輪車，眞是備位太歲！」骨皮連同妖兵，都叫了出來：「聽說太歲已經邪化，這備位已經眞除上任了！」

阿關舉著鬼哭劍作勢砍來，骨皮拿雙截骨硬接，一骨頭將鬼哭劍打飛。鬼哭劍在空中打了個轉，又刺了下來。骨皮亂揮雙截骨，將鬼哭一一擋下，還嚷嚷著：「使飛劍！是先前那備位少年沒錯！」

「好厲害的傢伙，吃我白焰！」阿關拿出白焰符，胡亂射了幾記，一記打在一名妖兵身上，將那妖兵炸了個粉碎。

骨皮看那妖兵，可嚇得魂飛魄散，卻又見到阿關讓自己雙截骨頭敲了一下，往後一彈，彈了個老遠，倒在地上昏了過去。

「好可惡的妖魔，放出捆仙繩！」林珊一聲令下，天上的城隍手一招，家將們扔下了銀色繩子。銀繩將妖兵們一一捆倒，沒讓繩子捆到的妖兵，全讓擁上來的精怪撲倒在地。

家將們俯衝而下，抓著骨皮雙手雙腳，個個面目猙獰，手發著抖：「力氣好大啊！」「快要讓他掙脫了！」

城隍一邊指揮，一邊吼叫著：「是什麼魔王這麼厲害？家將們合力都抓不住他？」

骨皮聽了，更是死命掙扎，將那八家將甩來甩去。

綠眼狐狸領著一干狐狸精跳了出來，將妖兵們一個個迷倒，最後跳到了骨皮面前，吹出一股紫霧。

骨皮只見到眼前一片紫霧襲來，便什麼也不知道了。

「好了，收工。」林珊一喊，阿關才從地上爬起，牽起石火輪，召回落在一旁的鬼哭劍。若雨則指著城隍哈哈笑著說：「你的表情太假、太僵硬了！」

一行人有說有笑，退回了中三據點。

□

另一方面，翩翩和飛蜓在山林裡找著了葉元老道的木屋。飛蜓在上空守衛，翩翩落下了地，去敲那葉元老道的門。

葉元開了門，一見是翩翩，愣了半晌，才苦笑了笑，招待翩翩進屋。翩翩見到屋子裡空蕩蕩的，地上都是已經收拾好的行李，看來這老道雖然嘴硬，不肯隨他們下山，卻也自個兒準備要搬了。

「這兒是待不下去了……我隱居多年，只盼圖個清靜，這兩天總有些妖兵上來搗亂，都讓大傻給殺了。再過不久，妖魔或許又要大舉進攻了……」

翩翩從葉元口中，得知義民軍和鬼王鍾馗仍藏匿在這山林間四處狙擊妖兵，大多是零星的游擊戰。

「時局紛亂，我也不知誰可信，誰不可信……」葉元苦笑說：「義民李強爺有時會上來探探我，還帶了些山豬肉給我，他雖然脾氣倔，卻還沒忘我這老弟弟……」

翩翩將天上太歲鼎崩壞、惡念降世的經過，簡單說明了一遍。葉元這才知道，爲什麼近來這麼多紛爭廝殺、妖魔鬼怪，也明白了義民李強性情大變的原因。

「適逢此亂局，大家本應團結合力，共度難關，一同聯手對付妖魔，但我們也知道此時要說服義民和鬼王，並非易事。」翩翩對葉元說：「兩日後的傍晚，是神魔決戰之時，有一處村落，是咱們神仙的重要據點，魔軍要去屠村，要是魔軍得逞了，這凡間大概也就完了。」

「這怎了得……」葉元咬牙切齒，抓了抓頭，顯得坐立難安，喃喃說著：「我今年幾歲，都快不記得了……」他又發了一會兒愣，跟著從行李裡翻出了一只小盒子，揭開盒子，裡頭是他的身分證。他捏著那張陳舊身分證看了半晌，呢喃地說：「再三個月，就七十啦。」

「七十……夠本了。」葉元這麼說，本來茫然沮喪的雙眼精亮了些，說：「我這糟老頭隱居多年不問世事，現在再也不能繼續坐視那些妖魔鬼怪胡亂橫行啦。仙子，那村落在哪？我拚上一條老命，多殺幾個妖魔也好。」

「不。」翩翩搖搖頭說：「我這次來，只是希望道長你能將重要情報轉告義民爺，對他們也大大有利。神仙們已經有了克敵方法，但若能得到義民和鬼王的相助、分進合擊，勝算更大些！」

葉元站了起來，說：「老朽萬死不辭。」

「先別激動，你仔細聽……」翩翩仔細說：「兩天後的傍晚，魔軍會從眞仙總壇那山路大舉殺下，往咱們村落推進，途中會經過一片山林，要是義民軍埋伏在此，趁機突擊，可以大獲全勝；而那眞仙總壇是妖魔本陣，屆時妖兵盡出，要是鬼王領著鬼卒順著山路進攻，必可攻陷魔軍本部，將他們一網打盡。」

翩翩說完，又多給了葉元幾張符令，叮嚀說：「要是義民爺和鬼王同意了我們計畫，你可要回報符令，咱們再進一步詳談彼此聯繫的號令細節。」

「好！」葉元連連點頭：「仙子妳大可放心，我一定會完成妳託付的任務。」

□

骨皮身子抖了抖，醒了過來。

四周妖兵身上全捆著貼有符咒的繩子，骨皮自己身上則是層層鐵鍊，還畫下了咒法。

骨皮只覺得那些咒法熱燙難受，使力掙著，將一條條鐵鍊掙斷，看著身上還有讓咒法灼傷的痕跡。

他搖醒了幾名妖兵，妖兵一醒，就直嚷著身上疼痛。

骨皮將妖兵們身上的繩子一根根扯斷，數了數，一共是九名妖兵。

「啊呀！是骨皮大王吶！」「骨皮大王將我們身上的咒術繩子給扯爛了！」「身子不痛了！」

骨皮愣了愣，問：「咱們被神仙抓進大牢了嗎？」

妖兵甲答：「對啊！那干神仙以多勝少，將我們團團圍住，還施放奇怪咒術。骨皮大王你可厲害了，打傷許多神仙之後，才中了昏睡咒術呢。」

妖兵乙接著說：「臭神仙怕咱們醒來，又在咱們身子上捆了繩索，竟都讓骨皮大王您給扯斷了！」

「這裡是哪兒？」骨皮問：「難不成是神仙的據點？」

骨皮這時才打量起這牢房的四周，是間破舊屋子，四周布下結界，一靠近門就會發出光來。骨皮嚇了一跳，往後倒去，讓妖兵們扶住。

舊屋外頭有些腳步聲由遠而近，骨皮趕緊低聲吩咐：「裝睡、裝睡……快把繩子捆上身裝睡！」

妖兵們照著做了，一個個躺倒下地，骨皮將那些鐵鍊重新繞上身，靠著牆角閉眼聽著。

「你們可得看緊點，這魔將這麼厲害，要是被他逃了出去，那兩日後的征討行動可必定失敗了！」

「是！」

骨皮聽著屋外傳來天將的對話聲，知道外頭有天將守著，聽聲音遠了，這才又站了起來，躡手躡腳地在四周探著。這屋子舊，有些縫可以看到外頭。

骨皮挑了一個較大的縫往外看去，只見此時是清晨，太陽才剛升起，對面有些舊屋，舊屋上頭還站了些天將鎮守。

他聽見不知從哪傳來了聲音，似乎是神仙們的討論聲。骨皮慢慢摸著牆壁偷聽，妖兵們都紛紛爬起，和骨皮使著眼色。骨皮低聲吩咐：「貼著牆壁聽聽，看聽不聽得到聲音……」

妖兵們照著做了，不一會兒，一名妖兵回報：「大王，這兒聲音較清楚！」

骨皮走去將耳朵貼在牆壁上，果然聽到清楚的交談，竟是神仙們在隔壁討論戰情。

有個女子聲音說：「我們已經將那厲害魔將捆綁在隔壁，大家大可放心。只要明日夜裡援兵一到，咱們立刻揮兵攻打眞仙總壇，殺得他們落花流水。」

那女子聲音繼續說：「但是大家千萬得提高警覺，待會兒咱們歲星部將得回主營討論新的戰情，這中三據點便只剩下你們兩位主神和一干天將，要是魔軍此時來攻，可不得了。從現在開始，停止一切偵察活動，避免據點曝光，可別像昨夜一樣，招惹來這麼厲害的魔將。」

「現在四處都是妖兵，爲求快速往返，新任太歲不會隨咱們上主營，大家在這兒可要好好保護他。太歲鼎即將完工，要是魔軍將太歲給擄了去，那可讓人間陷入萬劫不復之境吶！」

骨皮側耳聽著，暗自心驚，原來這兒就是先前備位太歲的藏身據點，而這備位太歲，也已經上任成爲正式的太歲了。

又聽了一會兒，似乎靜了下來，只聽到神仙們都出了房間，也有些告別的聲音，想來便是先前他們談論的「歲星部將」都往主營去了。

骨皮坐了下來，望著眼前妖兵，喃喃地說：「現在怎麼辦？神仙們去他們主營搬救兵了，明日就要去攻打咱們的主營了！」

妖兵甲說：「大王何不偷偷逃出這據點，將這消息回傳總壇，好讓總壇有所準備！」

骨皮抓著頭，有些苦惱地說：「這兒都下了結界，外頭又有天將鎮守，要逃出去可不容易……」

妖兵乙指著房中一角說：「咦咦，這兒有個洞！」

骨皮看向那妖兵乙，只見妖兵乙將方才偷聽那牆邊的一堆竹簍移開後，牆角竟有個破洞。

骨皮走近一看，那牆洞不大不小，正好通向方才神仙討論戰情的那間屋裡。

骨皮心驚膽顫，同時發現那洞竟沒有設結界，牙一咬，偷偷探頭從洞往外看出去，小屋裡空無一人，想必都出去了。

妖兵乙笑著說：「哈哈，這干神仙真是大意，硬要將牢房設在他們會議室旁，布下結界，竟沒注意到這破爛屋子裡的狗洞！」

骨皮低聲斥責，要妖兵乙別出聲。

妖兵甲則獻策：「大王昨夜是中了神仙埋伏，才受縛的，今日有這機會，要是能偷溜出去，將消息回報總壇，讓魔王們有所準備，可是一件大功勞！」

骨皮點點頭，心想自己如此厲害，要是偷跑一定跑得掉，那干歲星部將不在，光憑天將也抓不了他。

骨皮從小洞鑽進了隔壁小屋，只見到裡頭暗沉沉的，桌上擺了些泛黃紙張，紙張上畫著的是這中三據點的地形圖，上頭密密麻麻載明了哪兒有機關、哪兒有陷阱。

妖兵一隻隻從破洞裡鑽進了這會議小屋，有些攀在窗沿偷看，只見到外頭幾間舊屋都沒動靜，只聽見遠遠有幾聲操演練兵聲。

骨皮看著幾張地圖，他知道這是正神據點的布兵圖，可喜出望外；身後妖兵乙湊了上來，手裡捧了些東西，說：「大王，我找著了你的武器！」

骨皮轉身一看，妖兵乙捧在手上的武器中，赫然便有自己那雙截骨，趕緊撿了起來，在手中揮弄著，就是這雙截骨將歲星兩部將及新任太歲都打得落花流水。

「好了，現在四下無人，我們偷偷溜走。」骨皮在窗子邊探視許久，確定會議小屋窗外沒有動靜，而隔壁牢房門口的守衛天將也因爲位置上的阻隔，而不會發現他們。骨皮當下決定，帶著大夥兒從會議室窗口偷逃。

一隻隻妖兵躍出窗子，最後是骨皮。

天上寬廣遼闊，骨皮知道一飛上天，立時就會被負責守衛的天將發現，便領著幾隻妖兵依著地圖在村落裡繞著，偷偷逃出這村落，往山林逃去。

「好樣的！眞讓我給逃出來了！」骨皮領著妖兵一進山林，這才高聲歡呼：「趕緊將地圖帶回總壇，將神仙即將進攻的消息，通報給四目大王！」

□

阿關站在據點三的空地上，看著精怪們操演。精怪們分成了各小組，每組在村落裡繞著，熟悉地形，熟悉自己負責的區域。

阿泰嘴裡叼著菸、拿著一疊符咒走過來，又是一百張白焰符。阿關歡喜接過符咒。阿泰背上還掛了幾張漁網，上頭全貼了符。

兩人將這些漁網拿進每間屋子裡，掛在可以掛的地方。

小白菜和韭菜則忙著在每間屋子上施法，使得妖魔們無法穿牆，只能從門窗進屋。

水琝公和奇烈公則站在屋簷上，一邊監看底下精怪們的操演，一邊將林珊先前的吩咐傳給木止公。

天色漸漸黑了……

村落的空地上只剩下三三兩兩的精怪還在搬著東西，其他大都已經躲進舊屋中了。

中三據點是一個由幾十間舊屋組成的小村落，這舊屋群中有幾處三合院，其他都是單間破房。

在村落中央那處三合院，便是據點的指揮中心，這三合院左護龍最外側一間房，便是骨皮逃出去的地方。

三合院四周靜悄悄的，阿關和阿泰、六婆在主房中凝神等著，水琝公、奇烈公則在一旁調度天將。

幾隻精怪們輪流在據點外偵察，隨即回到據點內，通報偵察消息。

一隻鳥精回報：「東南方向發現了一隊妖兵……」

又一隻鼴鼠精回報：「西北方向有兩小隊妖兵在田野徘徊！」

「眞的越來越多了！」阿泰忍不住怪叫。

夕陽西下後，天空漸漸從橘黃轉爲紅紫，精怪不再回傳情報，此時據點空中已經滿布妖兵。雪媚娘和四目王就在遠處天上，身後還跟著魔將及數不清的妖兵。

「是時候了。」奇烈公一聲令下：「傳令下去，行動一！」

奇烈公還沒說完，小白菜和韭菜便已經燃起了符令，將奇烈公的命令報往據點四處。

幾間小屋裡的精怪收到符令，互相使了個眼色，拿起腳邊早已準備妥當的東西。

空中的四目王領著妖兵大軍壓境，只聽見底下傳出了騷亂聲音，遠遠見到村落裡有些精怪從舊屋探出頭來，見了天上妖兵，紛紛胡亂跑著、叫著。

癩蝦蟆拔腿跑著，尖聲怪叫：「來了、來了，妖兵攻來了！呱呱！」

小猴兒拿著銅鑼亂敲亂嚷：「據點給魔王發現了！據點給魔王發現了！」

老樹精枯藤捲起許多旗子，在村落小巷間跑著，要大家關緊門窗。

四目王哼了一聲，動了動左手臂，拔出了腰間那嚇人巨刀，轉身對骨皮說：「很好！你幹得不錯！」

骨皮眉開眼笑，連連點頭說：「小的只是盡自己一點微薄之力！」骨皮身後這九隻妖兵，也穿了較好的甲冑。他們本是骨皮的隨從，此時骨皮升格，領了數百妖兵，原本這九隻妖兵也成了小隊長。

四目王手裡拿著幾張泛黃地圖，正是骨皮從會議小屋中偷來的地圖，裡頭詳載了中三據點裡種種機關設計。

「嗯嗯……呃……」四目王仔細瞧著，老半天不說話。

雪媚娘等得不耐煩了，探頭過去看，斥了一聲：「你這四眼，你拿反了！」

四目哼了哼，將地圖遞給雪媚娘，雪媚娘快速看著，急急下令：「蕪菁從東面進攻、荊棘攻西面、藤蔓攻北面，其他全跟我來，南面的陷阱最少，從這兒主攻！」

四目王喝問：「四面都讓妳這娘們攻了，我攻什麼？」

雪媚娘翻著白眼說：「你這蠢蛋，你手下只剩兩將，如何分兵？你只要帶著魔軍從天上降下，大軍壓境不就得了！」

四目王哼了哼，又問：「咱們只帶一半兵來，不怕那千歲星部將領兵回來救援？」

「你手下不都說了，歲星部將上了主營。我已經通知小紅和壺王，要他們從中攔截，不是嗎？總壇裡頭是咱們的據點，可不能空下來，免得那可惡的黑鬼王趁隙進攻。」雪媚娘這麼說。

「妳看那九天傻子牢不牢靠？」四目王皺著眉頭，哼哼地說：「咱們分他這麼多兵馬，不怕他亂搞？」

雪媚娘哈哈笑著說：「放心，他是傻的！你沒看咱們不過給了他一點魔力，他就高興成什麼樣子，像條狗一樣服服貼貼。」

四目王點了點頭，低頭看到村落裡騷動越來越大，哈哈大笑：「看看這些神仙們的手下如此窩囊，報仇時候來了，大夥兒隨我來！」

隨著四目王的高聲威吼，那漫天妖兵開始像雨一樣落下，全往中三據點的村落竄去。

骨皮緊跟在四目王身後，手裡那雙截骨胡亂掄動。

同時，雪媚娘和手下魔將領著妖兵，從四面擁進了這小村落。首先出來抗敵的是十來個天將，天將們在巷弄間飛繞著，與妖兵們打著游擊。

城隍和家將團則守在主房外的三合院空地，城隍揮動著大刀，指揮若定，家將團則結成了防禦陣式。

主房裡，阿關、阿泰蹲在窗邊，拿著火柴緊張得頻頻吸氣。

阿泰探頭去看，只見到天上黑壓壓一大片，全是往下飛竄的妖兵，連忙扯破喉嚨大喊：「就是現在，快放啊！」

「通知大家，放——」奇烈公一聲令下，小白菜和韭菜再次放出符令通報四處小屋。阿關和阿泰同時點燃了火柴，往腳邊那些引線湊去。

各個小屋中的精怪收到了符令，也都點燃了屋內牆角的引線，火花順著引線往屋外燒去，燒進了堆放在屋外的木箱中。

三分之一的妖兵紛紛落下，只聽見四周響起一陣尖銳刺耳的聲音，接著又見到一道道的火花打上了天。

那些箱子裡裝著的是沖天炮，沖天炮上則黏著符咒，是阿泰這些日子來寫的白焰符。寫得較好的，便給阿關用了；寫得不好的也沒浪費，全用來做炮了。

上千支沖天炮打進妖兵陣裡，往下急竄的妖兵們來不及反應，讓一道道沖天炮迎面打中。一陣陣耀眼白光在村落上空炸開，將村落映得有如白日一般。大片大片的妖兵被炸得四分五裂。

妖兵們的碎屍殘骸，像雨一樣落了下來。

□

一處山林間，小山坡正好對著山下的中山據點。

「看到白光了、看到白光了！」一名義民爺從樹上跳下，跑向李強，嚷嚷著：「大哥！看到白光了，好亮！」

李強倚在一棵老樹下，專心凝神地在手上捆著白布，背上揹了兩把大刀，看了看身旁葉元和大傻：「小葉，我就姑且信你一次……」

「走啊！去殺妖除魔了！」葉元難掩欣喜之情，對著大傻吆喝著，大傻也嚎叫幾聲，舉起隨身帶著的一對大石斧，大力揮舞著。

一干義民頭上全綁了白布，隨著李強和葉元往目的地出擊。

「大王！大王！見到白光了！」

另一邊的深谷，一隻隻野鬼聚在水潭邊的矮樹下；有的手上拿著木槌、有的拿著狼牙棒、有的全身墨黑、有的缺手斷腳。

鬼王鍾馗懶洋洋躺在巨牛背上，大口喝著酒，一隻小鬼跑了過來，叫著：「白光出現了！」

「我們走吧，可別讓李強搶了風采！」鍾馗伸了個懶腰，揉揉眼睛，站了起來。手一指，率著數百隻惡鬼竄出這山谷，山谷一邊是條大道，通往眞仙宮。

□

「快、快！別讓他們下來！」舊屋的精怪搬著一箱箱白焰沖天炮，從牆角破洞推出屋外，點燃引線，炸上空中，將一隊一隊往下衝的妖兵，全都打了個碎。

四目王本來也要跟下，見到敵人竟朝空射火，趕緊又往回退。退到了半空，對著四周妖兵大聲嚷：「上！快上！」

另一邊，已經殺進村落的雪媚娘眼睛一瞪，雙手放出陣陣紫光，正是要施天障。只見紫光才剛從雪媚娘手裡放出，四周舊房就亮起了白光，和紫光互相輝映，將紫光給壓了下去。

「可惡！」雪媚娘大喝：「神仙們在這兒也施下了結界，我的天障難以施法！」

原來是正神們花了數日，在據點裡頭施了層層強力結界，力量雖不及魔王天障，但也足以讓魔王在一時半刻之內，無法順利施展天障。

蕪菁手上拿著的是一張小圖，那是從中三據點地圖謄寫出來的，魔將手裡都有一張。蕪菁看著手上小圖，眼前有兩間舊屋，分隔成三條小道。

「走這兒，這兒沒陷阱！」蕪菁領著妖兵，殺進了那右邊的小道中，遠遠見到兩名天將，正在那頭與妖兵們作戰。蕪菁大喝一聲，就要去助戰。

霎時四周亮起紅色光芒，從舊屋窗口射出一堆符箭，箭是用樹枝臨時做的，十分粗糙，符則是白焰符。

由於阿泰獨自寫不了這麼多符，在這數日內，一干神仙、天將們一有空也幫著寫符，據點三裡囤積了許多許多的符咒。

蕪菁吼了一聲，退出了這小道，轉往另一小道，正疑惑著，四面又射來符箭。

「這圖不準！」蕪菁哇哇怪叫，一鞭子打在一間舊屋門上，將那門打了個稀爛。妖兵們怪嚎著，殺進了門內，又怪嚎著，逃了出來。

只見到舊屋裡頭殺出一整隊紙人，身上都貼了符；紙人們拿著長竹竿，竹竿上也貼了符。紙人雖不厲害，但身上、棍上的白焰符，卻讓妖兵們退避三舍。雖說妖兵似海，卻也沒有一隻甘心犧牲自己被炸成碎塊。

蕪菁這裡如此，負責進攻西面的荊棘、攻北面的藤蔓，乃至於攻南面的雪媚娘，也遇到了同樣情形，手上的地圖全沒個準，走到哪都是陷阱。

藤蔓使的武器正是一條藤蔓。她轟開一扇門，帶頭就跳了進去，只見裡頭空蕩蕩的，抬頭一看，幾隻精怪拿了張網躲在上頭，網上貼了許多白焰符。

藤蔓反應不及，網已落了下來，罩在身上，像被鞭炮捆住的小狗般打了幾個滾，便動也不動了，屍體已變成一片焦黑。

「這個是魔將！」「宰了一隻魔將呀！」精怪們哈哈笑著，跳著蹦著。

空中的四目王見到底下白光此起彼落，料想不到這處神仙據點竟布置著如此嚴密的機關，心中有些驚愕。

雪媚娘狼狽飛上天，到了四目王身旁，嬌聲喘著氣：「底下盡是白色火術……亂衝亂竄……等他們機關用盡，咱們再一舉殺下……氣死人了……」

四目王點了點頭，手一指，又一堆妖兵殺下。

雪媚娘的大軍有一半都殺進了村落，卻在每一處都受到伏擊，舊屋中不但有精怪躲著，更有石獅、虎爺。

妖兵們雖多，卻無法同時擠進舊屋，三三兩兩殺進去的結果，反而被裡頭的精怪、虎爺以多打少。

妖兵們聚在舊屋頂上，開始拆屋，打碎一片片磚瓦。精怪拿著自製的十字弓，看屋簷哪處讓妖兵打出破洞，便將符箭對準那破洞射，去炸外頭的妖兵。

城隍和家將團與天將一同游擊，支援每一處舊屋。

如此耗了許久，村落裡堆了滿滿妖兵屍體，不是被白焰炸死，就是讓精怪虎爺殺死。

「這樣打不是辦法。」四目王看了戰情，氣得大叫：「這樣下去白白浪費兵力，烏龜神仙們全躲在破屋裡頭！」

「小兵戰死無妨，不夠便再從魔界裡召。」雪媚娘哼了哼。

「乾脆將那九天傻子叫來，叫他把兵全帶來。」四目王提議。

「如此一來，總壇不就空了？要是黑鬼王去攻，那該如何？」雪媚娘有些遲疑。

身後骨皮嚷了一聲，指著底下說：「那不是新任太歲嗎？」

雪媚娘和四目王朝骨皮指的方向看去，果然見到阿關騎著石火輪殺了出來，在主房外頭的廣場上胡亂砍著。

「稟告大王！聽說這備位已經眞除上任。」骨皮大聲說著：「要是一舉擒了這傢伙，還怕那啥鬼王？就算讓他佔了總壇，憑大王威能，咱們再殺回去搶回來不就得了！」

四目王側頭想想，欣喜說：「你這傢伙說得有道理，你什麼時候變聰明了？」

骨皮嘿嘿笑著，轉身對妖兵甲笑了笑，原來是妖兵甲發現了阿關，提醒骨皮。骨皮說的那番話，也是妖兵甲提醒的。

「好吧！反正那可笑大廟也不是咱們的，讓黑鬼拿去無妨……」雪媚娘想了想，召來一個魔將，吩咐：「往總壇回報回去，教那九天將剩下一半妖兵全帶來，這次說什麼也要抓了這小子！」

魔將領了命令，往眞仙宮飛去。

中三主房中，奇烈公拔出了腰間寶劍，大喝一聲：「全軍出動！」

幾聲巨吼竄上天際，石獅、虎爺從每間舊屋殺出。阿火虎口一張，噴出烈焰，只把妖兵嚇得魂飛魄散。

牙仔、鐵頭互相掩護，在妖兵堆裡亂竄，鐵頭像榔頭一般，用那堅硬腦袋撞擊妖兵腳尖，妖兵疼得彎下了腰，立時便讓跳起的牙仔咬落了口鼻。這兩隻小隻的，一個用爪抓、用牙咬，一個用那硬頭猛撞，竟配合得天衣無縫。

前頭那拿著釘耙的四目王魔將，正和范、謝將軍激戰著。牙仔和鐵頭互看一眼，鐵頭屁股朝向牙仔，翹了起來，牙仔一口叼住鐵頭尾巴，打起了轉，像扔鐵餅一樣將鐵頭拋了出去。這魔將只見一個東西飛竄而來，還沒看清楚，鐵頭已像炮彈一樣，「磅」地砸在魔將臉上。牙仔隨後跟上，在魔將身上扒著、咬著；鐵頭也緊抱著魔將腦袋，大力地腦袋撞腦袋。

魔將哇哇大叫，范、謝將軍圍了上來，將這魔將打死。

精怪們也拿著貼著白焰符的長竿，混在紙人陣中殺了出來，癩蝦蟆、老樹精、小猴兒、鼴鼠精、兔兒精各自領著精怪，在熟悉的舊屋巷弄間，游擊突襲著妖兵。

水琝公、奇烈公也領著幾名天將殺出主房，與三合院廣場前頭的妖兵們展開大戰。後頭阿泰也忍不住拿紅線雙截棍出來亂揮猛打；六婆抓著符咒，放著驅魔紅光，幫忙掩護阿泰。

水琝公、奇烈公雖是文官，但對付這些嘍囉還算得心應手，也斬死了不少妖兵。

阿關騎著石火輪四處亂竄，鬼哭劍在他身子周邊旋著，石火輪竄到哪，都打死一堆妖兵。

「我忍無可忍啦！」四目王怪叫著，握著巨刀的手冒出青筋，憤恨吼著：「我可等不及了，一同殺下去吧！」

雪媚娘見下頭的白焰符術已經沒有先前那般密集，便也現出雙劍，說：「走吧！」

四目王想起什麼，轉頭對骨皮說：「你不是說你十分厲害？隨我下去捉那太歲。」

骨皮連連點頭，掄著雙截骨，手一招，對著身後的妖兵說：「隨我來！跟四目大王一同去抓太歲！」

「是！」那九名妖兵齊聲一喝，轉身對身後妖兵喊：「追隨骨皮大王，推翻四眼狗輩！」

此話一出，骨皮駭然瞪大了眼，還不知自個兒手下為什麼這麼說。四目王也愣了愣，轉頭過來，問：「說什麼？」

只見到九名妖兵頭上長出了狐狸耳朵，屁股冒出了狐狸尾巴。那妖兵甲正是綠眼狐狸，後頭八隻妖兵，全是狐狸精變的。

綠眼狐狸揚手一拋，拋上空中的是白石寶塔。

寶塔一陣顫動，歲星部將全竄了出來。

「哇！哪兒冒出來的？」四目王驚駭莫名，還沒來得及反應，歲星部將已經一擁而上——翩翩雙月猛攻左側，飛蜓長槍攻右側，福生重鎚在背後突擊，林珊和青蜂兒在上方支援。

而若雨舞著鐮刀攔住了骨皮。

骨皮嚇得怪嚎，揮動手上雙截骨：「妳……不怕我……無……無敵妖氣？」

若雨尖叫著：「怕呀，我怕死你了！」

「妳知道怕就……」骨皮晃動著雙截骨，那個「好」字還沒說出口，若雨已經閃到他面前，一鐮劈下，將他左臂一刀斬斷。

骨皮哇了一聲，往下墜去，摔在妖兵屍骸裡。

四目王怪吼著，儘管他勇猛異常，但在歲星部將這突如其來的強襲之下，完全無法應變。先是後背讓福生搥了個坑，左手也讓翩翩斬斷，右臂、右胸讓飛蜓刺了好幾個窟窿，林珊一劍刺進了四目王眼睛。

青蜂兒手一舉，射出千萬光針，全射在四目王身上。

俯衝而下的雪媚娘，聽見後頭騷動，回頭看去時，只見到四目王已經無力落下，上頭的歲星部將還打下一片光圈、風術、火焰、金光，將那四目王打成了碎塊飛灰。

「怎麼回事？」雪媚娘大驚，歲星部將散了開來，像餓虎撲羊般，橫掃天上妖兵。

「不是回主營去了？」雪媚娘舉起雙劍，指揮妖兵們將歲星部將團團圍住。

這頭骨皮墜了下地，疼得哇哇大叫，右手還緊握那雙截骨。他摔在妖兵屍骸上，掙扎站起，可把一旁的阿泰嚇了一跳：「什麼玩意？」

「幹！你這傢伙。」阿泰怪叫著，看見骨皮竟也用雙截棍，不禁「喲嗚喲嗚」叫了起來，將雙截棍舞得虎虎生風。

骨皮只剩一臂，只好掄著雙截骨硬拚，阿泰跳了上去，大戰起骨皮，大吼：「只有我能用雙截棍，你這妖怪敢學我！」

骨皮怪叫著，一骨頭將阿泰打翻，撲在阿泰身上張口就要咬去。阿泰掏出一張驅魔符咒，往骨皮臉上一貼，閃起一陣紅光。骨皮彈了起來，兩手亂抓去撕那符咒，卻撕不下來。

阿泰還怪叫著，一棍棍打在骨皮身上，打得骨皮抱頭鼠竄。一名天將攔住骨皮，一斧頭將他攔腰砍成兩截。

《太歲　卷三》完

番外

偷吃雞蛋的小狼

山上陰陰濛濛，下午那陣大雨才剛停，樹梢尖還滴答落著雨露。

葉元推開門，探頭出來瞧瞧，家裡的柴都用完了，還得出去砍些。挑這傍晚出門，是因爲大雨好不容易才停，收音機裡的天氣預報說，明後天雨勢還會更大。

他拎了小油燈，揹著竹籃出門。隱居山林兩年來，日常起居全靠砍柴挑水，只是偶爾下山買些書報，買些錄放音機需要的電池，每夜重複聽著那聽了千百來次的相聲段子。

他此時不過才五十來歲，不算蒼老，但兩、三年前爲了替鄰村那給附了身的毛孩子驅鬼，元氣大傷，事後還生了一場大病，讓他有了閉關不問世事的念頭。

他去木屋外頭的小雞舍探了探，幾隻雞還算活潑健康，三隻母雞還生了新鮮雞蛋。

葉元吹著口哨，往山中走去，隨手摘些可以食用的香菇、野菜，往腰間的小袋中放。

他撿了些枯枝放入背上竹籃，枯枝都濕漉漉的。但這雨還會下上許久，再不多撿些回家收著，可沒柴生火了。

走著走著，遠處一陣追逐聲自遠而近，葉元高舉了油燈，細心瞧著。

一隻幼犬大小、模樣像是小狗的黑影，四處亂蹦著，蹦上一塊大石，向石下低聲狺著。

葉元正覺得奇怪，那小獸身形像狗，但一般小狗動作卻絕無如此靈敏矯捷，照此小獸體型看來，若是小狗，應當才剛斷奶不久。

這附近幾棵樹下都長滿了草菇，葉元也不急著走，一邊摘著草菇，一邊觀察那小獸動靜。

小獸在石上叫了半晌，往大石邊緣走去，突然大嚎一聲，把在樹下採菇的葉元都嚇了一跳。

只見那小獸翻了個筋斗摔下大石，哀哀叫著。葉元正覺得奇怪，就見那大石另一面翻起了好大一隻野鬼。

野鬼全身黑毛，活脫是隻大猩猩，卻比猩猩多了好幾隻眼睛，一顆腦袋上長了滿滿的眼睛，沒有鼻子、耳朵，卻有一張血盆大口。

「哪裡來的邪魔妖物？」葉元一聲斥喝，已經伸手向腰間摸去。他閉關許久，那些符法物事早已沒再隨身帶著。

大野鬼也不理睬葉元，往前走了兩步，看那小獸卡在石間動彈不得，伸手就要去抓。

葉元撿了石頭，唸了咒語，往野鬼身上砸去。

石頭勢子快極，砸在野鬼腦袋上。野鬼滿臉眼睛，這石子便砸中其中一隻眼，野鬼疼得怪叫，轉頭四顧；一見是葉元扔他，立時將矛頭轉了向，朝葉元緩緩走來。

葉元性子古道熱腸，最好打抱不平，閉關不問世事是自知年歲漸長，但閉關兩、三年來，總也覺得少了些什麼。

他眼見野鬼要去捉那小獸，只是一念之間，此時想起自己身上並無法寶，這才著急起來，一時熱血拔刀相助，可惹來了大麻煩。

葉元不住後退，從背後抽出了根枯枝，比劃著咒語，一道降妖咒法凌空顯出，往野鬼方向打去。

野鬼一揮手，便將這咒法打散。

葉元苦笑了笑，手上這枯枝，自然不比木屋中藏著的百年桃木劍了。

正遲疑著，一聲狼嚎響亮，一隻好大的狼從遠方奔來，一下子已經奔到了野鬼身後。

葉元聽出了那大石間也傳來了受困小獸的細聲呼叫，原來是隻小狼精。

野鬼不再逼向葉元，反而與那狼精對峙。

狼精一聲嚎叫，撲上野鬼；野鬼也不示弱，一巴掌打在狼精背上，打出一片紅紅血印。

「原來是保護孩子！」葉元見那狼精厲害，大野鬼卻更是難纏，不禁又是熱血沸騰，在地上撿了些石子，咬破了自己指頭，在石上畫著符籙。

大野鬼力大無窮，但狼精卻以速度取勝，接連閃過野鬼攻勢，還反咬野鬼小腿。

葉元逮了個空隙，扔出符石子，正中那野鬼腦袋。這次石上畫上了血符咒，威力大上許多，將那野鬼打退了好幾步，臉上還冒出了淡淡青煙，那畫了符咒的石子威力果然大些。

野鬼憤怒仰天吼叫，遠處也傳來了同樣的吼聲回應，像是野鬼的同伴。

大狼精聽了這陣鬼吼，顯得有些不安，撲上野鬼一陣纏鬥，已不像先前那般游刃有餘。

葉元也瞧出了不對勁，知道野鬼的同伴聽了這傢伙嘶吼，肯定會來助陣，狼精再厲害，也敵不了幾隻野鬼圍攻。自己若繼續逗留，恐怕也會成爲野鬼腹中美食了。

「大狼啊！你撐著點，大叔我回家拿傢伙，幫你收拾這些惡野鬼！」葉元這話像是說給狼精聽，也像是說給自己聽。好長一段日子沒再降妖除魔，他早已嫌悶了。

一路奔回了小木屋，葉元在房中翻著，翻出一包符咒，又從床邊取下垂掛在牆上的桃木劍。

接著，又在木頭衣櫃下，取出了只大竹盒子，掀起盒蓋，裡頭裝著的是一隻隻捏麵人偶。那些捏麵人偶模樣維妙維肖，一個個生龍活跳，有些是將軍模樣，有些是猛獸造型。葉元上廚房拿了瓶米酒，取出一張符，點燃了符咒，在那些麵偶上頭畫了咒，跟著含了口米酒一噴。米酒水花灑上麵偶，麵偶便發出了窸窸窣窣的聲音，有些還動了動手腳。

葉元等不及，一把捧起竹盒子就往屋外衝去，他一路狂奔，奔得氣喘吁吁，終於又回到了那大石下。

十來隻的野鬼圍在大石前，全都是聽了先前那同伴叫喚而趕來的幫手。大石前那大狼精斷了一腳，身上盡是血污，背上、小腹皮開肉綻，卻仍在大石前堅守。一隻野鬼撲向大狼，大狼跳了起來，跳在野鬼臉上，咬下了野鬼一隻眼睛。野鬼痛得尖喊，一拳頭打在大狼肚子上，將大狼打落了地。

野鬼們嚎叫著，瘋狂撲打著大狼，大狼用盡最後的力氣，在野鬼陣中鑽著，已無力反擊。

「我來也！」葉元大喝一聲，抱著大竹盒子跳進戰圈，從背後抽出桃木劍，揭開了竹盒蓋子。

只見大竹盒裡發出了七彩光芒，那些麵偶手舞足蹈著，一個個全跳了出來，體型變大了數百倍，全成了真實大小的將軍、獅虎猛獸。

野鬼們讓這情形嚇了好大一跳，眼前突然多出這些怪模怪樣的傢伙，一出現就喊殺喊打，一下子反應不及，讓葉元領著麵偶將軍、猛獸大殺一陣。

葉元拈起符咒，將符咒串在桃木劍上，唸起了咒語，一劍一劍或刺或斬，砍落了野鬼的手，刺進了野鬼的腹。

不出一會兒，已將野鬼們全滅。

葉元轉身看了看那大狼精，大狼精一動也不動，倒臥在一角。葉元上前檢視，大狼精已斷了氣。

葉元嘆了口氣，想起了石下受困的小狼，趕忙上去看了看。小狼被卡在石縫間，動彈不得，還哎哎叫著。

葉元抱出了小狼，摸著小狼背上的毛。小狼精瞪大了眼睛，舔舐著葉元的手。

葉元將小狼精放在大狼屍身邊，小狼精傻愣愣地嗅了半晌，終於發出了嗚嗚的哭聲。

葉元將竹盒子抱起，瞧了哭泣的小狼精一會兒，又嘆了口氣，返回自個兒小木屋。

雨又下了起來，一個晚上過去了，葉元讓一陣雞鳴怪叫聲驚醒，一聽聲音從雞舍傳出，迅速翻身下床，抄起門邊木棒，衝出門外，想看看是誰這麼大膽，敢偷他的雞。

雞舍亂糟糟的，卻見到幾隻雞包圍了那小狼精，用力啄著。

「去、去！」葉元趕開了雞，見到小狼精嘎嘎叫著，趴在雞窩上，嘴邊全是碎殼蛋黃，原來是這小狼精跑來偷吃雞蛋。

「你這傻子，敢來偷我的雞蛋，要不是我，昨天你早死了！」葉元鼓著嘴巴，抱起了小狼。

小狼嘎嘎叫著，還舔著葉元的手，似乎還認得葉元便是昨晚那救命恩人。

葉元將小狼精放在木屋外頭地上，心想小狼精大概是肚子餓了，便又給了他兩顆雞蛋。

小狼精嘎嘎叫著，一下子就將雞蛋咬破吃了乾淨，還弄了滿身蛋汁。

「一個人也是寂寞，養隻小怪來作伴也是不錯。」葉元看著又要下雨的天，又看到那小狼歪著身子，不停追著自己尾巴打轉，想去舔尾巴上沾著的蛋黃，不禁笑了起來。「沒見過這麼傻的精怪，比眞正的小狗、小狼還要笨。」

「叫你小傻好了。」

〈番外　偷吃雞蛋的小狼〉完

番外 蟲兒們的童年

溪水沁透心肺，溪裡有些游魚，正跳躍著往下游竄去。

這是片樹林，一棵棵大樹高聳入天。一旁是片山壁，山壁上幾股小瀑布落進一處深潭。那大潭水色十分透明，從水面也看得到十來公尺深的潭底黑色砂石。

大潭一旁還有許多大大小小的黑色岩石，岩石上聚了些孩子，三三兩兩或坐或站。

其中有一處大岩特別寬闊，有好幾平方公尺，且十分平坦。

大岩上有兩名孩子正角力著，他們年紀差異頗大，一個樣子有七歲大小，另一個看來竟只有兩歲大小，像個小寶寶一樣，動作卻也十分靈巧，在那大孩子身邊繞著，一雙翅膀快速閃動，如同飛蜂。

那大孩子眼明手快，一把掐住了小孩頸子，一記頭鎚重重撞去，撞在那兩歲小娃的額頭上，將那小娃兒撞落在岩上。

「哇嗚——」那挨了一記頭錘的小娃兒摀著額頭哭了起來。

「哈哈，小蜂兒好弱！」得勝的大孩子哈哈笑著，一旁的同伴也替他歡呼。

另一名年紀也較大的孩子跳上大岩，推了得勝孩子肩頭一把，憤慨地說：「鉞鎔，你有沒有搞錯，你沒見青蜂兒年紀只這麼小，還用頭撞他，大欺小你也得意呀？」

那得勝孩子便是鉞鎔，是千隻金龜子煉出來的小仙。推鉞鎔的孩子，則是千隻蜻蜓煉出的飛蜓。

鉞鎔反推了飛蜓一把，哼哼地說：「又要你這蜻蜓來多事了？你不服？來，我們比比！」

「去一旁看我替你報仇。」飛蜓提起青蜂兒，拍了拍他屁股，往一旁樹上一拋。青蜂兒嗚嗚哭著飛上了樹梢，樹梢上還坐著另一名胖孩子，正拿著兩顆飯糰大口吃著。

青蜂兒盯著眼前胖孩子手上的飯糰，吞了口口水。

這胖孩子是千隻獨角仙煉出的象子，許多年後在人間的凡名叫作福生。

象子分了一顆飯糰給青蜂兒。青蜂兒一邊抹著眼淚，一邊吃著飯糰，看向底下大岩，飛蜓和鉞鎔已經打了起來。

只見飛蜓和鉞鎔手掌對著手掌，背上都現出了翅膀，正比拚著力氣。飛蜓的力氣大了些，腳一拐，將鉞鎔摔了個筋斗。

鉞鎔反應也快，翻旋身子雙腳落地，竟沒有倒下。

然而鉞鎔才剛落下，飛蜓已經一拳打去，打在他臉上。

鉞鎔大叫著，也揮著拳頭回擊：「你有沒有搞錯！說好了摔角，你動什麼拳頭？」

飛蜓吃了鉞鎔一拳，給打得眼冒金星，又還擊兩拳回去，將鉞鎔打倒在地上，得意看著他。「那你剛剛用頭撞小蜂兒，又怎麼說？」

鉞鎔跳了起來，又撲上去，和飛蜓一陣扭打。飛蜓將鉞鎔猛力一甩，甩進了那大深潭，濺起好大水波，孩子們笑著，歡呼著。

飛蜓手扠著腰，得意起來笑著：「哼哼，看來繼紅耳哥之後的洞天第一勇士，就是我飛蜓了！」

孩子們本來替飛蜓歡呼，但見飛蜓這麼說，開始喝起倒采：「敢自稱洞天第一勇士？你太狂妄了！」「你以爲沒人打得過你嗎？」「你忘了上次才讓寒彩洞那小蝶兒仙揪著頭髮打，將你打哭了嗎？」

飛蜓臉漲得通紅，氣憤反駁：「蝶兒仙是個女娃兒，怎能稱是洞天第一勇士？」

大夥兒仍嚷嚷著：「爲什麼女娃兒不能是勇士？」「你牛皮吹破了！」「下台、下台！」

飛蜓惱羞成怒，大吼著：「不服的上來，將我打下去再說！」

一個孩子空翻幾圈，落在石上。

「是螳螂仙！」「花螳螂來了！」

飛蜓瞪著眼前同齡孩子，上下打量，問：「聽說你在神木林那兒沒有對手？你叫什麼？」

「花螂。」自稱花螂的孩子是千隻螳螂煉出的小仙，他翻了個筋斗，雙手擺出螳螂架勢，突出一腳就蹬向飛蜓。飛蜓閃過這腳，回敬幾拳，四周孩子們又歡呼起來，替兩人加油。

兩人打了好久、好久、好久，不分上下，氣喘吁吁地坐在大石上休息，準備過會兒再打。

又一個孩子翻身躍了下來，一腳將花螂也踢進了水潭裡。

「七海，你來插什麼手？滾回你的夢湖去！」飛蜓跳了起來，怒斥著那躍來的同齡孩子。

七海嘿嘿一笑，一腳踹在飛蜓肚子上。飛蜓一怒，和七海也打了起來，但畢竟方才和花螂一架，已經耗盡力氣，此時落了下風，讓七海一拳打進了深潭裡。

飛蜓咕嚕嚕喝了好幾口水，爬出了深潭，恨恨地爬上一旁大石。大石上還坐著花螂和鉞鎔，三人大眼瞪小眼，都不吭一聲。

原來這大石摔角場上的規矩，凡是給打下水的，就算輸了，也不能不認輸，得等明天才能再下場打。

而當天在石上稱王的孩子，便能當一夜的洞天第一勇士，對其他孩子發號施令。

只見七海得意洋洋，手扠著腰，對著眾人說：「看來今天的第一勇士就是我啦！」

「七海，把草人還來！」一個稚嫩聲音由遠而近，三個小女孩飛了過來。其中一個兩歲大的女娃，穿著一身紅錦袍，鼓著嘴巴罵七海：「你搶秋草妹子的草人做什麼？還不快還來？」

大夥兒看向空中，只見那紅袍女娃後頭，還跟了一白、一黃的兩個女娃，那黃衣女娃兒正嗚嗚哭著，她編了三天三夜的小草人，被七海搶了。

而紅袍女娃和白袍女娃，自然是來替黃衣女娃出頭的了。

孩子們起了鬨：「七海！你搶人家女生玩具做什麼？」「快還人家！」

七海不服，扠著腰說：「我只是借來玩玩！有什麼關係？我是第一勇士，你們替我抓住這三個小娃，大刑伺候！」

孩子們騷動著，卻沒人願意替七海抓那三女娃。「不能欺負女生吶！」「勇士大王，請您下別的命令！」

青蜂兒在樹上嚷著：「你又沒有贏，天還沒黑呢！」

七海指著洞天夕陽說：「天就要黑了，也沒人上來挑戰，第一勇士當然是我了！」

「囂張，看我打殘你！」紅袍女娃大喊著，就要下去與七海打，讓那白袍女娃一把拉住：「讓我來。」

「好吧！」紅袍女娃聳聳肩。

白袍女娃落了下來，落在大石上，揮了揮小巧拳頭，伸伸腳。

「不過是個小女孩！」七海哼了幾聲，一腳便朝白袍小娃踢去。只見到小娃現出了雪白蝴蝶翅膀，飛竄起來，速度極快，竄到七海背後，一拳打在七海後腦勺上。

「七海給打中了！」「她是寒彩洞的蝶兒仙！」「蝶兒仙？」「就是將那紅蜻蜓打到哭出來的蝶兒仙！」

「閉嘴！是我讓她的！」飛蜓聽到眾人提起他，氣得從大石上跳了起來。

七海咬著牙，猛力回身一拳，女娃兒早已飛過七海頭頂，一腳踢下，又踢在七海腦袋上。七海只覺得腦袋十分疼痛，還沒反應過來，臉上又挨了幾拳。

小女娃竄到了七海正面，碰碰碰一拳拳打在七海臉上。

「哇——」七海向後倒去，口袋落出了個草人。草人編織仔細精美，小女娃接著草人，往天上一拋。

「打得好，翩翩姊！」紅袍女娃俯身飛下，接著了草人，還給黃衣女娃。黃衣女娃這才露出笑容，吸了吸鼻涕：「謝謝妳，翩翩姊……」

「我還沒敗呢！」七海又翻身跳起，衝向翩翩。

七海勢子極快，眼見就要撲上翩翩，翩翩一個閃身，七海撲了個空，翩翩順勢一踢，踢在七海屁股上，將七海也踢下深潭。

孩子們大叫大嚷，卻不知這該如何作數了，大石摔角向來只有男孩子參加，從沒有女孩子參加，更沒有女孩子搶下第一勇士頭銜。

「勇士妹妹，請問有什麼吩咐？」孩子們你看看我，我看看你，問著翩翩。

翩翩想了想，指著還泡在潭裡生著悶氣的七海說：「把他抓起來，大刑伺候。」

「遵命！」孩子們飛撲下水，都去抓那七海。飛蜓、鉞鎔、花螂搶在最前頭，爭先恐後去逮七海，好出一口惡氣。

七海是洞天千隻魚兒煉出的小魚仙，水性極佳，在水裡四竄逃，但見到十幾個孩子圍他一個，氣得怪叫怪嚷，就要哭了出來。

「別理這些傻蛋，我們走吧！」翩翩和紅袍女娃、黃衣女娃笑著飛上黃昏天空，越飛越高，從後頭追上幾隻鳳凰。

而鳳凰們拖著火焰的尾巴正在天空畫出一道道美麗彩光。

〈番外　蟲兒們的童年〉完

TAI SUEI

國家圖書館出版品預行編目資料

太歲 卷三 / 星子 著.——二版. ——
台北市： 蓋亞文化，2020.12
冊； 公分. ——（星子故事書房；TS022）
ISBN 978-986-319-511-5(卷3 : 平裝)

863.57 109015639

星子故事書房 TS022

太歲 卷三（新裝版）

作　　者 星子（teensy）
封面插畫 葉明軒
封面裝幀 莊謹銘
責任編輯 盧琬萱
主　　編 黃致雲
總 編 輯 沈育如
發 行 人 陳常智
出 版 社 蓋亞文化有限公司
地址：台北市103大同區承德路二段75巷35號
電話：02-2558-5438　傳眞：02-2558-5439
電子信箱：gaea@gaeabooks.com.tw
投稿信箱：editor@gaeabooks.com.tw
郵撥帳號 19769541　戶名：蓋亞文化有限公司
法律顧問 宇達經貿法律事務所
總 經 銷 聯合發行股份有限公司
地址：新北市新店區寶橋路二三五巷六弄六號二樓
電話：02-2917-8022　傳眞：02-2915-6275
港澳地區 一代匯集
地址：九龍旺角塘尾道64號龍駒企業大廈10樓B&D室
電話：+852-2783-8102　傳眞：+852-2396-0050
二版一刷 2020年12月
定　　價 新台幣299元
Published and printed in Taiwan

ISBN / 978-986-319-511-5